Verbonden

Anna Todd bij Boekerij:

AFTER
Hier begint alles
Je kan niet leven zonder hem
Hij hoort bij jou
Voor altijd
Before

Niets meer
Niets minder

Verliefd
Verbonden

boekerij.nl

Anna Todd

Tussen de sterren

Verbonden

BOEKERIJ

ISBN 978-90-225-8764-5
ISBN 978-94-023-1763-3 (e-book)
NUR 302

Oorspronkelijke titel: *The Brightest Stars, part 2: The Darkest Moon*
Vertaling: Anne-Marieke Buijs
Omslagontwerp: Baqup
Omslagbeeld: © Shutterstock
Zetwerk: CeevanWee, Amsterdam

Playlist

'What We Had' van Sody

'Falling' van Harry Styles

'Possibility' van Lykke Li

'Little Did You Know' van Alex & Sierra

'July' van Noah Cyrus

'Little Bit of You' van Kevin Garrett

'Idfc' van Blackbear

'Poser' van Grace VanderWaal

'Lost On You' van Lewis Capaldi

'Before You Go' van Lewis Capaldi

'Hollow' van James Smith

'Lost Without You' van Freya Ridings

'The Light' van The Album Leaf

'Lie' van NF

'LOVE IN THE DARK' van Jessie Reyez

'When the Party's Over' van Billie Eilish

'Watch' van Billie Eilish

'Rest' van Minke

'The Other (Stripped)' van Lauv

'Unspoken' van Aaron Smith

'Can We Kiss Forever?' van Kina, Adriana Proenza

Voor iedereen die zich ooit verloren heeft gevoeld:
laat mij je helpen jezelf te vinden.

1

Kael, 2019

De zwarte zee aan kleding doet pijn aan mijn ogen. Het is een tijdje geleden dat ik in de buurt ben geweest van zo'n geüniformeerde massa. Ik ben zo gewend aan de camouflage die ik jarenlang elke dag heb gedragen dat ik er, ook al zit ik niet langer in het leger, in de normale wereld nog steeds naar op zoek ben. Soms mis ik het gebrek aan verantwoordelijkheid van elke dag hetzelfde te dragen. Als ik een van mijn net gestoomde colbertjes van de hanger haal, denk ik aan mijn legerjasje waarvan het materiaal zo stijf was geworden door het ingebakken zand en vuil dat het kraakte terwijl we urenlang in Georgia door de hitte marcheerden. Mijn hand gaat automatisch naar de identiteitsplaatjes die ik onder mijn shirt draag.

Ik ben niet een van die soldaten die ze draagt als een trotse versiering of om gratis drankjes te scoren bij plaatselijke cafés. Ik draag ze omdat het gewicht van het metaal op mijn borst me met mijn voeten op de grond houdt. Ik denk niet dat ik ze ooit af zal doen.

'Het is hier een beetje koud,' merkt mam op, als ik het identiteitsplaatje loslaat en mijn handen op mijn schoot laat rusten.

'Wil je mijn jasje lenen?'

Ze schudt haar hoofd.

'Ze moeten het lichaam koud houden,' zegt een bekende stem.

'Nog altijd een gestoorde geest.' Ik sta op en omhels Silvin. Hij is een stuk dunner dan bij de vorige omhelzing.

'Dat gaat nooit veranderen.' Hij geeft me een stomp tegen mijn arm.

Mam kijkt hem afkeurend aan. 'Hou daarmee op.' Zij stompt hem iets harder dan dat hij mij heeft geraakt.

'Hoe vaak heb ik dat niet gehoord?' Silvin omhelst mijn moeder.

Ze glimlacht.

De paar keer dat ze elkaar hebben ontmoet mocht ze hem, ondanks het feit dat hij een ongelikte beer is met een idioot en grof gevoel voor humor. Daarmee heeft hij ons echter op de dieptepunten in ons leven laten lachen, dus ik heb hem ook altijd wel gemogen.

'Hoe gaat het met je, gast?' vraag ik nonchalant, ook al weet ik dat hij op het moment waarschijnlijk meer verdriet heeft dan de meeste mensen hier in de kerk, zoals dat voor mij de vorige keer het geval was.

Hij schraapt zijn keel, knippert met zijn bloeddoorlopen ogen en blaast zijn adem uit voor hij antwoord geeft: 'Goed, hoor. Ik, eh... Het gaat goed. Ik zou liever in Vegas bij de fruitmachines staan samen met een pornoster en háár geld.'

'Dat geldt toch voor iedereen,' grap ik met hem mee, omdat ik hem niet nog meer wil belasten. Soms is het beter om het oppervlakkig te houden, zodat je verdoofd kunt blijven. 'Kom je bij ons zitten? Of heb je al ergens een plek?'

'Het is verdomme geen concert, Martin.' Met een lach gaat hij naast mijn moeder zitten.

Silvins verwrongen lach is het enige spoortje blijdschap in de hele kerk, ook al maskeert die een diepe droefenis. Het verdriet druipt bijna van het plafond. Het soort treurnis dat tot in je diepste wezen doordringt en nooit meer weggaat. Het is aan je te zien. De last van alles wat je bij je draagt stroomt gewoon door je bloed en blijft op je schouders rusten.

Silvin leunt met een diepe zucht zwaar tegen de rugleuning van het houten bankje. Hij staart voor zich uit, verloren in een of andere herinnering die weigert hem los te laten en hem de kans op enige vrede ontzegt. Hij is te jong om er zo oud uit te zien. Hij is drastisch verouderd sinds we hem allemaal 'Melkmuil' noemden met ons beste zuidelijke accent. Hij komt uit Mississippi en leek tijdens onze eerste uitzending maar iets van vijftien, maar nu ziet hij er ouder uit dan ik.

Melkmuil was een stuk volwassener geworden sinds hij stukken van wat op rauwe tonijn had geleken in zijn gezicht geworpen had gekregen, zo uit het niets. Er was nog een ontploffing nodig geweest vóór mijn hersenen de afschuw konden verwerken van het besef dat die grove regen bestond uit stukken menselijk vlees, niet vis. Ik stond er zo dichtbij dat een vinger met een trouwring erom op de neus van mijn legerkistje belandde. De uitdrukking op Johnsons gezicht was veranderd toen hij naast zich keek en had beseft dat zijn strijdmakker Cox daar niet langer stond. Ik had toen iets in zijn ogen gezien, een klein vonkje dat doofde terwijl hij zijn wapen trok en in beweging bleef. Hij had het niet meer over hem gehad en had gezwegen toen de zwangere weduwe van Cox tijdens zijn begrafenis had gehuild.

Nu ik erover nadenk lijkt deze begrafenis daar verdacht veel op.

Ik kijk om me heen of ik ergens een klok zie. Is het nog geen tijd om te beginnen? Ik wil dat dit voorbij is voor ik daadwerkelijk moet nadenken over de reden waarom we hier zijn. Begrafenissen zijn allemaal hetzelfde. In het leger tenminste, daarbuiten heb ik er sinds ik klein was geen bijgewoond. Sinds mijn vertrek naar de basistraining ben ik er zeker op tien geweest. Tien keer heb ik stil op een houten bankje gezeten en de gezichten bestudeerd van soldaten die voor zich uit staarden, de lippen goed geoefend op elkaar geperst. Tien keer dat kleine kinderen die het leven niet begrepen, laat staan de dood, rond de voeten van hun ouders kropen. Tien keer dat er in de menigte werd gesnikt. Gelukkig had maar de helft van de overledenen kinderen, dus dat waren dan slechts vijf snikkende echtgenotes geweest van wie het leven kapot was en voorgoed was veranderd.

Ik heb me vaak afgevraagd wanneer er niet meer zou worden gebeld. Na hoeveel jaar zouden we niet langer op deze manier bij elkaar komen? Zou het doorgaan tot we allemaal oud en grijs waren? Zou Silvin op mijn begrafenis komen of zou ik eerst naar die van hem gaan? Ik ga er altijd heen, net als Johnson, die ik vanuit mijn ooghoek zie zitten. Dat geldt ook voor Stanson, die zijn pasgeboren zoontje in zijn armen heeft. Hij zit nog in het leger, maar zelfs degenen van ons die niet langer actieve dienst hebben, komen. Ik ben een keer naar Washington gevlogen voor een kerel die ik nauwelijks kende, maar op wie Mendoza gek was.

Er zijn vandaag meer mensen dan gebruikelijk. Deze overleden soldaat was dan ook geliefder dan de meesten van ons. Ik kan niet aan zijn naam denken of die voor mezelf opzeggen. Dat wil ik mezelf niet aandoen. Mijn moeder trouwens ook niet. Ik heb haar in Riverdale opgepikt en meegenomen. Zij heeft hem altijd gemogen. Iedereen mocht hem.

'Wie is die dame daar?' Mam kucht en wijst met een vinger naar een mij onbekende vrouw.

'Geen idee, mam,' fluister ik.

Silvin heeft zijn gekwelde ogen inmiddels gesloten.

Ik wend mijn blik af.

'Ik weet zeker dat ik die vrouw ken,' houdt ze vol.

Een man in een pak loopt het podium op. Het zal tijd zijn.

Ik onderbreek haar. 'Mam, het gaat zo beginnen.' Ik speur de bankjes af of ik Karina zie. Zij moet er nu ook zijn. Mam kucht weer naast me. Dat doet ze de laatste tijd steeds vaker. Ze heeft dit kuchje nu al twee jaar, misschien langer. Soms gaat dat weg en wordt ze beloond omdat ze is gestopt met roken. Soms komt het hardnekkig terug en klaagt ze dat ze net zo goed een sigaret kan opsteken. Ik heb er mijn halve leven al met haar over gediscussieerd, sinds ik tien was en haar dokter had verteld dat ze een long kwijt zou raken als ze niet stopte met roken. Ik kijk naar haar terwijl ze met de tissue langs haar lippen wrijft en zwaarder hoest. Ze sluit haar vermoeide ogen kort voor ze weer naar het met bloemen bedekte podium staart. De kist is natuurlijk gesloten. Niemand wil dat deze kinderen het nauwelijks herkenbare lichaam zien.

Fuck! Ik moet hiermee ophouden. Ik heb god weet hoeveel uur doorgebracht met medische professionals die de opdracht hadden om mij weer op te kalefateren, dus je zou denken dat ik er beter in zou zijn om die gedachten buiten te sluiten. Ze werken nooit, de technieken die ze ons leren. De duisternis blijft, daar is geen beweging in te krijgen. Misschien moet ik de overheid vertellen dat ze hun geld terug moeten vragen voor mijn therapie? Zij hebben ervoor betaald, zoals het hoort, maar heeft het gewerkt? Duidelijk niet. Niet voor Silvin, niet voor mij, niet voor het lijk in de kist op het podium.

'Aftellen,' was hun advies voor als het er zo aan toeging in mijn hoofd. 'Aftellen en denk aan iets wat je rust of vrede brengt. Voel dat je voeten de grond raken en weet dat je nu veilig bent.'

Ik denk aan háár als ik kalmte nodig heb. Dat is al zo sinds onze eerste ontmoeting. Dat gaat zo door tot de werkelijkheid tot me doordringt en ik mezelf wil straffen voor het feit dat ik haar niet meer in mijn leven heb, en dan zak ik dieper de duisternis in.

Ik krijg de kans niet om mijn privétherapiesessie af te ronden.

'Als iedereen gaat zitten kunnen we beginnen.' De stem van de uitvaartverzorger klinkt zacht, onaangedaan. Hij doet dit waarschijnlijk een paar keer per week.

Het wordt rustig in de ruimte en de uitvaart begint.

Na de dienst blijven we zitten terwijl sommigen zich aansluiten in de rij voor een laatste afscheid. Silvin vangt mijn blik en wijst naar boven, alsof hij me iets duidelijk probeert te maken. Terwijl ik omhoogkijk, tikt iemand op mijn schouder. Ik zou liegen als ik ontken dat ik heel even hoop dat het Karina is. Ook al weet ik zeker dat zij het niet is.

Natuurlijk is zij het niet. Het is Gloria, die achter me staat in een zwarte jurk met op de bovenkant witte bloemen. Volgens mij heb ik haar bij alle tien de begrafenissen in die jurk gezien. Het is vandaag een ware fucking achtbaan geweest, mijn ontmoeting met Karina in het koffietentje vanmorgen, Silvin, het verliezen bij het bieden op een geweldig complex van vier appartementen in de buurt van Fort Benning... en nu Gloria, die me altijd aan haar man doet denken.

'Hé, Gloria.' Ik sta op en omhels haar.

Gloria slaat kort haar armen om me heen, leunt iets naar achteren en omhelst me dan nog een keer. 'Hoe gaat het met je? Ik heb me zorgen om je gemaakt. Je belt me nooit terug.' Ze trekt een gezicht. 'Klootzak,' fluistert ze, terwijl ze me recht aankijkt.

'Ik heb het ontzettend druk gehad met mijn werk en je weet dat ik de pest heb aan de telefoon.'

Ze rolt met haar donkere ogen. 'De kinderen missen je, oké? Ze vragen veel naar je.'

De kinderen. Een zure smaak die wordt veroorzaakt door mijn schuldgevoel brandt in mijn keel. 'Ik mis hen ook.' Ik kijk omlaag naar haar voeten waar de jongste zich meestal aan haar been vastklampt en glimlach. 'Ik zal vaker bellen. Ik ben een eikel.'

Ze knikt en laat het onderwerp voor nu rusten.

De ketting om mijn nek weegt zwaar. Eén identiteitsplaatje is van mij, het andere van hem. Ik ben het aan hem verschuldigd om het gevoel hem te missen niet te ontwijken en er voor zijn kinderen te zijn zoals ik dat heb beloofd.

'Je bent een echte eikel,' beaamt ze met een lach op haar gezicht. 'Oom Eikel moet ze gewoon één keer in de zo veel tijd bellen.' Ze bestudeert mijn gezicht. 'Ik herkende je eerst niet eens vanwege dit.' Ze raakt de stoppels op mijn kaak aan.

'Ja, ik ben nu een vrij man en heb besloten me daarnaar te gedragen.'

'Daar ben ik blij om. Het is goed je te zien. Ook al is dat uitgerekend hier. En je...' Ze kijkt naar mijn moeder.

Zonder haar gesprek met de vrouw die ze eerder had herkend te onderbreken omhelst mijn moeder haar en ze kust haar op de wang.

'Karina ziet er geweldig uit.' Gloria tuit haar lippen en staart me aan. 'Zoals altijd, maar ze ziet er...'

Ik wend mijn blik af.

'Ze ziet er gelukkig uit. Dat is het.' Ze glimlacht.

Gloria was altijd al gek op Karina, en ik heb via via gehoord dat ze elkaar nog steeds spreken, ook al woon ik niet langer op de basis.

Ik kijk snel om me heen in de kerk of ik Karina's haar zie. Het is weer bruin. Die kleur 'precies tussen kastanje- en chocoladebruin in', zo heeft ze me ooit verteld. Dat was de kleur waar ze altijd op terugviel als ze het gevoel had dat ze haar leven op orde had. Van haarkleur veranderen, de controle die ze daarover had, dat was een van haar rituelen. Er waren veel kleine dingen die ze deed om controle uit te oefenen onder het mom van geluk hebben.

'Ja, daar ben ik blij om,' zeg ik. 'Ik heb haar vanmorgen gesproken.'

Ze hoeft niet te zeggen dat ze dat al weet, dat blijkt duidelijk uit het feit dat ze niet verbaasd is.

Het wordt tijd voor een ander onderwerp. 'Maar goed, zijn de kinderen er ook?'

Ze rolt opnieuw met haar ogen en schudt haar hoofd. 'Nee, zij zijn bij mijn moeder in Benning. Ik vond dat ze voorlopig wel genoeg begrafenissen hebben meegemaakt.'

'Dat geldt voor ons allemaal.'

Een vrouw komt op ons af en omhelst Gloria. Ze lijkt haar te kennen en ze beginnen te praten. Mam is nog met haar gesprek bezig, dus ik speur opnieuw de aanwezigen af op zoek naar Karina. Hoe is het mogelijk dat ik haar nog niet heb gezien? Zo groot is de kerk niet. Aan de andere kant is ze goed in opgaan in haar omgeving, in zich verstoppen in een menigte. Dat is een van haar 'dingen'.

Ik hoor in het gesprek naast me de naam van Mendoza vallen en probeer niet te luisteren terwijl Gloria het vaste riedeltje afwerkt. Ik heb haar talloze keren 'dank je' en 'met mij gaat het goed' horen zeggen. Ik heb medelijden met haar, dat ze altijd in het verleden moet leven. Dat is een moeilijke plek om te zijn en het is zelfs nog moeilijker om daar weg te komen. Dat begrijp ik beter dan de meeste mensen.

Ik ga op in mijn eigen gedachten, maar dan doorbreekt de stem van mijn moeder de zachte begroetingen en de condoleances die om me heen worden uitgewisseld.

'Mikael, waar wil je zus ook alweer gaan studeren?' De verwarring straalt uit haar ogen, ondanks de honderden gesprekken die we hierover hebben gehad.

'MIT,' vertel ik haar gesprekspartner, die ik inmiddels herken als de moeder van Lawson. Ik weet dat ze een beter mens is dan haar zoon, maar dat is niet bepaald moeilijk. Na de afgelopen vier jaar met hem in mijn eenheid te hebben doorgebracht en twee uitzendingen naar Afghanistan, ken ik Lawson beter dan zijn eigen moeder. Oorlog brengt mensen dichter bij elkaar dan wat dan ook, behalve de dood. In mijn wereld gaan die twee zaken hand in hand.

'Dat was het. MIT. Ze is dit jaar de slimste van haar hele klas. Dat was ze vorig jaar ook al. Ze moet nog twee jaar wachten, maar ze zouden gek zijn als ze haar niet accepteerden.' Het zwarte haar van mijn moeder zakt uit dat klemding dat ze altijd in heeft. De krullen die ik haar vanmorgen heb helpen creëren hangen nu los. Ik steek mijn hand uit om haar haar voor haar gezicht weg te vegen.

De herinnering aan Karina die lacht terwijl ik mijn vingers brand aan een heet krulijzer komt bij me naar boven. Ik wist dat ze de meest attente en minst egoïstische persoon moest zijn die ik ooit tegen zou komen toen ze aanbood me te leren hoe ik het haar van mijn moeder kon krullen na het zien van de brandwondjes op haar handen. Soms beefden die 's ochtends zo erg dat ze het zelf niet voor elkaar kreeg, maar ze was te koppig om om hulp te vragen.

Ik ga niet zo vaak naar huis als ik zou moeten, maar mam vindt het geweldig als ik dan haar haar voor haar doe. Ze zegt dan dat het me op een dag een goede vader zal maken. Karina heeft hetzelfde gezegd, met een blik in haar ogen alsof ze de toekomst voor zich zag. Het bleek dat ze die niet kon zien, net zomin als mijn moeder, want zij hoopt nog steeds dat ik haar kleinkinderen zal geven zodat onze achternaam blijft voortbestaan. Die kans is niet groot.

Met een zucht pak ik mijn telefoon uit mijn zak en ik kijk er uit gewoonte op terwijl ik ondertussen om me heen gluur. De ruimte is aanzienlijk leger, dus ze zal makkelijker te vinden zijn. Uiteindelijk zal ik zeker weten dat ze er niet is, of ze zal tevoorschijn komen uit de hoek waarin ze zich verschuilt. Tenminste, als ze niet is weggeglipt en haar kennende is die kans best...

'Ik ben hier, Dory.'

Door Karina's zachte stem gaan er tegelijk een schok en opluchting door mijn lichaam.

'Daar ben je. Iedereen heeft het steeds over je en nu ben je er,' zegt mam.

Karina fronst en schudt haar hoofd. 'Geroddel als altijd.' Ze slaat met een glimlach een arm om mam heen en trekt haar even tegen zich aan. Ze haalt de klem uit mams haar, draait met haar elegante handen de lokken weer omhoog en zet die precies zoals zij het mooi vindt vast met de klem, veel beter dan ik dat kan. Jezus, die twee zijn van ver gekomen. Het bezorgt me een fucking schuldgevoel dat, door alles wat er is gebeurd, mam Karina niet meer in haar leven heeft. In tegenstelling tot Gloria, die maar tien minuutjes hoeft te rijden om Karina te zien, zal mijn moeder nooit meer achter een stuur kruipen. Niet op een verantwoorde manier, in ieder geval.

'Wil je naar buiten gaan?' vraagt ze aan mam. 'Het wordt hier een beetje bedompt.' Het groen van haar ogen wordt feller door het licht dat door het gebrandschilderde kerkraam valt.

Mam volgt Karina, maar dan draaien ze zich allebei om en kijken ze naar mij.

'En?' zeggen ze tegelijk.

'Ik ga met jullie mee?' Ik kijk Karina aan.

Ze staart terug. Haar lippen wijken iets van elkaar, maar ze zegt niets.

Terwijl we ons omdraaien trilt mijn telefoon in mijn hand. Ik wil opnemen, maar zie dan dat Karina een pissige blik op het ding werpt. Ze verwacht dat ik zal opnemen, zoals altijd, dus ik negeer het gesprek en houd haar blik vast. Ze likt langs haar lippen en haar ogen verraden dat ze verrast is en dat ze dit als een overwinning ziet. Het was toch maar een van mijn onderaannemers.

'Zullen we?' Ik grijp de kans om in ieder geval op haar horizon te blijven.

Ze knikt en neemt ons mee de kerk uit terwijl de klokken in de toren luiden.

2

Karina, 2017

Ding-dong... De bel van de salon klonk en ik sprong op van de stoel op wieltjes waar ik loom rondjes mee aan het draaien was. We hadden al bijna in geen uur een klant gehad en niemand van ons had een afspraak in de agenda staan, dus ik bewaakte het fort alleen. Ik had alle kamers gestoft en gezogen en bij iedereen de oliën bijgevuld. Er was letterlijk niets anders te doen dan wat op mijn telefoon te kijken, en dat probeerde ik doelbewust te vermijden. Maar toen ging de deur open en was er een potentiële klant om mijn verveling te doorbreken. De man die naar de balie kwam lopen had half geloken donkere ogen, een scherpe, hoekige kaaklijn als die van een pitbull en bedekte zijn donkere haar deels met een honkbalpetje met daarop de omtrekken van de staat Alabama. Hij was lang, belachelijk lang.

'Hallo, wat kan ik voor je doen?' vroeg ik, met een blik op de klok aan de wand en daarna langs hem heen door de glazen deur. Het was donker en dat werkte op mijn zenuwen. Ik vond het de laatste tijd vreselijk om alleen te zijn in de salon. Ik kon niet zeggen waarom, maar ik had de laatste weken een gespannen, onheilspellend gevoel waar ik maar niet vanaf kon komen. Het irrationele gevoel dat me iets slechts te wachten stond, wat mijn hoofd met paranoïde gedachten vulde en me nog chaotischer maakte.

Tegen de tijd dat de man sprak had ik me al twee keer voorgesteld dat hij me zou vermoorden.

'Is er nu nog tijd voor een behandeling?' vroeg hij met schorre stem.

Ik kreeg een knoop in mijn maag. 'Eh...' Ik overwoog te weigeren, te zeggen dat ik de rest van de avond vol zat, maar had het geld echt nodig want volgende week moest mijn elektriciteitsrekening worden betaald. Trouwens, de kans was groot dat hij me niet zou proberen te vermoorden. Hij wist gelukkig niet dat ik alleen was.

Hoefde ik maar niet zo te denken, maar ook al was ik me ervan bewust dat mijn paranoia erger was dan die van de meeste mensen, ik wist als vrouw ook dat er te allen tijde gevaren om me heen waren.

'Ja... Wat voor behandeling zou je willen hebben?' Ik wees naar het menu aan de wand.

De gelamineerde posters waren opgekruld bij de hoekjes en sommige prijzen waren nauwelijks leesbaar omdat Mali's hanenpoten, sinds de salon geopend was, waren vervaagd. Een keer in de zoveel tijd probeerde ik die er met een marker weer op te zetten, omdat het Mali totaal niet interesseerde. Elke keer dat ik tegen haar zei dat ik met liefde een nieuwe zou maken rolde ze met haar ogen. Blijkbaar was ik de enige die dat dwarszat.

'Iets van een uur? Ik heb dringend een massage nodig. Mijn rug zit hier helemaal vast.' Hij wreef met zijn hand vlak boven zijn heup en draaide langzaam met zijn bovenlichaam.

'Dat lukt wel. Dit is je eerste bezoek, toch?' Ik kende het gezicht van elke vaste klant, niet alleen van die van mij.

Hij knikte.

Ik schoof het klembord met de formulieren voor nieuwe klanten naar hem toe. Zijn nagels waren vies en zijn handen zo droog dat er barsten bij en witte kringen om zijn knokkels zaten. Zijn gezicht zag er jonger uit dan zijn handen, maar zelfs toen ik recht in zijn bijna zwarte ogen keek had ik niet kunnen raden hoe oud hij was. Wat ik wel kon vaststellen was dat hij hard werkte en uit Alabama kwam, en ongetwijfeld zou hij hun team goed vinden.

Terwijl hij de formulieren invulde, haalde ik discreet mijn telefoon uit mijn zak om daar even op te kijken. Toen ik het scherm van het slot wilde halen verscheen er een melding op. Die was van Instagram: ik had er twee nieuwe volgers bij en mijn laatste post, een foto van een paardenbloem die tussen grashalmen uit tuurde, was drie keer geliked. Twee volgers, hm? Ik zou wel een influencer kunnen zijn met mijn twaalf volgers en twintig likes bij sommige van mijn posts. Mijn nagels op een stoel had honderden likes gekregen, dus er was duidelijk niet veel voor nodig om indruk te maken op de mensen van het internet.

'Alsjeblieft.'

De man onderbrak mijn dagdroom over honderdduizenden dollars betaald te krijgen om esthetisch aangename foto's op een app te zetten. 'Dank je...' Ik keek naar de regel waar hij zijn naam had ingevuld. 'Brady. Als jij er klaar voor bent, kunnen we beginnen.'

Hij knikte.

Ik nam hem mee naar mijn kamer. Toen we de kleine ruimte in stapten, werd hij voor mijn gevoel nog groter. Zo groot dat ik omhoog moest kijken toen ik tegen hem sprak. Ik zette de muziek aan en liep om de tafel heen om nog een kaars op de plank aan te steken. 'Zijn er, op je onderrug na, nog andere plekken waar ik me op moet concentreren?'

'Mijn hoofd,' zei hij.

Ik wachtte even om te zien of hij een grapje maakte of niet.

Hij glimlachte een beetje en zag er een stuk minder moordlustig uit met die kuiltjes in zijn wangen.

‘Daar betalen ze me niet genoeg voor, dus is er verder nog iets?’ Ik lachte terug en hij schudde zijn hoofd. Bij nader inzien was hij niet zo eng. ‘En hoe zit het met de druk? Wil je een Zweedse of juist een Thaise? Zacht, medium, deep tissue?’

Hij keek verward. ‘Ik weet niet wat het verschil is, maar ik gok op medium? Dit is mijn eerste massage.’

Inwendig kreunde ik. Hij zou of vaste klant worden of ik zou zijn eerste ervaring verpesten. Die druk was verschrikkelijk. Die legde ik mezelf op, ja, maar ik kreeg er stress van. Waarom reageerde ik altijd zo? Dat was zo vermoeiend.

‘Oké.’ Ik toverde een glimlachje op mijn gezicht. ‘Ik zal je een paar minuten de tijd geven om je uit te kleden tot zover jij dat prettig vindt. Je kunt je spullen in de mand leggen. Ga daarna maar op je buik onder het laken en de deken liggen en dan ben ik over een minuut of twee terug. Neem de tijd.’

Ik verliet de ruimte en bond het gordijn dicht. Onwillekeurig keek ik weer op mijn telefoon. Dit keer om mijn laatste gesprek met Austin opnieuw te lezen. Drie berichtjes met *Waar ben je?* en één keer *Als er iemand kwaad zou moeten zijn en niet zou moeten reageren, dan ben ik het wel.* Mijn tweelingbroer en ik hadden de nodige ruzies achter de rug en er waren tijden dat we elkaar in geen weken hadden gesproken, maar dit was anders.

Hij was nu een verrekte leugenaar, niet alleen maar een jongen die soms jokte om zijn zin te krijgen bij onze ouders of bij meisjes. Hij was nu een man, een die verdomme tegen mij had gelogen en bij het leger was gegaan met behulp van Kael, van wie ik beter had moeten weten dan hem te vertrouwen. Maar natuurlijk was ik gecharmeerd van hem geweest, precies zoals hij dat had gepland, en ik had me laten gebruiken in het spel dat hij met mijn vader speelde. Een spel dat ingewikkelder en veel gecompliceerder was dan waar ik op dat moment over na kon denken. Ik scrolde helemaal terug in het gesprek tot waar

Austin op weg hierheen was na zijn korte verblijf in South Carolina bij onze griezel van een oom. We waren toen allebei zo enthousiast geweest.

'Eh... mevrouw?'

Ik schrok zo van die stem dat ik meteen weer bij de les was. 'Shit,' fluisterde ik. Hoelang had ik hier op de gang gestaan? Geen idee. 'Kom eraan,' piepte ik, in plaats van te doen alsof ik hem rustig de tijd had gegeven.

Ik trok het gordijn opzij en haastte me naar de tafel om voor mijn verwaarloosde nieuwe klant te zorgen die nu zeker nooit meer terug zou komen, niet eens om me te vermoorden, laat staan voor een andere behandeling. 'Zit de hoofdsteun goed? Lig je comfortabel?'

Hij knikte.

Ik trok het laken om te beginnen tot hoog op zijn rug. Terwijl ik mijn handen over zijn schouderbladen liet glijden, dreef mijn geest de kamer uit, door de gang, zo door de voordeur naar dezelfde plek waar die de laatste tijd steeds heen ging.

3

Ik was net voor tien uur thuis. Brady, mijn nieuwe klant, was de laatste van de dag geweest. Hij had een nieuwe afspraak gemaakt voor over twee weken, en ik was dolblij dat hij niet ontevreden was vertrokken. Het uur was voorbijgevlogen terwijl ik in gedachten mijn hele leven was nagelopen, maar eenmaal thuis vertraagde de tijd, tot die zo langzaam voorbij droop als honing op kamertemperatuur. Elodie lag op de bank te slapen, dus ik zette de tv uit, ging op de stoel zitten en staarde naar mijn donkere woonkamer. Ik was vroeger zo bang voor het donker en nog steeds nam ik soms een aanloop om met één sprong in bed te komen, om wat er zich ook onder zou kunnen verschuilen te vermijden. Ik was niet meer bang voor spoken of voor de man die zich onder het bed had verstopt in die *Urban Legend*-film die me als tiener de stuipen op het lijf had gejaagd, maar dat ongemakkelijke gevoel was niet volledig verdwenen. Ik bracht mijn leven door met geesten, levende en dode.

Elodie was helemaal van de wereld.

Hoe zou de situatie met haar man Phillip zijn en welk formaat fruit zou haar baby nu hebben? Ik had haar de afgelopen week niet vaak gezien. Ik had gewerkt en geslapen en verder vrijwel niets. Ik was de afgelopen twee zaterdagen van plan geweest om naar mijn favoriete handwerkwinkel te gaan, maar bedacht me dan de avond ervoor.

De klok aan de wand sloeg tien uur. Ik was zowel hyper als uitgeput. Mijn lichaam was op, maar mijn gedachten bleven maar doorrazen. Ik leunde naar achteren op mijn stoel en mijn hoofd bonsde. Het huis voelde leeg aan, zelfs met Elodie op de bank.

Misschien lag het aan mij en voelde ik me leeg vanbinnen? De laatste tijd was ik me van veel dingen bewust geworden en dát was er een van. Ook van het feit dat ik niet veel vrienden had. Mijn beste vriendin was zwanger en bracht steeds meer tijd door met haar medelegervrouwen, wat ik begreep, maar dat versterkte het gevoel van eenzaamheid waar ik toch al last van had. Ik had geen familie. Ja, mijn broer en ik waren een tweeling, dus we zouden voor de rest van ons leven een band hebben, maar hij was nergens te bekennen, zoals altijd als hij het had verkloot.

Tijd was nog zo'n ding. Twee maanden geleden voelde mijn leven totaal anders aan. Austin zat toen in Kansas. Mijn vader en ik hadden een muffe, saaie relatie. Kael was een vreemde voor me. En dat was makkelijker, eenvoudiger. Het leek me onmogelijk dat ik Kael maar zo kort had gekend en dat hij mijn leven toch in die mate overhoop had gegooid. Zelfs terwijl ik hier in mijn donkere, eenzame woonkamer zat kroop hij mijn gedachten binnen. Ik bleef maar aan hem denken en daar had ik verdomme helemaal niets aan. Ik kende hem nauwelijks en wat ik over hem wist was dat hij een fucking leugenaar was. Waarom wilde dat niet tot me doordringen?

Het was pas twee weken geleden dat ik had ontdekt dat Kael Austin had geholpen om zich in het geheim aan te melden bij het leger... Letterlijk het ergste wat hij in mijn ogen kon doen en dat wist Kael. Het kon hem alleen niets schelen.

Mijn knieën begonnen te beven en ik ging met mijn vingers door mijn haar. De wijzer van de klok leek zich maar niet te verplaatsen en toch had ik al onze gehele tijd samen doorgenomen, van onze eerste ontmoeting tot aan de laatste. Zoals de regen op mijn huid had gestriemd die laatste dag, dat zou me altijd bijblijven, hoe hard ik ook mijn best deed om dat te vergeten.

Daar was ik vroeger goed in... in dingen vergeten. Ik had mezelf zelfs laten vergeten dat ik een moeder had gehad die ons zonder om te kijken in de steek had gelaten. Zo goed was ik. Maar er was iets aan Kael wat me maar niet met rust wilde laten, en ik kwelde mezelf daarmee. Ik had nooit eerder de dagen geteld of naar de wijzers van een klok gestaard, smekend of die alsjeblieft wilden bewegen. Ik raakte geobsedeerd door tijd, dat voelde ik. Ik maakte me zorgen dat ik gefixeerd zou raken, probeerde niet zo obsessief te zijn als mijn moeder, maar dat maakte het allemaal op de een of andere manier alleen maar erger.

Zo ging het nu al dagen. Uiteindelijk raakte ik gefixeerd op het proberen me niet te fixeren en dan belandde ik onvermijdelijk weer aan de keukentafel, waar ik naar de klok zat te staren en me afvroeg of de tijd ooit sneller zou verstrijken. Ik wilde doorgaan naar de volgende fase van een gebroken hart, die ene waarvan iedereen op Instagram beweerde dat ik daardoor op stap zou willen gaan met mijn vrienden om wijn te drinken en te lachen tot we huilden. Aangezien ik niet zo van het huilen was en eigenlijk ook geen vrienden had, leek me dat allemaal wat onwaarschijnlijk. Kon ik maar een punt bereiken waarop ik niet naar zijn Facebook keek of er niet aan dacht hoe zijn zweet op mijn lippen proefde als hij me kuste...

Ik stond op en ging naar de keuken. Mijn maag rammelde toen ik de koelkast zag. Wanneer had ik eigenlijk voor het laatst gegeten? Ik greep een zak brood van het aanrecht en ging aan tafel zitten. Het was ongelooflijk droog, maar dat maakte me eigenlijk niet uit omdat ik geen trek had.

Toen er voor mijn gevoel een uur verstreken was, keerde ik

knipperend met mijn ogen terug uit de herinnering aan die keer dat Kael op mijn veranda poëtisch tegen me had gesproken terwijl we naar de sterren hadden gestaard en die hadden bewonderd. Het voelde best goed om dat soort momenten op te halen, omdat het een van de weinige herinneringen was waar ik mijn hele leven keer op keer graag aan terug zou denken, zelfs met het besef van het verdriet dat daarop was gevolgd.

Ik keek naar het plafond, staarde door mijn dak heen naar de lucht. De barst in het plafond had de afgelopen week de vorm aangenomen van een enorme bliksemschicht die bijna van de ene kant van de keuken tot aan de andere reikte. Beschikte het universum dan niet over voldoende medeleven om die barst de volgende maand te laten verschijnen, als het misschien niet non-stop regende zoals de afgelopen dagen? Gezien mijn geluk de afgelopen tijd zou ik er niet van staan te kijken als dat een probleem met mijn dak zou veroorzaken waarvan ik het me financieel niet kon veroorloven om het te laten repareren.

Ik pulkte aan een velletje bij mijn nagel. De lak was allang verdwenen en nu was mijn huid aan de beurt. Ik probeerde het niet te doen en deed zelfs wat mijn moeder me had geleerd toen ik voor het eerst verliefd werd op een jongen en me daar druk om maakte, namelijk op mijn handen gaan zitten zodra ik die drang voelde. Ik deed het tegenwoordig nog maar zelden, maar ik had in ieder geval de herinnering aan haar advies.

Ik kon me die dag dat ze dat had gezegd nog voor de geest halen. Ze had breed geglimlacht om iets wat ze per post had gekregen. Ze had het opengemaakt en tegen haar borst gedrukt. Austin en ik hadden dat vanaf de trap gezien. Ze had met een stralend gezicht naar de lucht gekeken. Vanwege dat licht in haar, omdat ze straalde, hadden Austin en ik naar elkaar gekeken in plaats van naar haar.

4

Ik was me kapot geschrokken toen ik wakker was geworden met mijn wang op de keukentafel. Mijn nek had zeer gedaan omdat ik zo in slaap was gevallen, half over de tafel gedrapeerd. Terwijl ik mijn nek had laten kraken en heen en weer had gedraaid, had ik me mijn droom herinnerd: Austin en ik aan de rand van de trap, mam die lasagne met ons maakte terwijl ze door de keuken danste op Alanis Morissette... en toen een andere droom over een huilend meisje.

Het was vier uur 's ochtends geweest en er had een plastic zak met brood naast mijn hoofd gelegen. Ik had de zak dichtgemaakt met zo'n draaidingetje om daarna naar bed te strompelen. Ik had me zo op mijn matras laten vallen, zonder mijn werkkleren uit te trekken.

Het was nu laat op de ochtend en ik had me eindelijk gedoucht en voelde me iets meer mens. Elodie bereidde zich voor om ergens heen te gaan... Ze had het me twee keer verteld, maar ik kon me met geen mogelijkheid herinneren waarheen. We grapten uiteindelijk dat ik haar zwangerschapsdementie had gekregen. Ik stopte een cupje in mijn oude koffiezetapparaat en wachtte tot mijn levenselixer in de mok zou stromen.

Door mijn keukenraam was te zien dat de zon zich nog verstopte en de hemel huilde terwijl ik langzaam mijn koffie dronk en aan het droge brood van gisteravond knabbelde.

'Ik ben zo terug. Ik moet een paar dingen in de winkel halen,' zei Elodie, terwijl ze me van achteren een knuffel gaf. Ze rook naar fruit en linnen.

'Heb je goed geslapen?' Ik keek naar haar fijne gezichtje dat er roze en stralend uitzag, maar haar ogen waren opgezet. Ze had rust nodig.

'Kare, sorry als je ons gisteren hebt horen ruziën.' Ze kwam voor me staan en haar blonde bob wiegde zacht een beetje heen en weer.

Ik keek in haar grote, bloeddoorlopen blauwe ogen.

Ze beet op haar onderlip. 'Phillip is gewoon... Hij zit in de stress omdat hij helemaal daar zit. Daarom bekvechten we zo veel. Maar het gaat goed met hem. Alles is goed,' verzekerde ze me, terwijl ze onrustig haar handen bewoog.

Ik geloofde er niets van, maar ik wilde dat ze zich op haar gemak voelde en zich vrij zou voelen om met me te praten als ze daar behoefte aan had.

'Ik heb niets gehoord.' Ik haalde mijn schouders op. 'Maar ik ben dan ook aan de keukentafel in slaap gevallen.' Ik lachte een beetje om het geluid van het huilende meisje uit mijn droom van gisteravond te verdringen.

Elodie glimlachte. Haar schattige gezichtje straalde opluchting uit. 'Oké, ik zie je straks. Ik moet ook nog werken.' Ze gaf me twee zoenen en rende via de achterdeur naar buiten.

'Doei!' riep ik haar na, terwijl de schermdeur achter haar dichtklapte.

Ik vond het vreselijk dat ze ruzie hadden gehad en hoopte maar dat ze het zouden oplossen, maar mocht dat niet gebeuren, dan zou ik er zo goed mogelijk voor haar en de baby zijn.

Jezus, dat was nog eens een enge zin.

Maar goed, de rest van Elodies zwangerschap moest zo relaxed mogelijk verlopen, zodat de baby zo relaxed mogelijk ter wereld kon komen, en ik zou mijn best doen om te helpen dat mogelijk te maken.

Ik draaide een wasje en keerde terug naar mijn slaapkamer. Die zag er zo anders uit met mijn kale matras, zo veel groter zonder de kussens die er normaal op lagen. Ik verplaatste de rommel op mijn ladekast, haalde mijn vinger door het grijze stof dat erop lag en tekende een K en een hart. Ik was altijd al een verstokte krabbelaar geweest, op de middelbare school had mijn agenda er vol mee gestaan. Stof verzamelde zich zo vlug in mijn huisje dat ik het nooit kon bijhouden. Het vetplantje op mijn ladekast vergat ik steevast. Dat was nu dood.

Jezus, ik kon niet eens een vetplantje in leven houden.

Ik ging op mijn bed zitten en haalde mijn telefoon tevoorschijn. Ik werd nagenoeg nooit gebeld, maar toch keek ik er regelmatig op. Ik veegde het scherm af aan mijn pyjama en legde die op mijn ladekast terwijl ik mijn kleren voor vandaag aantrok. Ik was bijna doorweekt tegen de tijd dat ik daar klaar mee was. De vochtigheid van de ochtendregen was door de barsten rondom mijn ramen gesijpeld. Mijn kamer was als een sauna en het was vreselijk. Ik zette de airco in de hoek aan, maar schakelde die meteen weer uit, want mijn rekeningen waren toch al hoog genoeg. Ik moest maken dat ik hier wegkwam vóór ik de rest van de ochtend mijn kamer opnieuw zou inrichten.

De vaat. Ik zou de vaat kunnen doen. Ik moest over een half uur op het werk zijn en had toch al mijn uniform aan. Ik had nog wat tijd over en wist dat Elodie het anders zou doen. Waarom zou zij de schaal schoon moeten schrapen van die mislukte poging van laatst om lasagne te maken?

Ik liet het water stromen toen haar naam op het scherm verscheen van mijn telefoon op het aanrecht.

Heb je zin in koffie? Ik ben bijna thuis.

Ik keek naar mijn lege mok en reageerde. Hoe meer cafeïne ik kon krijgen, hoe beter de dag zou verlopen. Rond het middaguur zou ik me gejaagd voelen, maar dat hoorde tegenwoordig bij mijn dagelijkse routine.

Ik had overwogen Elodie uit te nodigen om vanavond na het werk iets te gaan doen. Ik zou kunnen reserveren bij het enige restaurant in de stad waar dat ook daadwerkelijk vereist was. Ik wist dat ze gek was op hun biefstuk. Het zou voor ons allebei goed zijn om een keertje het huis uit te zijn. Het zou ook goed voor haar zijn om te weten dat ik actief probeerde tijd met haar door te brengen en dat we niet alleen naast elkaar bestonden door op de bank te hangen terwijl we allebei met de telefoon in de hand wakker probeerden te blijven. Ze had het de laatste tijd zo druk gehad met haar andere vrienden dat ik me afvroeg of ze hen meer mocht dan mij.

Maar was dat eigenlijk wel slecht? Waarom maakte ik me daar druk om? Ze had toch meer met hen gemeen. Ik had ze niet echt ontmoet, maar ik wist hoe kliekjes jonge legervrouwen zich konden gedragen. Ze konden geweldig zijn of echte krengen. Ik wist nog dat mijn moeder was behandeld als buitenstaander, en dat die afwijzing ervoor had gezorgd dat zij zich had verzet tegen het idee van hoe de vrouw van een officier zich hoorde te gedragen. De manier waarop ze zich volgens mijn vader had moeten gedragen als huisvrouw en drager van zijn achternaam.

Elodie en mijn moeder waren totaal verschillende mensen en misschien waren de tijden veranderd, maar gezien de retoriek die ik tijdens mijn jeugd had gehoord, was het lastig om mijn mening bij te stellen. Elodie leek me zo'n makkelijk doelwit voor gemene meiden en dat hielp dus niet. Haar ongedwongen vriendelijkheid en gratie en haar schattige accent dat alles altijd zo veel zachter liet klinken maakten haar op een bepaalde manier ook tot een buitenstaander. Dat zou niet zo moeten zijn, maar laten we wel wezen, mensen konden verdomd onnozel zijn. Haar laatste vriendengroep had haar accent bespot onder het mom van speelsheid. Een van die vrouwen had haar er uiteindelijk ook van beschuldigd dat ze had geprobeerd haar man te versieren, terwijl Elodie hem, uit gewoonte, alleen maar een dubbele zoen op de wang had gegeven. Ze hadden zich binnen de kortste keren tegen haar gekeerd, hadden zelfs een bericht op Facebook gezet waarin ze het tot in detail over haar hadden, maar waarbij ze om de een of andere reden niet haar naam gebruikten. Die oude vriendinnen waren ook kersverse legervrouwen geweest en het was daarom een veilige gok dat deze huidige vriendinnengroep uiteindelijk hetzelfde zou doen.

Ik had geleerd dat het niet verstandig was om aan te nemen dat mensen niet voorspelbaar waren. Maya Angelou had het Oprah geleerd en zij had het op haar beurt aan mij geleerd: als mensen je hun ware aard toonden, moest je ze geloven. Zelfs Estelle, de haast griezelig perfecte vrouw van mijn vader, had problemen met het kinderachtige geroddel, en mijn vader bevond zich hoog op de ladder hier in Fort Benning. Ze woonden in het grootste soort huis dat de basis te bieden had, en mijn vader kocht de mooiste handtassen voor haar, belastingvrij, bij de PX, het basiswarenhuis. Ze deed haar uiterste best voor hen en hun braderieën en groepsuitjes naar Savannah, als het belastingseizoen aanbrak. Toch maakte het niet uit wat ze deed, sommige vrouwen roddelden nog steeds over haar en mijn vader. Ze hadden het er dan over dat de 'gestoorde' en 'ordinaire' ex-vrouw van mijn vader was vertrokken en nooit meer was teruggekomen. Een aantal van hen had mijn moeder daadwerkelijk gemogen en zij hadden gefluisterd dat Estelle waarschijnlijk al iets met mijn vader had gehad voordat mijn moeder was vertrokken. Hun kinderen hoorden dat en herhaalden die dingen op school tegen mij en mijn broer. Austin had vaak ruzie gehad en was soms zelfs betrokken geraakt bij gevechten met andere kinderen vanwege onze moeder en het mysterie rondom haar verdwijning.

Maar Elodie werd van twee kanten belaagd: Phillip belde vaker vanuit Afghanistan en het leek erop dat ze ook steeds vaker ruzie hadden. Ze had, vergeleken met de voorgaande weken toen het leek of ze bijna alleen maar had liggen te slapen, ook niet veel rust gekregen. Ze was de laatste tijd zo moe als ze thuiskwam van een bezoekje aan deze of gene of van een bijeenkomst van de familievoorbereidingscursus, dat ze Netflix aanzette en nog niet eens halverwege een aflevering op de bank in slaap viel, maar dan zat ze om drie uur 's nachts aan de telefoon. Ze sliep nog steeds op de bank met de gedachte dat het minder eenzaam was dan het bed, maar gebruikte ook een zwangerschapskussen om zich aan vast te klampen. De laatste tijd vroeg ik me soms af of ik me ook minder eenzaam zou voelen met zo'n kussen.

Ik had een nieuwe filosofie ontwikkeld: elk uur slaap betekende minder tijd om over mijn rampzalige leven na te denken. Een minder grote kans om de confrontatie met mijn broer op te zoeken. Een minder grote kans om Kael tegen te komen. Een minder grote kans om iets onder ogen te zien wat ik wilde negeren. Tegen de tijd dat ik klaar was met werk of met het onkruid wieden dat welig tierde in mijn tuin, met het schoonmaken van het huis of zelfs met het staren naar de barst in het plafond van de keuken, was het bijna tijd om wakker te worden en weer van voren af aan te beginnen. Het probleem was dat al die geestdodende klusjes juist het tegenovergestelde effect op me hadden: mijn geest was allesbehalve dood. Mijn gedachten maalden door mijn hoofd terwijl ik alles wat er was gebeurd probeerde te verwerken.

Was het echt pas twee weken geleden? Met Brien, mijn slechts lichtelijk vergelijkbare ex, had het me nooit zo dwarsgezeten als we het weer eens hadden uitgemaakt. Ik was altijd minder emotioneel geweest, degene die niet huilde en niet van wijken wist als ik dacht dat ik gelijk had. Hij was degene die vaak zijn excuses aanbood... In het begin in ieder geval.

In de loop van onze relatie had hij me afgemat, maar nu hij helemaal uit mijn leven was verdwenen wist ik dat onze relatie alleen zo allesomvattend voor me had gevoeld omdat ik nooit eerder zo hecht met een man was geweest. Of, in zijn geval, een jongen die had gedaan alsof hij een man was, maar de meeste mannen die ik had ontmoet leken in die categorie te vallen. Maar u begrijpt, een ongezonde relatie met pappie en zo.

Kael niet. Kael was de uitzondering op vrijwel elke regel. Elk vooroordeel dat ik over mannen en relaties had gehad, had hij ontkracht.

Totdat hij dat niet meer deed.

Wat wel werd bevestigd was dat mensen vertrouwen die ik nauwelijks kende me nooit iets positiefs zou opleveren. Nou ja, dat gold eigenlijk voor iedereen, want ik kon Austin, mijn vader en zelfs mezelf de laatste tijd niet vertrouwen.

Ik kon niet aan Austin denken en aan hoe hij zijn leven vergooide. Of aan Kael, en hoe hij hem daarbij hielp. Gadver, mijn gedachten schoten alle kanten op, waardoor mijn hart sneller ging slaan van de adrenaline.

Water plensde op mijn voeten. Ik keek naar beneden en zag het over de rand van de gootsteen stromen waardoor mijn enige paar werkschoenen doorweekt raakte. Ik kon me niet herinneren dat ik de kraan open had gedraaid.

Wat was er verdomme mis met mij?

Ik zette de kraan snel uit en liet wat water weglopen, terwijl ik een handdoek op de vloer gooide en die met mijn voet heen en weer schoof om het op te vegen. Ik kneep een flinke hoeveelheid paarse afwasmiddel met lavendelgeur erbij om de stank van de rest van de vaat te verdringen. Die schaal van laatst was zo aangekoekt en zwart dat ik de verbrande kaas nog steeds kon ruiken. Dat, vermengd met de vochtigheid buiten, creëerde een onaangename stank in het oude huis.

Mijn vingers gleden over een glad keramisch bord. Door het zeepsop heen voelde ik de tekst van de datum waarop Estelle en mijn vader elkaar hadden beloofd tot aan de dood van elkaar te houden.

Ik stond er een beetje van te kijken dat het fragiele trouwpresentje het zo lang had gered in mijn chaotische huishouden.

15

De keukendeur ging open en Elodies moedertaal kwam me tegemoet. Het klonk alsof ze van streek was, maar ik begreep niet wat ze zei. Ik had een paar woordjes Frans van haar geleerd, maar niets wat me hierbij hielp.

Toen ik haar aankeek, zei ze geluidloos 'Sorry' en kwam verder naar binnen. Ze had haar armen vol boodschappentassen en een traytje koffie dat ze ieder moment kon laten vallen. Ze had net als ik een werkuniform aan, maar droeg er een regenjas overheen, de capuchon omlaag. Haar blonde haar was droog en ze had het in een knotje op haar hoofd zitten.

Ik greep een handdoek om het schuim van mijn handen te vegen en haar te helpen. De tassen waren zwaarder dan ze eruitzagen. Een ervan zat vol pakken knutselpapier, lijm en een schaar. Ze had eigenlijk niet zo veel in één keer moeten dragen. De vrouwelijke stem aan de andere kant van de lijn werd steeds luider, bijna een schreeuw, en Elodie hield de telefoon verder weg van haar oor.

'Mijn ouders,' zei ze, terwijl ze de tassen op tafel zette.

Ik wist niet veel over haar ouders, behalve dan dat ze het niet bepaald geweldig hadden gevonden dat hun dochter Frankrijk had verlaten om met een Amerikaanse soldaat te trouwen. Het gebeurde niet vaak dat men Franse staatsburgers tegenkwam in militaire gemeenschappen als deze. Ik had zat vrouwen uit Zuid-Amerika en Mexico en een uit Duitsland gekend, maar niet eerder uit Frankrijk.

Elodie had hier in Georgia een heel ander leven dan ze in Frankrijk had gehad. Europa was totaal anders dan het zuiden van Noord-Amerika. Als Phillip terugkwam van zijn missie in Afghanistan zou alles hopelijk beter en makkelijker voor haar gaan. Aan de andere kant werd ik droevig van de woede in zijn stem tijdens dat Skype-gesprek waar ik laatst toevallig getuige van was geweest en haar verslagen houding van vanmorgen omdat ze vannacht weer ruzie hadden gehad. Ik hoopte dat de spanning tussen hen maar een fase was en dat ze alleen de standaard pasgetrouwden-, man-is-uitgezonden-, vrouw-is-zwanger-ruzies hadden die veel stellen meemaakten.

Ik wist dat mijn optimisme grotendeels geveinsd was.

Elodie, nog altijd in gesprek, liep weer in de richting van de deur en ik hield haar tegen.

'Ik haal de rest wel. Begin jij vast met het opruimen ervan?' bood ik aan.

Ze glimlachte bijna, maar degene aan de telefoon zei iets waardoor ze abrupt bleef staan en tegen het aanrecht leunde. Ze zette de telefoon op luidspreker en liet die op het keukenblad vallen. Ze sprak op luide toon om boven de harde, scherpe stem van haar moeder uit te komen.

Ik ging naar de achterdeur om de rest van de spullen uit de auto te halen en hoopte dat, wat er dan ook aan de hand mocht zijn, niet zo erg was als het klonk. Daarnaast hoopte ik dat ik het zo snel kon doen dat ik niet drijfnat zou worden. Ik had nooit een paraplu of regenjas bij me als ik die nodig had, en ik had nog nooit regenlaarzen gehad. Ik was meestal niet voorbereid op het normale leven en te goed voorbereid op onwaarschijnlijke dingen. Zo had ik bijvoorbeeld een aardbevingspakket, helemaal in het zuiden van Georgia, maar geen regenjas voor de stortbuien die hier vaak voorkwamen.

Ik deed de hordeur open terwijl Elodie naar de telefoon staarde met haar tong tussen haar tanden. Ik rende naar buiten, slaakte een gilletje toen de regen me raakte en rende nog wat sneller, probeerde niet uit te glijden in de modder naast de stoep. In de openstaande kofferbak, vlak achter een paar overgebleven tassen, lag een in elkaar geklapte wandelwagen. Die was lichtgroen en zag er bijna nieuw uit, maar zat niet in een doos. Soms vergat ik dat er al over een paar maanden nog een mens in mijn huisje zou zijn.

Ik raakte de wandelwagen even aan, maar pakte toen de rest van de boodschappen en keerde op een drafje terug naar het huis. De zware geur van aarde vulde de vochtige lucht. Nog iets wat op mijn te-doen-lijstje stond: eindelijk mijn tuin afmaken. De kleine aanpassingen die ik zo lang voor me had uitgeschoven werden echter langzaam maar zeker afgewerkt. Ik was zelfs al bijna klaar met het betegelen van de badkuip. Allemaal binnen een week, verdomme.

Neurotisch of verantwoordelijk? Misschien een beetje van beide.

Er reed een pick-up langs het stopbord zonder vaart te minderen en ik kreeg een knoop in mijn buik. Dat was niet Kaels pick-up, maar het deed me aan hem en het harde geluid van zijn Bronco denken, en aan hoe mijn huisje had gebeefd als hij voor de deur zijn motor had laten ronken. De man in de pick-up was de steeg ingeslagen aan de overkant van de straat. Zijn grote wielen deden aan alle kanten water opspatten. Wat een eikel.

Ik was nu nat en stond als een verloren pup in de regen. Ik ging vlug naar binnen en sloeg de achterdeur dicht. Elodie was niet langer in gesprek en zat aan de keukentafel.

'Sorry.' Haar stem klonk broos, haar accent duidelijker dan normaal. Ze slaakte een diepe zucht en tranen zwommen in haar ogen. 'Ze willen dat ik naar huis kom.'

'Wat?' Ik ging op de stoel tegenover haar zitten en veegde de regen van mijn gezicht.

Ze zag er een beetje verdwaasd uit en het puntje van haar neus was rood. Ze had een heel lichte, gave huid en een blos op haar wangen.

'Wat is er gebeurd, El? Gaat het wel?'

'Iemand... Iemand heeft mijn ouders geschreven met een stomme leugen en ze geloven een vreemde, niet mij...'

'Waar heb je het over? Wie heeft ze geschreven?' vroeg ik vol verbijstering.

'Iemand heeft mijn moeder via Facebook een boodschap gestuurd dat Phillip vreemdgaat en nog meer van die gestoorde dingen...'

'Wie is het? Ken je hem?'

Ze schudde haar hoofd en vermeed mijn blik. 'Het was een nepaccount. Het is allemaal zo stom en gelogen. Ik weet niet waarom iemand dat zou doen, of hoe ze mijn ouders überhaupt hebben opgespoord.'

Ik zat daar met mijn mond vol tanden, maar tegelijk borrelden er heel veel vragen in me op. 'Waarom zou iemand dat verdomme doen?'

'Ik haat dit.' Haar schouders beefden. 'En mijn dokter heeft teruggebeld. Mijn glucosepeil is heel erg laag. Het is allemaal gewoon ontzettend stressvol.'

Haar telefoon trilde opnieuw en er was PAPA op het scherm te lezen. Ze keerde haar telefoon om en schoof die van zich af.

'Ik kan er niet veel meer bij hebben. Echt niet.' Ze drukte haar vingertoppen tegen haar slapen en haalde diep adem terwijl haar telefoon op tafel beefde. 'Zij denken dat ik dit niet kan. Niets hiervan. Getrouwd zijn, moeder zijn. Het is allemaal zo veel en de baby is er nog niet eens.' Tranen biggelden over haar wangen. 'Ik heb niet eens een eigen plekje voor de baby. Ik heb geen wieg. Niets. Ik weet niet waar ik mee bezig ben.'

Ik schoof mijn stoel wat dichter naar haar toe. 'Wat erg, El. Je wordt een geweldige moeder, dat weet ik zeker, en dat zeg ik niet zomaar. Ik ken jou, ik weet hoe jij bent en je redt je wel.'

Ik probeerde zo overtuigend mogelijk te klinken. De baby zou er over niet al te lange tijd zijn en ze had meer zelfvertrouwen nodig. Ik meende echter elk woord. Ik kende allerlei soorten moeders: goed, slecht en verschrikkelijk.

'Karina, ik meen het. Ik ben hier helemaal alleen. Als ik de baby krijg voordat Phillip terugkomt of als hij gewond raakt...' Ze beefde.

Ik leunde over het tafelblad heen en pakte een van haar handen beet, die ijzig aanvoelde. 'Wat voel je koud aan!'

Ze haalde haar schouders op. 'Het gaat wel. Dat is nu niet belangrijk,' zei ze emotioneel. 'Mijn ouders denken niet dat ik dit aankan. Mijn vader heeft me dat net zo'n beetje verteld via de telefoon en mijn moeder is het met hem eens. Ze zeggen dat ze bang zijn. Bang!'

Ik probeerde alles wat ze zei te verwerken. 'Bang is wat overdreven.' Ik was een beetje pissig op haar ouders dat ze dat tegen haar hadden gezegd. Het was verdomme een beetje te laat voor dat gesprek. 'Wat lullig dat ze dat zeiden. Ze hebben het mis.'

Ze keek me nauwelijks aan.

'Nu haten ze mijn man. Ze denken dat hij een leugenaar is en dat hij een verhouding heeft terwijl ik hier helemaal alléén zit.' Ze benadrukte het woord 'alleen'.

Ik voelde me een beetje een mislukkeling omdat ik haar niet had geholpen van dat gevoel af te komen. Mijn hart brak voor haar vanwege hun hardvochtigheid. Het deed me denken aan die keer dat Kael zei: 'Als mensen het gevoel hebben dat ze gelijk hebben over iets, dan is het hun verantwoordelijkheid om het publiek te kennen en te weten hoe ze mensen individueel moeten aanspreken.' Meer wijze woorden uit de mond van de dichter zelf: Mikael Martin.

'Je staat er niet alleen voor,' vertelde ik Elodie, terwijl ik Kael uit mijn gedachten zette. Ik zou niet kunnen zeggen hoeveel seconden er waren verstreken sinds zij wat had gezegd. Ze keek me aan en ik wist dat die verdrietige blik in de ogen van een meisje nooit loog. Ze brak, hier en nu, en ik voelde het, zag het aan haar lichaamstaal.

'Ik heb jou, dat waardeer ik en ik hou ook van je, maar ik ben gewend aan mijn grote familie en mijn vrienden en mijn leven thuis. De laatste tijd gaat het beter, nu ik wat meer vrienden heb.' Ze viel even stil en leek te beslissen om haar boodschap anders te verwoorden. Er verscheen een uiterst schuldbewuste uitdrukking op haar gezicht. 'Maar mijn baby zal hier geen familie hebben. En hoe kan ik werken? Ik kan niet voor de kinderopvang betalen met de uren die ik nu draai.'

'El, we wonen op steenworp afstand van de salon. Ik kan op de baby passen terwijl jij werkt en we kunnen ervoor zorgen dat onze schema's niet overlappen.'

Ze herinnerde me eraan dat onze regeling niet permanent was. 'Karina, ik zal verder van het werk af wonen als Phillip weer terug is.'

'Je zou de baby alsnog hier kunnen afzetten,' bood ik aan, terwijl ik een andere oplossing voor haar probleem probeerde te bedenken.

'Je kunt dit niet voor me oplossen, Kare. Ik weet dat je dat graag wilt en dat het in je aard zit om te willen helpen, maar je kúnt me hier niet bij helpen. Misschien had ik helemaal niet moeten trouwen? Ik ben ook zo snel deze kant op gekomen, zonder echt iets over de Verenigde Staten te weten en zonder te beseffen hoelang ik alleen zou zijn. Mijn moeder heeft gelijk als ze zegt dat ik Phillip nauwelijks kende voor ik in het vliegtuig sprong en vlak daarna zwanger was. Hoe kwamen we daarbij?' Haar stem brak en ze hief haar handen alsof ze haar vraag aan de hemel stelde. Ze moest heviger snikken.

Ik had wel door hoe hard ze haar best had gedaan om zich groot te houden, maar dat lukte nu niet meer. Haar lichaam leek dit nodig te hebben en ze zakte verder onderuit op de stoel tijdens het huilen.

Tranen rolden over haar wangen en haar huid werd nog roder. Ze legde haar hand op haar buik en haar adem stokte.

Ik had geen idee wat ik kon zeggen om haar te helpen en misschien had ze gelijk en kon ik dit niet oplossen. Deze situatie was te zeer uit de hand gelopen.

'Ik kan het me niet eens veroorloven om naar huis te gaan. God, wat moet ik doen? Ze zijn zo boos en nu hebben ze me aan alles laten twijfelen,' riep ze. Er verstreken een paar tellen voor ze paniekerig fluisterde: 'Ik ben zo bang.'

Ze was helemaal over haar toeren en stikte bijna toen ze tijdens het huilen moest hoesten.

Ik vulde zo snel mogelijk een glas met water en gaf dat aan haar.

Ze dronk het helemaal leeg en klopte op haar borst. 'Het doet hier zo'n pijn en het voelt alsof mijn hoofd uit elkaar zal barsten. Ik...'

De tranen droogden op, maar haar lichaam reageerde nog alsof ze hysterisch aan het huilen was. Haar schouders schokten. Binnen enkele seconden maakte radeloosheid zich van haar meester.

Ik zag de overgang naar bezorgde moeder. Ze bracht opnieuw haar hand naar haar buik en ik wilde die vastpakken, aanbieden nog wat water voor haar te halen. Ze schudde hysterisch haar hoofd, ademde diep in en uit en snikte zonder tranen.

Haar gesnik was bijna luid genoeg om het geluid te overstemmen van de achterdeur die openging. Austin kwam binnen geslenterd alsof we nog op goede voet met elkaar stonden.

Ik werd een beetje duizelig terwijl ik die twee in me opnam.

6

Mijn broer zag eruit alsof hij een week lang niet had geslapen en leek net een stekelvarken met zijn haar dat alle kanten op stak, maar dat plat over zijn voorhoofd lag, waar water langs droop.

Daar stond hij dan, in een blauw T-shirt en zwarte spijkerbroek met scheuren bij de knieën, terwijl hij er zowel verdwaasd als verbaasd uitzag.

Doordat hij zo onverwacht opdaagde werd ik nog kwader op hem. De zolen van zijn zwarte sneakers piepten over mijn keukenvloer.

Ik ging naar hem toe. 'Wat doe jíj hier, verdomme?'

'Kare, kom op...' Zijn vermoeide blik ging van mij naar waar Elodie aan tafel zat, en hij liep onmiddellijk naar haar toe. 'Wat de fuck? Gaat het wel?' riep hij, en toen keerde hij zich naar mij toe. 'Is ze in orde?'

Mijn hart bonsde in de keel en iets wat op woede leek borrelde in me op. 'Mijn huis uit, Austin! We hebben hier met een écht probleem te maken. We kunnen die van ons later wel afhandelen.'

Niet te geloven, hij was hondsbrutaal! Hij had het lef van onze moeder én dat van onze vader. Dit was belachelijk.

Hij kwam op het moment veel jonger over dan hij was. Hij had nooit goed zijn emoties kunnen beheersen... Op veel vlakken waren we een echte tweeling, maar niet op dit punt. Zoals hij naar Elodie keek deed me denken aan het jochie met de groene ogen dat huilde toen zijn vader zes maanden eerder werd uitgezonden dan gepland. Hij had altijd moeten huilen als onze vader op missie ging. Ik was het tegenovergestelde geweest. Naarmate we ouder werden, was ik opgelucht als het zover was, ook al zou ik dat nooit aan iemand toegeven.

'Gaat het?' vroeg Austin opnieuw aan Elodie toen zij zo ver als ze kon naar voren leunde. Haar lichaam beefde en ze had haar armen om haar buik heen geslagen.

'M-mijn buik... voelt raar. De baby...' Ze schudde haar hoofd. 'Ik wil niet dramatisch doen als dit niets te betekenen heeft.'

'Je bent zwanger en je ziet er niet goed uit. Laten we gewoon je dokter bellen.' Ik probeerde te bedenken met wie we contact konden opnemen. Het was niet alsof ik mijn moeder om advies kon vragen. Of Estelle.

'We moeten haar naar Martin brengen,' zei mijn broer.

'Wat...' Ik hield mijn mond.

'Het ziekenhuis,' zei hij ter verduidelijking.

Ik knikte al. Duh, mijn broer had het over het ziekenhuis bij Fort Benning, dat had dezelfde naam als Kael. 'Dat weet ik! Ik dacht aan iets anders,' snauwde ik. Ik was bang dat Austin zou denken dat ik aan Kael dacht.

'Op een schaal van één tot tien, wat is je...' zei Austin spottend op een toon die aan een arts moest laten denken.

'Doe je nu een dokter na?' vroeg ze hem tussen het puffen door.

'Ja. Sorry, ik ben geen dokter Stewart of hoe Patrick Dempsey dan ook heet in die ziekenhuisserie.'

Elodie moest glimlachen en haar gezicht trok wat bleek weg terwijl we allemaal een beetje grinnikten.

Inwendig raakte ik in paniek, maar ik probeerde kalm over te komen door met ze mee te lachen. Dat laatste was trouwens gemeend. Ik voelde me tegelijk leeg en heel en bezorgd en alsof alles in orde was. Emoties zijn raar wat dat betreft, dat we zo veel verschillende dingen op hetzelfde moment kunnen ervaren. Het menselijke vermogen om al die dingen tegelijk te voelen, het pure gewicht van zo veel verschillende dingen die zich op mijn borst opstapelden... dat klonk en voelde als een eeuwenoude, zware straf van een ontzettend onsympathieke en hardvochtige god. Te veel voelen rakelde verdriet, problemen, trauma's, onbeantwoorde liefde en een verlies van controle op, allemaal in één persoon, en dan was er nog het feit dat Elodie mogelijk te vroeg zou bevallen hier in mijn keuken.

Mijn gedachten schoten alle kanten op en wij zaten hier te lachen om *Grey's Anatomy*?

'Ik ben toch meer een fan van Doug Ross,' vertelde Elodie hem tussen het steunen door. Ze drukte nu op haar buik en welfde haar rug.

'Ik weet niet wie dat is, maar...'

Elodie staarde hem aan. 'Hoe bedoel je, je weet niet wie dat is? Het is een Amerikaanse serie en het is George Clooney en jij kent hem niet?' Ze welfde opnieuw haar rug.

'Jongens?' Ik had het in gedachten al drie keer herhaald voor ik het daadwerkelijk tegen hen zei.

Ze keken me allebei aan. Elodie zag lijkbleek.

Ze was het met me eens voor ik verder ook maar iets hoefde te zeggen.

'Oké, oké, we moeten gaan.'

'Elodie, kun je gaan staan? Kunnen we niet beter rechtstreeks naar de spoedeisende hulp gaan? Wacht, ik zal het even googelen. Voor de zekerheid.'

Ik wist dat ze een of andere paniekaanval had en dat die waarschijnlijk of zo voorbij zou zijn of erger zou worden, dat wist je niet, maar nu er een baby in haar groeide konden we geen enkel risico nemen, vooral niet na dat telefoontje van haar dokter van nog geen uur geleden over haar bloedsuikerspiegel. Ik googelde en kwam er binnen enkele seconden achter dat we rechtstreeks naar de spoedeisende hulp moesten gaan. 'Ja, kom op, El.'

Haar telefoon op het aanrecht beefde. Ik controleerde of Elodie niet naar me keek en keerde haar telefoon om. De bekende foto van haar vader vulde opnieuw het scherm. Ik negeerde het gesprek en keerde het ding weer om.

'We moeten laten kijken of alles goed is met de baby. Dat duurt niet lang. Ik breng je er meteen heen.'

'Het zal nu niet zo druk zijn daar. Ik ga ook mee,' zei Austin geruststellend.

Ze zuchtte.

Ik zag haar borst rijzen en dalen. Het klonk alsof ze wat beter ademde dan zonet, maar ze was duidelijk niet in orde.

Ze gaf toe. 'Oké, goed, ik hóóp dat het niet druk is.'

Het was altijd druk op de spoedeisende hulp op de basis, maar ik hield mijn mond omdat Elodie op dit moment iets moest horen waardoor ze zich beter zou voelen. Leugen of waarheid, dat deed er volgens mij niet toe.

Elodie knikte.

Austin bukte zich en schoof zijn armen onder haar benen door, tilde haar op alsof ze een zak vol boodschappen was.

'Ik kan lopen,' wierp Elodie tegen, maar ze maakte geen aanstalten om zich los te maken.

Als ze dat had geprobeerd, had ik haar ook gezegd dat ze het hem moest laten doen.

Hij schudde zijn hoofd en trok de capuchon van haar jas over haar haar ter bescherming tegen de regen.

Ze zuchtte.

Hij bracht haar via de tuin naar de auto, terwijl ik mijn sleutels zocht, die uiteindelijk de hele tijd al in de zak van mijn uniform zaten. Mijn handen beefden, ook al voelde alles vrij normaal. Nou ja, niet normaal, maar niet zoals in de film waar iedereen als een kip zonder kop rondrent en er iemand huilt en het een grote chaos is.

Terwijl ik mijn handen in mijn zakken had besefte ik dat ik naar het werk moest, nu.

Mijn leven was klote.

Ik rende langs hen heen, trok het achterportier van mijn auto open en Austin zette Elodie voorzichtig op de achterbank. Toen hij klaar was en ik me ervan had verzekerd dat ze daar goed zat, kostte het me al mijn zelfbeheersing om niet tegen mijn broer te zeggen dat hij achterin moest gaan zitten of, nog beter, dat hij terug moest gaan naar zijn logeeradres, waar dat ook mocht zijn. Elodie voelde zich duidelijk beter met hem in de buurt, misschien omdat ze terecht dacht dat ik geen idee had van wat ik moest doen, maar datzelfde gold voor Austin. Wat de reden ook was, ze leek kalmer te zijn met hem erbij. Ze leunde met haar achterhoofd tegen de leuning en had haar handen voor haar gezicht geslagen.

Hij trok het portier aan de passagierskant open.

Ik zuchtte dramatisch in de hoop dat hij het zou horen en stapte zelf ook in. Ik zette meteen de muziek aan en keek via de achteruitkijkspiegel naar Elodie. Austin staarde naar buiten, terwijl ze op de achterbank zat te huilen. Hij zat met zijn been te wippen zoals hij altijd deed als hij zich zorgen maakte. Ik dacht dat ik zijn lippen zag bewegen, maar ik hoorde niets boven de stem van Ryan Seacrest op de radio uit. Ik wist niet wat ik tegen een van beiden zou moeten zeggen, dus reed ik verder.

Terwijl ik invoegde op de snelweg sprong een rood lichtje aan.

Een ongeluk kwam nooit alleen.

'El, heb jij je militaire ID bij je?' riep ik boven het piepen van mijn ruitenwissers uit, waarbij ik dat lichtje negeerde. Ik hoopte het maar, want afhankelijk van het humeur van de wachters bij de poort zou een vrouw die in nood verkeerde ze er niet van weerhouden om ons weg te sturen als ze die niet bij zich had. Zelfs haar vlekkerige gezicht en bolle buik zou hen er waarschijnlijk niet van overtuigen om ons toe te laten.

'Die heb ik van de entertainmentset gegrist,' deelde Austin mee. 'Kare, luister...'

Ik schoof naar een andere rijbaan om een vrachtwagen in te halen. 'Nee!' snauwde ik.

Hij vouwde zijn handen op zijn schoot.

'Niet nu,' voegde ik eraan toe. Ik keek nadrukkelijk via de achteruitkijkspiegel naar Elodie. Zij staarde naar haar buik, haar wangen blonken van haar tranen.

Elodie ving mijn blik op. 'Voor ik hier kwam wonen had ik nooit van deze aanvallen. Alles is de laatste tijd zo'n rommeltje.'

'Je leven was vroeger heel anders. Je had geen man die zich in een oorlogsgebied bevond of een baby zo groot als een ananas in je buik.'

Haar ogen straalden kort en haar mondhoek krulde iets op. 'Ja, dat is waar. Sorry dat ik jullie dag verpest.'

Ze ving mijn blik weer op in de achteruitkijkspiegel. Ze huilde niet meer, maar haar schouders beefden nog altijd.

'We zijn er over tien minuten,' meldde ik.

Austin maakte aanstalten om mijn hand aan te raken, iets wat hij vroeger deed als onze ouders aan het kibbelen waren. Meestal op de terugweg van een 'gezellig' weekendje met het gezin dat onze moeder tegen onze zin had geregeld. Het was alsof onze ouders gewoon niet bij elkaar in de buurt konden zijn voor de volledige tweeënhalve dag van een weekend, dus tegen de tijd dat we op zondag het door mam uitverkoren toevluchtsoord verlieten, zaten ze meestal tegen elkaar te schreeuwen in de auto. Het begon altijd met een 'grapje' van mijn vader en eindigde met een deur die werd dichtgegooid of mijn moeder die op de veranda op de schommelbank sliep. Ik durfde te zweren dat het haar daar beter beviel dan in mijn vaders officiershuis, waarvan ze nooit het gevoel zou hebben dat het ook van haar was.

Soms waren onze ouders de reden dat Austin en ik ons aan elkaar vastklampten en dat onze band hechter werd. Soms waren zij ook de reden dat wij elkaar wegduwden. Toen ik deze keer mijn hand wegrukte van de zijne, was Austin voor de volle honderd procent de schurk. Hij was onze vader. En ook al was ik er zeker van dat mijn vader iets te maken had met het feit dat hij in dienst was gegaan, ik kon hem of mijn moeder hier niet de schuld van geven. Austin had me verraden en ik wilde niet dat hij me aanraakte. Ik wilde hem niet eens in mijn auto hebben.

Mijn broer leunde tegen het raam naast hem en staarde voor zich uit.

Ik kende die blik. Die ontreddering en het verlangen naar vergiffenis en goedkeuring. Maar die kon ik hem niet bieden. Hij had niet de band van mijn fiets lek gemaakt of het hoofd van mijn pop eraf getrokken, zoals toen we kinderen waren. Dit was een verschil van dag en nacht. En het voelde goed om hem op deze manier te kwetsen, door niet toe te geven en hem te vergeven enkel en alleen omdat ik het vreselijk vond dat hij verdriet had.

Hij had een keus gemaakt, ondanks de belofte die we elkaar als kind hadden gedaan. Hij zou naar de basistraining worden gestuurd en daarna naar Irak of Afghanistan of naar een ander land dat we op dat moment binnenvielen. Dat zou hem niet ten goede veranderen, zoals mijn ervaring met het leger altijd was geweest, en ik was er niet klaar voor om het er met hem over te hebben. Ongeacht hoe vaak ik op mijn telefoon keek om ons laatste gesprek opnieuw te lezen, ik was er echt niet klaar voor om die ruzie te hebben.

We reden met zijn drieën in stilte verder, leden ieder op onze eigen manier.

7

Het duurde bijna een uur voor de verpleegster Elodies naam riep.

Austin was al die tijd bij ons gebleven, had Elodie foto's laten zien van 'lelijke baby's' op Facebook. Hij liet haar lachen, maar dat maakte hem niet tot een heilige. Elodie kwam overeind en ik volgde haar, langs de kinderen met rode gezichtjes en snotneuzen, langs de soldaten in uniform, langs alle andere mensen met een telefoon in hun hand geplakt. De enorme ruimte was zo deprimerend dat we het hele uur niets hadden gezegd.

Voor we uit het zicht verdwenen riep Austin mijn naam vanaf de plek waar hij zat.

Ik draaide me om en wierp hem een blik toe die hij zelf mocht invullen. Die had zowel 'Flikker op' als 'Een momentje graag, ik ben bezig' kunnen betekenen...

Het interesseerde me werkelijk niet welke van de twee mogelijkheden hij koos.

Voorbij die deur was er ergens een kind aan het hoesten, een vochtig en ietwat schor geluid dat klonk als iets uit een horrorfilm. We kwamen voorbij drie hokjes die op het moment werden afgeschermd door gordijnen die zo weer open konden worden getrokken en waar het mensen aan waardigheid ontbrak. Ik haatte ziekenhuizen en verder alles wat me het gevoel gaf geen vrijheid te hebben. Ik kreeg een knoop in mijn maag toen het kind bleef hoesten en begon te huilen.

Eenmaal bij Elodies 'kamer' werd ze gewogen door de verpleegster, die daarna haar bloeddruk opnam. Ze verzocht me toen de gang op te gaan. Ik keek Elodie aan en ze knikte.

Ik moest Mali bellen en ik raakte trouwens toch in paniek van mezelf. Toen ik mijn telefoon pakte zag ik dat ze drie keer had geprobeerd me te bereiken. Ze zou me vermoorden. Er was ook een voicemail, maar aangezien ik haar toch zou bellen zodat ze me ervan langs kon geven, hoefde ik daar niet naar te luisteren. Ze zou woedend zijn. Ik was al veertig minuten te laat.

Leunend tegen de enige echte wand die ik kon vinden belde ik Mali, maar ze nam niet op. Ik zuchtte, al was ik eigenlijk opgelucht dat ik haar voicemail kon inspreken. Net toen het berichtje van de salon kwam, klonk de dubbele piep die aangaf dat Mali via de andere lijn belde. Ik ademde diep in, nam het gesprek aan en vertelde haar wat er was gebeurd. Ik legde uit dat ik er binnen een uur zou zijn, maar dat Elodie vandaag hoogstwaarschijnlijk niet zou komen. Ze zei dat we haar twee nieuwe klanten hadden gekost, maar vlak voor we ophingen zei ze dat ik tegen Elodie moest zeggen dat ze hoopte dat alles goed was. Ik glimlachte om onze knorrige baas.

Ik overwoog even mijn broer zelfs geen berichtje te sturen en via de achteruitgang van het ziekenhuis weg te glippen in plaats van een gesprek met hem aan te gaan in de wachtruimte. Ik was er niet klaar voor om met hem te praten over waarom hij had gedaan wat hij had gedaan en waarom hij mij er niet over had verteld. Ik was al moe genoeg en had geen idee wat ik tegen hem moest zeggen. Ik had antwoorden nodig, maar wist niet of ik daar al klaar voor was. Ik kon proberen het te negeren, maar dit was het echte leven en op een bepaald niveau moest ik alles weten, zelfs onder de huidige omstandigheden. Als ik wist dat Kaels betrokkenheid bij zijn aanmelding een of ander ziek spelletje was om mij te grazen te nemen voor wat mijn vader Kael en zijn vrienden had aangedaan, zou ik me beter voelen. Hopelijk. Aangezien ik mijn vader ergens al haatte vanwege de dingen die hij bij ons thuis had gedaan en nu wist wat hij erbuiten had aangericht en hoe slecht hij kon zijn, verwelkomde ik Kaels wraak bijna. Bijna.

Wilde ik de details weten? Niet echt. Zou ik me er beter door voelen? Waarschijnlijk niet. Zou ik die twee tot in de eeuwigheid kunnen vermijden? Helaas niet, maar vandaag wel.

Precies op dat moment kwam mijn broer de gang op. Gelukkig vroeg de verpleegster of ik haar het hokje van Elodie in wilde volgen.

‘Ze vraagt om jullie twee.’ Ze gebaarde ook naar Austin.

Dat kwam mij prima uit, want zo hoefde ik in ieder geval niet met hem te praten over ons drama.

Zittend op de rand van het bed, met haar shirtje tot vlak onder haar borsten getrokken en haar blote buik, zag Elodie er heel jong uit. Om haar baby in de gaten te kunnen houden, had ze van die huidkleurige bandjes op haar buik met plakkers aan het uiteinde om kleine draadjes op hun plek te bevestigen. Ze huilde niet meer en kwam kalm over. Moe, maar kalm.

Ik ging bij haar zitten en pakte haar hand vast. Haar blauwe aderen vielen extra op doordat ze zo bleek zag. Haar ontblote huid leek een grijsblauwe tint te hebben. Toen ik haar beter bekeek werd ik misselijk door hoe zwak ze eruitzag. Ik was gewend stralende ogen en een gezonde blos op haar wangen te zien, maar die ontbraken nu.

Ze legde haar hand op haar buik. ‘De baby is in orde. Ik moet alleen op mijn stressniveau letten. Alles is goed met mijn kindje.’ Ze wees naar het infuus dat naast haar bed stond. ‘Ik ben uitgedroogd, dus daarom krijg ik dat.’

Ik blies mijn adem uit en liet opgelucht wat van mijn spanning varen.

‘Ben jij die Fischer-jongen?’ vroeg de dokter, die er al die tijd had gestaan, maar me helemaal niet was opgevallen.

Ik draaide me naar hem om en zag dat hij naar Austin keek, die in de hoek stond met zijn armen voor zijn borst over elkaar gevouwen.

'Nee,' zei Austin.

Hij bracht het zo nonchalant en oprecht dat ik hem bijna geloofde. Wat een goede leugenaar was hij toch.

Elodie sloeg haar blik neer, vermeed de leugen.

Ik keek naar het gezicht van de man, maar zag niets bekends.

Austin staarde naar zijn telefoon en deed alsof die hele opmerking niet was gemaakt.

De man leek achterdochtig, maar knikte.

'Hoezo?' vroeg ik.

Austin keek abrupt op, duidelijk niet blij dat ik er verder op doorging terwijl hij de vraag had ontweken.

Een verpleegkundige stak haar hoofd om het gordijntje heen. 'We hebben u nodig. Gebroken arm,' zei ze tegen de arts.

De man keek ons allebei nog even aan en verliet toen de ruimte.

Ik wierp mijn broer een boze blik toe. 'Kende je hem? Wat was dat allemaal?'

'Volgens mij is hij een vriend van pap.'

'Waarom heb je dan gelogen?'

Austin haalde zijn schouders op. 'Zoals ik al zei: volgens mij is hij een vriend van pap.' Hij keek me aan alsof daarmee alles was uitgelegd.

'Je lijkt er wel heel erg aan gewend te zijn om te liegen. Ik vraag me af van wie je dat hebt,' was het enige wat ik kon zeggen.

Austin kwam naar me toe en hief zijn handen. 'Ik heb niet tegen je gelogen!' fluisterde hij wanhopig.

'Je bent in dienst gegaan zonder het me te vertellen!' Ik probeerde mijn stem zacht te houden, maar er kwam een agressie in me op die dat onmogelijk maakte. Ik voelde woede in me opborrelen.

Mijn broer liet zijn hoofd iets naar achteren zakken en zuchtte. 'Karina, ik wist dat je door het lint zou gaan als ik het je zou vertellen, precies zoals nu. Ik vraag me af van wie jij dát hebt!'

Zijn woorden kwamen binnen, raakten me recht in mijn hart. Het stak dat hij me ervan beschuldigde dat ik zoals onze vader was. Dat deden we zo vaak, elkaar of onszelf vergelijken met onze ouders om de ander te kwetsen.

Elodie keek geduldig van mijn broer naar mij. Ik kneep zacht in haar hand. Het laatste wat zij nodig had was nog meer drama.

'Flikker op, Austin, dit is hier niet het juiste moment voor,' beet ik hem toe, en toen richtte ik mijn aandacht weer op haar. 'Ik ben zo blij dat het goed gaat met de baby. Ik maakte me zorgen om je. Om jullie allebei.'

Ze knikte, pakte mijn hand iets steviger beet. 'Ik ook. Sorry voor al deze problemen. Ze hebben wat testjes gedaan en houden de hartslag van de baby in de gaten.' Ze keek omhoog naar de piepende machines en apparatuur achter het hoofdeinde van haar bed.

'Er is niets om je zorgen om te maken. Je hebt niets verkeerd gedaan,' verzekerde ik haar.

Waarom boden vrouwen altijd hun excuses aan voor dingen waar ze geen invloed op hadden? Ik deed dat, Elodie, mijn moeder...

'Ik denk gewoon dat het alles bij elkaar is. Mijn ouders. Phillip... Hij is...'

Elodie wendde haar blik af en keek naar de kleine televisie die in de hoek hing. Het dunne gordijntje vormde niet echt een goede barrière tegen de rest van de patiënten en ik wist zeker dat onze buren alles konden volgen. Ik hoorde verpleegkundigen voorbijkomen en opnieuw die verschrikkelijke hoest. Het werkte allemaal op mijn zenuwen, maar ik moest er voor haar zijn.

Ik nam haar frêle lichaam in me op.

'Wat is er met Phillip gebeurd?' De lege blik in haar ogen viel me op en ik dacht aan mijn broer die hier was, aan de andere patiënten en het gebrek aan privacy op dit soort plekken. 'Je hoeft het me niet te vertellen als je het er niet over wilt hebben.'

'Die Facebook-berichten die iemand naar mijn moeder heeft gestuurd? Nou, daar stond in dat de vrouw met wie mijn man vreemdgaat samen met hem is uitgezonden. En dat ze getrouwd is. Mijn ouders geloven de afzender en willen dat ik naar huis kom voordat de baby er is. Alsof ik dat zou doen. Alsof ík dat zou doen.' Ze keek eerst naar Austin en toen naar mij. Ze wreef over het dunne ziekenhuisgewaad dat als goedkoop papier over haar bolle buik gedrapeerd lag.

'Weet je wie dat bericht heeft verstuurd? Staat er een naam bij de berichten?'

'Het is iemand uit Phillips eenheid. Mam zei dat het de man van die vrouw was. Het is een nepaccount, maar het was makkelijk om die vrouw op te sporen omdat zij de enige vriend van dat account is.'

Ik keek naar Austin, maar hij staarde naar de vloer. Ik stelde me zo voor dat hij Elodie zijn aanwezigheid wilde laten vergeten zodat zij zich meer op haar gemak voelde. Dit soort verhalen waren maar al te bekend op een plek waar mensen trouwden, lang vóór ze de leeftijd hadden bereikt waarop ze alcohol mochten drinken. Getrouwd en uitgezonden, dan een baby en dan opnieuw uitgezonden. Onderbetaald, overbelast en te weinig waardering bij uitzending na uitzending. Het was een cyclus, en Elodie leek vast te zitten in haar eigen versie daarvan. En zij was er pas net mee begonnen.

'Wil je dat ik eerlijk ben of dat ik je een hart onder de riem steek?' vroeg ik.

'De waarheid.' Ze glimlachte en beet toen op haar onderlip. 'Maar wel voorzichtig.'

'Afgesproken.' Al had ik geen idee hoe ik het voorzichtig kon brengen. Op zachte toon probeerde ik de impact van mijn woorden te verzachten: 'Dat de man van die vrouw je mailt is best een ding, toch? Zomaar uit het niets. Jij denkt niet dat er waarheid schuilt in wat hij zegt? Of dat hij jou en je ouders met een bepaalde reden lastigvalt?'

Elodie kromp ineen.

Ik ging verder. Ik was eerlijk en probeerde de klap te verzachten. 'Luister even naar me. Ik zeg dus niet dat hij vreemdgaat, maar het komt wel vaak voor. Ik kende iemand van wie de vrouw in verwachting raakte terwijl ze op missie was in Irak. Die man was burger en woonde aan de andere kant van de wereld op de basis van Fort Benning. Terwijl hij thuis hun kinderen opvoedde, deed zij het met haar meerdere en raakte zwanger. Het gebeurt vaak. Vreemdgaan is een groot deel van het leven in het leger. Nou, van het leven op zich, maar luister, El, ik mag Phillip en ik beschuldig hem niet en zeg ook niet dat ik het met je ouders eens ben. Het enige wat ik wil zeggen is dat je misschien een beetje onderzoek moet doen.'

'Serieus, Karina?' onderbrak mijn broer me.

'Hoe dan?' vroeg Elodie me.

Tot mijn opluchting kwam ze niet van streek over, alleen nieuwsgierig.

'Je zou die vent zelf een berichtje kunnen sturen? Of je kunt het aan Phillip vragen. Maar dat laatste veroorzaakt misschien meer problemen dan je lief is voordat je daadwerkelijk te weten komt of er iets is om je zorgen om te maken. Het is ook mogelijk dat hij liegt.' Ik keek mijn broer aan. 'En als de man die de berichten heeft gestuurd toch blijkt te liegen en jij bij de spoedeisende hulp terecht bent gekomen omdat je dankzij hem zo in de stress bent geschoten, dan schrijf ik hem zelf aan.' Ik meende elk woord. 'En zijn vrouw.'

Elodie lachte niet, maar dat had ik ook niet verwacht.

Ze hief haar kin. 'Ik heb vertrouwen in mijn man, ook al ben ik op het moment niet blij met hem.'

Austin en ik glimlachten, en hij schudde zijn hoofd.

Ze keek nog een keer om zich heen. 'Voor nu, in ieder geval.'

8

Het was nu drukker in de wachtruimte van de spoedeisende hulp dan twee uur geleden. De dokter wilde Elodie wat langer in de gaten houden en ik moest aan het werk, dus een van haar vriendinnen van de zwangerschapscursus zou haar naar huis brengen zodra dat mocht. Ze kwam opgewekt over en straalde zelfs een beetje na al die vitaminen en andere dingen die ze via het infuus binnen had gekregen.

Austin had aangeboden op haar te wachten en haar later in mijn auto naar huis te brengen. Hij was de laatste tijd een heer geworden en we stelden allebei het aanbod op prijs, maar ik wist niet hoelang het geleden was dat hij had gereden en ik wilde mijn auto niet bij hem achterlaten omdat ik als de sodemieter naar het werk moest, dus dat wimpelde ik beleefd af. Elodie had vanuit haar bed een berichtje gestuurd naar haar groepschat om te kijken of iemand haar wilde ophalen. Er was zeker dertig minuten driftig heen en weer geappt, want haar telefoon had de hele tijd gepingd.

De groep vrouwen aan de ontvangende kant leken haar later allemaal graag te willen komen halen en ze kreeg meteen verschillende aanbiedingen. De vrouw die dat als eerste aanbood was Toni.

Ik meende me haar achternaam te herinneren. THARPE, zoals ik het een keer op een T-shirt had zien staan. Elodie had het ook best vaak over haar. Egoïstisch vroeg ik me af wie mij zou ophalen als ik in het ziekenhuis was en hulp nodig had. Soms voelde het, zoals nu, alsof ik alleen door het leven zweefde, omringd door mensen die om iedereen gaven, behalve om mij.

Terwijl ik naast Austin liep, langs rijen en rijen met groene stof beklede stoelen, was ik er meer dan klaar voor om te ontsnappen aan de geur van het ziekenhuis en de hoestende kinderen in de wachtruimte.

'Kan ik met jou meerijden of ben je zo boos dat je me naar huis laat lopen?' vroeg hij.

'Daar ben ik nog niet uit. Trouwens, jij hebt geen huis,' antwoordde ik op scherpe toon. Dat had hij niet alleen verdiend, maar hij kon het ook aan.

'Zie je wel, des te meer reden om medelijden met me te hebben,' kaatste hij speels terug.

Ik rolde met mijn ogen.

Hij stootte mijn schouder aan. 'We kunnen het er onderweg over hebben. Ik kan bij jou thuis wel een lift regelen. Ik moet mijn eigen auto kopen na de basistraining...' Het drong tot hem door wat hij had gezegd en hij keek me aan. 'Kare, ik...'

'Nee.'

We bleven staan en ik keek hem recht aan. 'Het is al goed. Je gaat hoe dan ook, toch? Dus wat heeft het voor zin om nu kwaad te zijn?'

Zelfs in mijn stem klonk de realiteit van de situatie door.

Het was onmogelijk om nooit meer met mijn broer te praten. Vooral omdat hij binnenkort naar weet ik wat welke staat zou gaan. Het was niet anders, dat was de harde realiteit van het leger. Als je eenmaal had getekend, was je vrijheid om keuzes te maken weg.

Ik had nog niet eens gedacht aan wat voor baan hij binnen het leger zou hebben gekozen en terwijl ik hem die vraag stelde, hoopte ik op iets als mondhygiënist, monteur of elk ander vak dat hij in de normale wereld ook zou kunnen beoefenen.

'Wat wordt jouw richting? Zeg me alsjeblieft dat je een pennenlikker wordt.'

Mijn vader noemde altijd iedereen die niet bij conflicten werd ingezet een pennenlikker en ik bad dat Austin er een zou zijn. Het was op die manier ook veel waarschijnlijker dat hij een baan zou kunnen krijgen als zijn tijd in het leger erop zat. Ik wist van mijn vader, die op dat moment zijn handen boven een bord kippenbotjes had gehouden, dat de infanteriesoldaten lange uren maakten waar niemand waardering voor had en dat ze het grootste deel van de tijd ontzettend slecht werden behandeld. Die cultuur van misbruik was iets waar niemand het over wilde hebben.

'Eh... infanterie.' Hij stotterde een beetje.

De gevaarlijkste taak.

Net als Phillip, Kael, Mendoza...

'Austin...' Ik liep langzaam door, want ik wist eigenlijk niet wat ik verder kon doen.

'Ik ben niet zo slim als jij, oké? Ik heb geen eigen huis of een auto of zelfs maar een baan. Dit was mijn enige mogelijkheid. De luchtmacht wilde me niet eens hebben en zelfs bij het leger was het me verdomme niet gelukt de toelatingstest in één keer te halen. Ik mag van geluk spreken dat ze me hebben toegelaten.'

'Geluk?' zei ik schamper. We waren bijna bij de brede voordeur en toen ik naar de parkeerplaats keek zag ik dat het nauwelijks nog regende.

Mijn hart deed zeer toen het tot me doordrong dat hij die toets meerdere keren had gemaakt. Dit was geen spontane beslissing. Hij had al een tijdje geprobeerd zich aan te melden en had duidelijk niet het gevoel gehad dat hij mij erover kon vertellen.

'Wanneer was dit? Wanneer is dit begonnen?' vroeg ik.

Hij ging net als ik sneller lopen, liet zich niet negeren. 'Iets van zes maanden geleden. Ik aarzelde steeds. Ik weet dat ik het je had moeten vertellen, maar ik wist dat je boos zou zijn. Het is niet alsof ik het voor altijd voor je zou verbergen. Het liep gewoon zo, zelfs paps reactie...'

Ik schudde mijn hoofd. 'Ik ben niet boos. Nou ja, dat ben ik wel, maar de situatie is ingewikkelder dan dat. Ik ben vooral in de war over waarom het jou beter leek om mij totaal niet te betrekken bij zo'n grote levenskeus. Was Kael als enige hiervan op de hoogte?'

Ik moest iets in het universum ontzettend pissig hebben gemaakt, want toen ik zijn naam zei, kwam Kael de hoek om, de wachtkamer in. Hij zag Austin en mij meteen staan. Zijn blik ging eerst naar mijn broer, toen vlug naar mij, en zijn geconcentreerde uitdrukking maakte plaats voor een van verwarring. Normaal gesproken keek hij altijd alsof hij precies wist waar hij hoorde te zijn en wanneer hij daar moest zijn. Het was meer dan iets uit het leger, het was iets van Kael. We stonden op nog geen anderhalve meter afstand van elkaar en ik voelde al hoe zijn energie de ruimte in beslag nam. Ik probeerde me ertegen te verzetten, om alle dingen die met mijn geest en lichaam gebeurden te onderdrukken terwijl hij dichterbij kwam en ik geen ontsnappingsplan had. Ik moest doen alsof het me helemaal niet verraste hem hier te zien, ook al stonden we bij de spoedeisende hulp en en ik dus helemaal niet verwachtte hem hier tegen te komen.

Ik rechtte mijn rug en deed een stap naar achteren, inwendig geschokt, al liet ik dat niet blijken, dat hij hier recht voor mijn neus stond. Het duurde een paar tellen voor het me opviel dat Mendoza achter Kael stond en dat ze allebei burgerkleding droegen. Kael zag er zo anders uit in zijn normale kleren dan in zijn uniform. Dokter Jekyll en meneer Hyde. Behalve dan dat bij Kael beide kanten goed waren, grotendeels. Naast het feit dat hij een leugenaar was en te goed kon acteren. Eigenlijk leek hij meer op Damon Salvatore, met twee uitgesproken verschillende kanten als hij verliefd was. Niet dat Kael verliefd op me was... en al helemaal niet zoals Damon van Elena Gilbert hield. Bestond dat soort liefde eigenlijk wel in de echte wereld?

Droeg Kael maar zijn uniform in plaats van burgerkleding, want dan was het een pietsje makkelijker geweest om te doen alsof hij gewoon zomaar een soldaat was en niet die van mij.

Niet dat hij van mij was...

Uiteindelijk keek ik naar Mendoza, die mij op zijn beurt aanstaarde. Door het witte T-shirt dat om zijn hand was gewikkeld, drong bloed, zo rood als zijn bloeddoorlopen ogen.

'Wat is er verdomme gebeurd?' vroeg Austin.

Kael keek om naar Mendoza, naar zijn hand, en richtte zijn aandacht toen weer op mijn broer. Hij kwam zo kalm over terwijl hij overwoog waar we waren en hoeveel bloed Mendoza verloor. 'Hij heeft hechtingen nodig in zijn hand.'

'Dat vindt hij.' Er speelde een glimlach om Mendoza's mond.

'Jezus, man.' Austins bezorgdheid om zijn vriend bleek duidelijk uit zijn houding.

'Het stelt niets voor. Die dingen gebeuren. Mensen slaan soms iets.' Hij haalde zijn schouders op.

Austin grinnikte. 'Ja hoor. Volgens mij stelt het anders wel wat voor.' Hij wees naar zijn hand.

Kael rolde zijn ogen en liet met een kreun zijn hoofd in zijn nek zakken en staarde naar het plafond. 'We hebben alle tijd van de wereld,' zei hij op sarcastische toon. 'Wacht...' Hij hief zijn hoofd abrupt. 'Wat doen jullie hier?' Hij keek Austin aan, vernauwde zijn ogen tot spleetjes terwijl hij mijn broer in zich opnam en zijn hand uitstak naar zijn jaszak.

Ik verstijfde.

Austin keerde zich van Kael af voor hij hem kon aanraken.

Ik was zo in de war.

'Gast, ik ben hier vanwege Elodie, niet voor mezelf.' Hij

drukte zijn handen tegen zijn borst en tikte op zijn hart. 'Met mij is niets aan de hand. Fuck.' Hij klonk beledigd, maar niet zo defensief als ik van hem had verwacht.

Kael keek naar mij en toen weer terug naar mijn broer. 'Oké. Sorry,' zei hij stilletjes, terwijl hij zijn handen hief.

Terwijl Austins woorden tot hem doordrongen hief hij opnieuw zijn hoofd. Hij reageerde razendsnel, als een soldaat. 'Wacht, Elodie? Wat is er met Elodie gebeurd? Weet Phillip het?' Hij pakte zijn telefoon en staarde even naar het scherm, alsof hij Phillip wilde bellen, maar toen besefte dat hij dat niet kon doen omdat oorlog zo niet werkte.

Kael keek zo kort naar me dat ik het had gemist als ik met mijn ogen had geknipperd. Het was duidelijk dat hij niet naar me wilde kijken. Daar werd ik boos om. Ík zou juist degene moeten zijn die hém vermeed. Ik kon helemaal niets uit zijn gezichtsuitdrukking opmaken. Als ik een toeschouwer was, zou ik denken dat hij en ik vreemden waren. Daar werd ik nog bozer door.

Ik dacht (oké, hoopte) dat als ik hem misschien sprak, als ik de zachte toon gebruikte die hem zou herinneren aan de nachten die we in mijn bed hadden doorgebracht, terwijl de tafelventilator op mijn ladekast zachtjes fluisterde rondom woorden en geluiden die alleen Kael ooit uit mijn mond had gehoord... Ik dacht dat als hij die stem hoorde, mijn stem, en zich die keren herinnerde zoals ik me die herinnerde, ik zeker het verdriet en het berouw op zijn gezicht zou zien die ik daar verwachtte te zien, wilde zien. Ik hoopte ook dat hij me niet zijn naam had horen zeggen toen hij net op ons afkwam. Ik had de regie willen hebben over onze eerste ontmoeting sinds ik erachter was gekomen dat hij een manipulatieve... Ik kapte die gedachte af en probeerde zo nonchalant mogelijk te klinken terwijl ik mijn nagels in mijn handpalm drukte.

'Ze is in orde. We waren hier om de baby na te laten kijken

omdat ze...' Toen besefte ik dat ik niet over Elodie moest praten waar ze zelf niet bij was.

Het was niet aan mij om Kael alles te vertellen over haar paniekaanval, krampen of wat dan ook. Ik had gewoon moeten zeggen dat we geen tijd hadden om te praten omdat we allebei duidelijk bezig waren met de zorg voor onze beste vrienden. Maar om de een of andere reden kozen we ervoor om daar te blijven staan, als waren we twee cowboys in het Wilde Westen, wachtend tot een van ons als eerste weg zou lopen.

'Is er iets gebeurd?' vroeg Kael, waarbij hij die vraag tegelijk met Mendoza stelde.

'We weten nog niets. Ze heeft trouwens nog niet met haar man gesproken, dus je kunt beter wachten tot ze dat heeft gedaan voordat je zelf contact met hem opneemt,' zei ik op een toon alsof ik zeker een week op die ene zin had geoefend. Ik klonk als een idioot, maar ik kon er niets aan doen.

Kael knikte alleen maar en keek toen naar Austin.

'Natuurlijk. Is El in orde?' Genegenheid klonk door in de manier waarop hij haar mooie naam uitsprak.

Austin legde uit wat er allemaal was gebeurd.

Ik was me bewust van een beklemmend gevoel op mijn borst. Alles in me smolt samen toen ik naar zijn emotieloze gezicht staarde terwijl hij naar mijn broer luisterde. Het was duidelijk dat hij om Elodie en haar kindje gaf, maar hij was beheerst, eng beheerst zelfs, waarbij Austin zoals ik al had gehoopt details achterwege liet over al het gedoe met Facebook en haar ouders.

'Het was eng, maar volgens mij gaat het goed met haar,' zei Austin uiteindelijk. 'Hoop ik,' voegde hij eraan toe, waarna hij zijn voorhoofd afveegde.

Kael knikte koeltjes, het gezicht van een soldaat die zijn plicht deed.

Waarom keek hij niet naar me? Mijn mond voelde droog

aan en toen Austin hem iets vroeg, hoorde ik het niet omdat mijn gedachten alle kanten op schoten en mijn oren suisden.

Mijn blik bleef op zijn mond rusten, op de strakke lijn van zijn kaak. Hij was gladgeschoren, zag er jong uit vergeleken met mij. Ik had pukkels op mijn hele gezicht en had nauwelijks make-up opgedaan in de hoop dat ze zo sneller weg zouden trekken. Hij zag eruit alsof hij zeker acht uur had geslapen, koffie had gehad en geen zorg in de wereld had. Ik had make-up op moeten doen, maar ik had niet verwacht Kael of iemand anders tegen te komen. Of om naar een andere plek te gaan dan mijn schemerige, door kaarsen verlichte behandelkamer op het werk. Ik had mijn haar deels in een knotje gedaan. De bovenkant was nog poederig van de droogshampoo die ik er half in had gewreven, en de wortels waren nog vochtig van de regen. Mijn ogen waren opgezet door slaapgebrek, door een gebrek aan motivatie om eigenlijk ook maar iets te doen, en hij zag eruit alsof hij zich nooit beter had gevoeld.

Zelfs in het harde, steriele ziekenhuislicht straalde Kaels donkere huid. Het mintgroene sweatshirt dat hij droeg stond hem geweldig, net als zijn zwartkatoenen joggingbroek die perfect op zijn heupen hing, en de broekspijpen omhulden zijn gespierde dijen. Hij liet burgerkleding er onwijs goed uitzien.

Mijn vingers jeukten toen ik naar het litteken boven zijn borstelige wenkbrauw keek en dacht aan hoe zacht dat onder mijn vingertoppen had aangevoeld. Het voelde alsof ik hem in geen maanden, niet slechts enkele weken, had gezien. Zijn witte sneakers moesten splinternieuw zijn. Mijn werkschoenen waren vies en de veters losjes gestrikt. Ik voelde me onverzorgd vergeleken bij zijn smetteloze casual look. Ook al voelde ik me kut en zag ik er niet uit, ik wilde een teken van hem dat hij in ieder geval mijn aanwezigheid erkende.

Hij richtte eindelijk zijn aandacht op mij.

Ik probeerde me te beheersen.

Hij keerde zijn gezicht snel terug naar mijn broer.

Het gebeurde zo vlug dat ik durfde te zweren dat hij me met opzet negeerde in het scherpe licht van die verschrikkelijke ruimte. Hij kon de pot op.

Er schoten een miljoen dingen door mijn hoofd die ik wilde zeggen. Ze waren geen van alle productief, maar zouden allemaal zo verrekte goed voelen.

Mendoza had gezien hoe wanhopig ik Kael had bestudeerd. Door de blik in zijn ogen voelde ik me nog zieliger.

'Hoe gaat het met jou, Karina?' vroeg hij, zijn bruine ogen iets geloken.

Ik slikte in een poging mijn droge mond te bevochtigen. 'Eh, goed, Mendoza. Gewoon gewerkt. En met jou?'

Kael keek weer naar mij, maar dit keer was ik zo sterk om niet terug te kijken.

'Mooi. Ik heb me wel eens beter gevoeld.' Mendoza lachte schamper. De blik in zijn ogen was wat verdwaasd, alsof hij me niet recht zou kunnen aankijken zelfs als hij dat wilde. Het was verontrustend.

'Doe je de groetjes aan Gloria voor me?' Ik kende haar niet goed, maar had het gevoel dat ik haar echt zou mogen.

Mendoza was ouder dan de rest van ons en had veel meer verplichtingen, maar hij kwam lang niet zo verantwoordelijk over als Kael. Vooral nu hij een bebloed T-shirt om zijn hand hield, naar limoen en alcohol rook en een suffe glimlach op zijn gezicht had.

'Wat is er gebeurd?' vroeg ik.

Hij stond op het punt antwoord te geven, maar Kael kapte hem af.

'We moeten gaan. Ik app je wel,' zei Kael tegen Austin, terwijl hij hem een boks gaf. Hij liep weg zonder zelfs maar mijn kant op te kijken.

Mendoza volgde hem naar de receptie, terwijl hij zijn bezeerde hand vasthield met zijn goede. Aan zijn roodomrande donkere ogen te zien had hij geen idee waar hij was.

Er liep een rilling over mijn rug toen ik hem wezenloos voor zich uit zag staren terwijl Kael met de verpleegkundige sprak.

9

‘Hoe goed ken je Mendoza?’ vroeg ik aan Austin terwijl we over het parkeerterrein liepen.

Het regende nu niet, maar het zou ongetwijfeld niet de laatste bui van de dag zijn geweest. De lucht zag loodgrijs. De kleur werkte kalmerend terwijl de schok van het weerzien met Kael wegebde en plaatsmaakte voor boosheid. Ik deed het portier open en ging achter het stuur zitten. Ik hield de koude metalen sleutels in mijn hand, maar was er nog niet klaar voor om te vertrekken, had even een momentje nodig om op adem te komen. Hoe graag ik normaal gesproken ook dingen vermeed en deed alsof ze niet bestonden, dit keer wilde ik antwoorden hebben.

‘Vrij goed.’ Hij haalde zijn schouders op. ‘Ik ken hem natuurlijk niet zo goed als Martin, maar we zijn best close.’ Austin rolde zijn raampje iets naar beneden om de koele lucht binnen te laten. Ondanks de vochtigheid voelde de lucht na de regen goed aan.

‘Wat denk je dat er met hem is gebeurd?’ Ik liet een korte stilte vallen. ‘Met Mendoza?’

‘In het algemeen? Of nu?’

‘Allebei?’

‘Tja, op het moment weet ik het niet. Het zag eruit alsof hij betrokken was bij een gevecht of zo. En in het algemeen, hij... nou, hij heeft ontzettend veel last van PTSS. Ze hebben daar heel wat ergs meegemaakt.’

Ik wist dat hij met 'ze' ook Kael bedoelde. Ik was blij dat hij zijn naam niet zei, dat zou het op de een of andere manier erger maken. Er liep een rilling langs mijn rug.

Hij ging met zijn vingers door zijn zandkleurige haar, dat bijna zijn oren raakte. Het was lang voor zijn doen. Het zou binnenkort kort worden geschoren, zoals gebruikelijk was voor het leger.

'Mendoza is de laatste tijd echt van het padje. Dat was al zo toen ik hier vanuit South Carolina kwam, maar Martin zegt dat hij in die tijd een stuk erger is geworden. Hij heeft het echt zwaar. Iedereen zegt dat zijn vrouw bij hem weggaat als hij zijn zaakjes niet op orde krijgt, maar zo makkelijk is dat niet. Hij heeft het ontzettend moeilijk en wat moet hij eraan doen? Als hij het aan iemand vertelt, sluiten ze hem ergens op... en als hij dat niet doet, blijft hij dit soort stomme dingen doen om ermee om te gaan.'

Austin klonk volwassener dan ik hem ooit in ons hele leven had gehoord. Misschien was hij er toch klaar voor om soldaat te zijn?

'Hoe vaak is hij uitgezonden? Hij is deze keer met Kael teruggekomen, toch?'

Mijn broer leek veel meer over deze groep te weten dan ik. Soms raakte ik in de war door de tijdlijn van alle missies en al hun achternamen en drama, en Kael was tijdens onze korte relatie nou niet bepaald een open boek geweest. Hij had het niet graag over het leger of over wat hij had gezien en gedaan. Als ik erover nadacht dan had ik voor hem en hem alleen een complete roman geschreven en uitgegeven. Het zou fijn zijn om in ieder geval een handleiding mee te krijgen als afscheidscadeau. In plaats daarvan had ik hem niet eens zover kunnen krijgen om me in het ziekenhuis langer dan een seconde aan te kijken.

'Ja. Mendoza en Martin zijn samen naar huis gestuurd vanwege hun verwondingen. Die van Phillip waren kennelijk niet zo erg, maar ik heb gehoord dat hun Humvee in de fik vloog...' Austin bleef even staan om te hoesten.

'Rook je nog steeds?'

'Sst. Hoe dan ook, ik ken Phillips niet zo goed, maar hij was Martins strijdmakker.'

Ik zuchtte. Austin schakelde al over op soldaatmodus. Ik startte de motor en reed de weg op, zette de radio aan. 'Strijdmakker? Je gebruikt de taal al... en, wacht, is Phillips de achternaam van Phillips of is zijn voornaam Phillip?' Het drong nu pas tot me door dat Elodie hem steevast Phillip had genoemd.

Austin lachte. 'Jij en ik gebruiken deze taal al ons hele leven. En zijn naam is Phillip Phillips.' Hij lachte een beetje. 'Net zoals dat meisje van de middelbare school, Kristy Kristie.'

Ik glimlachte.

Austin zette het volume zo zacht dat ik het geluid niet meer kon horen. 'Ik heb medelijden met Elodie,' zei ik plagend. 'Hoe zit het met Mendoza? Is hij gewond geraakt of is het alleen PTSS?'

'Ik zou niet zeggen dat het "alleen" PTSS is. Je weet dat een mentaal trauma veel en veel erger kan zijn dan een fysieke...' Hij haalde een klein doosje uit zijn zak en zoog eraan.

Damp vulde mijn auto. 'Hé!' Ik liet zijn raampje helemaal zakken.

'Ik ben gestopt met sigaretten. Je zou trots op me moeten zijn.'

Ik zuchtte terwijl hij nog een keer aan de e-sigaret zoog. 'Dat ben ik ook, maar je rookt nog steeds.'

'Waarom wil je trouwens zo veel over Mendoza weten?' Hij likte langs zijn lippen.

'Het is gewoon...' Ik probeerde een antwoord te bedenken dat het midden hield tussen de waarheid en een leugen. 'Ik wil het gewoon weten. Vooral als zij nu je vrienden zijn.'

'Kare, er gaat veel shit verkeerd in het leger, dat is waar. En als je ernaar op zoek gaat, dan kom je het ook tegen. Maar over het algemeen is het leven daar gemakkelijker. Er is structuur, je krijgt elke dag warme maaltijden. Kon je nu maar aan de goede dingen denken in plaats van obsessief bezig te zijn met de slechte.'

En dit zou dan onze nieuwe dynamiek zijn: ik, vertwijfeld over hoe ik me moest voelen. Om ervoor te zorgen dat Austin open tegen me was, moest ik zijn beslissing accepteren en er het beste van hopen. Toch kon ik er niets aan doen dat ik kwaad was, hoe erg ik ook mijn best deed om het te verdringen.

'Ik vraag het omdat ik wil weten of hij oké is. Ik maak me zorgen om Mendoza. Kael is altijd bij hem om hem door een of andere aanval heen te helpen of om hem uit een slechte gemoedstoestand te praten. Als zijn vrouw bij hem weggaat...' Ik moest even een brok in mijn keel wegslikken. '... dat zou verschrikkelijk zijn.'

'Ja. Het zou helemaal verkeerd met hem aflopen als Gloria bij hem zou weggaan. Ik hoop maar dat ze dat niet doet. Ze hebben drie kinderen en zij is, op Martin na, de enige die hem aankan.'

Ik voelde dat Austin naar me keek, maar ik staarde strak voor me uit naar de snelweg.

'Het kan fucking moeilijk zijn, deze manier van leven. Wij zijn ermee opgegroeid, dus we weten er meer over dan de meeste mensen,' zei hij. 'Maar ik hoef maar drie jaar en dan krijg ik geld om te studeren en een dak boven mijn hoofd. Dan kan ik een auto kopen. Dus maak je niet druk om mij. Luister, het spijt me dat ik het zo heb aangepakt en als ik dat opnieuw kon doen, dan had ik het je meteen verteld, maar dat verandert niets aan het feit dat dit wel degelijk gaat gebeuren.'

Ik wist niet hoe ik hierover met hem in discussie moest gaan. Ik was verdrietig en boos, en dacht nog steeds aan Mendoza en aan hoe Kael in zijn leven verwikkeld was.

'Ik begrijp hoe je over het leger denkt. Zo dacht ik er ook over, dat weet je. Maar ik heb geen geld om naar school te gaan.'

'We hebben allebei een studiebeurs gekregen om een vak te leren. Ik heb die van mij gebruikt.'

Hij rolde met zijn ogen en leunde naar achteren op zijn stoel. 'Ja, dat weet ik. Maar jij bent dan ook slimmer dan ik. Ik ben niet van de boeken en ik ben het zwarte schaap. Ik ben degene die gearresteerd werd en –'

'Bijna twee keer. En je hebt ervoor gezorgd dat Kael werd gearresteerd én mishandeld.'

'Dat was niet mijn schuld!'

'De manier waarop ze hem profileerden niet, nee, maar het was wél jouw schuld dat we daar überhaupt waren. Om jou weer uit de brand te helpen.'

Austin gooide zijn handen omhoog. 'Het spijt me, oké! Maar ik wilde niet dat een meisje bedreigd en lastiggevallen werd door haar vriend en ik wist niet wat ik anders moest doen.'

Ik kon me de gezichten van de jonge agenten van de militaire politie van die avond nauwelijks herinneren, maar het stond in mijn geheugen gegrift dat ze hun zwarte stokken hadden geheven vóór er ook maar een vraag was gesteld. Kaels stem klonk in mijn hoofd: 'Dat krijg je ervan als je jonge mannen traint om te doden en niet in bedwang te houden.'

Kael had geprobeerd Austin uit de problemen te houden, maar was zelf onmiddellijk het doelwit geworden.

'Daar heb ik mijn excuses voor aangeboden. Luister, Kare, ik doe ook maar mijn best, oké? En ja, ik blijf het verkloten, maar het gaat nu een stuk beter dan toen ik bij oom Mike woonde.'

Ik ging sneller rijden en probeerde tot me door te laten dringen wat mijn broer me duidelijk probeerde te maken.

'Jij moet leren dingen los te laten, Kare. Serieus. Ik weet dat je boos bent omdat ik het je niet heb verteld en je er op een klotemanier achter bent gekomen, maar we zijn geen kinderen meer en ik kan me niet aan beloften houden die ik heb gedaan voor ik zelfs maar wist hoe het zou zijn om op mezelf te wonen.'

'Dat begrijp ik. Maar dit is iets wat je niet terug kunt nemen. Net als het feit dat Kael jou erbij heeft geholpen zonder het mij te vertellen. Ik dacht dat ik hem kon vertrouwen...'

'Karina, jij vertrouwt helemaal niemand. Kom op. En dat is waar je echt boos om bent... dat hij erbij betrokken was.' Mijn broer trok zijn wenkbrauw op en nam nog een trekje van zijn e-sigaret die op een usb-stick leek. 'Martin, hij is een goede vent. Dat heb ik je al eerder verteld en dat zeg ik je nu weer. Hij zorgt voor ons. Ons allemaal. Kijk naar hoe hij met Mendoza is. Zo is hij met iedereen. Hij is de enige reden dat ik bij een goede recruiter terechtkwam, een vriend van hem. Doe niet zo lullig tegen hem. Ik weet dat je op zoek bent naar een reden om de pest aan hem te hebben.'

'Volgens mij heb ik geen reden nodig.'

Austin blies zijn adem uit en schudde zijn hoofd.

Meteen keerde het scherpe gevoel te zijn verraden terug. Ik had me opengesteld voor Kael, mijn diepste gevoelens en geheimen met hem gedeeld, en hij had verdomd goed geweten hoe ik zou reageren als mijn broer op die manier zijn vrijheid verkwanselde, en toch had hij hem geholpen. Blijkbaar gaf hij meer om Austin dan om mij en dat besef stak ontzettend.

'Nou, ik ben blij dat je er zo'n goede vriend bij hebt,' merkte ik zo sarcastisch mogelijk op.

Ergens vond ik het fijn dat mijn broer zo over Kael dacht. Terwijl hij over hem sprak hoorde ik een zekerheid in zijn stem waarvan ik wist dat hij die nodig had. Austin was zo iemand die op zijn best was in de buurt van andere mensen. Daarin verschilden wij. Ook dat was iets wat hij van onze moeder had.

'Kare, het is niet alsof je hem anders een eerlijke kans had gegeven.'

Ik was blij dat we bijna thuis waren, want hoe meer hij zei, hoe meer ik me aan hem ergerde en ik deed echt mijn uiterste best om begrijpend te zijn.

'Daar gaat het niet om. Ik maak me zorgen om jou. Hij interesseert me geen reet,' zei ik zowel tegen hem als tegen mezelf.

Hij doorzag mijn leugen onmiddellijk en rolde met zijn ogen.

'Het is niet allemaal zwart of wit. Jullie hebben allebei tegen me gelogen en nu ga je weg terwijl je er pas net bent. Ik heb alleen pap en Estelle, en soms Elodie, en jij gaat weer weg en het is niet alsof je gaat studeren of ergens anders gaat werken... Je gaat verdomme het leger in. En als je er eenmaal in zit, kun je niet zomaar de handdoek in de ring gooien of weggaan. De kans dat je eruit stapt als je eenmaal daar werkt is schrikbarend klein, dat weet je.'

'Dat is niet waar. Mensen dienen zo vaak één termijn om er daarna mee op te houden. Trouwens, heb je er ook maar een seconde bij stilgestaan dat dit misschien goed voor me is?' Austin tuitte zijn lippen en hij verhief zijn stem. 'Je kunt ervan vinden wat je wilt, en ik weet dat het vertrek van mam je heeft verkloot, net als mij, maar sommige mensen zijn gelukkig in het leger.' Hij haalde zijn schouders op. 'En denk eens aan mam en pap als stel. Zij pasten helemaal niet bij elkaar. Daar hadden het leger en zijn missies niets mee te maken. Volgens mij zouden ze nooit getrouwd zijn gebleven. Niet alles is de schuld van het leger.'

Ik knipperde twee keer met mijn ogen, was dankbaar dat we voor een rood licht stonden. 'Het zou niet hetzelfde zijn geweest,' wierp ik tegen. 'Hij zou niet zo vaak weg zijn geweest en zij zou niet zo eenzaam zijn geweest. Dat was voor haar de druppel... de eenzaamheid.'

'Ja, het was niet het feit dat zij en pa elkaar niet konden luchten of zien, maar dat ze eenzaam was,' zei hij schamper.

'Eenzaamheid is zwaar, Austin. Dat kan je levend opvreten, het gevoel dat je altijd alleen bent. Zonder vrienden of familie.' Ik ademde diep in.

'Ja, nou, soms is het goed voor mensen,' wierp hij tegen.

Hoe kon een tweeling zo van elkaar verschillen?

Ik wist niet zeker of ik het nog over mijn moeder had. Het stoplicht werd groen en ik sloeg de steeg naast mijn huis in. Het gesprek werd een beetje verhit, maar man, wat voelde het goed dat we allebei eerlijk waren en het een keer echt over onze problemen hadden in plaats van die te negeren.

'Ik ben nu eenzaam,' zei hij. 'Ik ben letterlijk dakloos en mijn auto heeft het de week nadat ik hier was aangekomen begeven.'

Hij lachte. Hij deed er luchthartig over, maar het was de harde waarheid.

'In het leger zal ik vrienden hebben. Jezus, misschien word ik zelfs hier geplaatst. Dat gebeurt. Martins woonplaats is hier maar zo'n honderdzestig kilometer vandaan.'

Daar dacht ik over na. Aangezien hij bij de infanterie zou gaan zou hij naar alle waarschijnlijkheid in Fort Hood of hier gestationeerd worden. Tenminste, dat was waar volgens iedereen de meeste infanteriesoldaten heen werden gestuurd.

'Misschien word ik zelfs naar Hawaii gestuurd en dan kun je me komen opzoeken en op het strand rum uit kokosnoten drinken?'

Hij glimlachte. Die jongensachtige lach uit onze jeugd was alles wat ik kon zien. Hij was zo veel veranderd sinds die tijd, maar hoe erg hij nu ook op een man leek, hij zou voor mij altijd die ondeugende jongen blijven. Hij had als eerste de pubertijd bereikt en had er ook altijd ouder uitgezien dan ik, ondanks het feit dat we een tweeling waren.

'Als dat eens kon. Maar wat als ze je meteen uitzenden?'

'En wat als jij wordt geraakt door die truck die achteruit die plek verlaat?'

Ik trapte keihard op de rem terwijl Bradley, de eigenaar van de matrassenwinkel, op nog geen drie meter afstand achteruit kwam gereden in zijn enorme zilvergrijze truck.

'Wat-als-situaties zijn geen handleiding voor het leven, Kare. Je maakt jezelf gek als je je altijd druk maakt om wat er zou kunnen gebeuren.'

Zo was ik altijd al geweest. Ik wist niet hoe ik die knop om moest zetten, maar ik wist wel hoe ik moest doen alsof er niets aan de hand was wanneer ik dat wilde.

'Prima. Ik ben niet meer pissig als jij in Hawaii terechtkomt of hier blijft. Als je naar Texas wordt gestuurd, kun je het vergeten.'

'Texas zou ook goed zijn. Zo ver is dat niet.'

'Echt niet. Ik ga niet terug naar Texas.'

Slaande deuren, geschreeuw, mijn moeder die huilde op de veranda en het piepen van de metalen veren waar de schommel aan hing, dat schoot allemaal door mijn hoofd toen ik aan de *Lone Star*-staat dacht.

'Jij was gek op Texas. Weet je nog hoeveel lol we daar hebben beleefd?' vroeg hij met een gemaakt onschuldige uitdrukking.

Ja, Austin, ik herinner me al die vreselijke feestjes waar ik mee naartoe ben gegaan. Al die ranzige jongens die veel te oud waren om mij te willen versieren. Al die meiden die niet langer aardig tegen me waren toen jij ze eenmaal negeerde.

Ik filterde mijn gedachten voor ik ze eruit flapte. We stonden inmiddels op mijn oprit en ik moest nodig naar mijn werk. Ik klikte mijn gordel los. 'Nee. Ik ga daar nooit meer heen.'

Hij glimlachte. 'Zelfs niet naar Austin? Dat is mijn stad, weet je nog?'

'Ah, weer een van mams verhalen.'

Onze moeder had ons graag verhalen verteld over de meest willekeurige dingen. Ze had schrijfster moeten worden met haar verbeelding, die werkte soms zo goed dat ze tussen fictie en werkelijkheid in zweefde. Dit specifieke verhaal was dat Austin, de hoofdstad van Texas, naar mijn broer was vernoemd toen hij was geboren. Volgens haar legende had er tot zijn geboorte een maandenlange droogte in de staat geheerst, waardoor een of andere burgemeester of senator de stad naar hem had vernoemd, ook al waren wij een tweeling en waren we slechts seconden na elkaar geboren.

Austin mocht echter zijn stad hebben, want er was ergens bij de kust van Florida een heel eiland naar mij vernoemd. De stranden waren van wit zand en er stond een kasteel dat de naam van mijn moeder droeg. Ze was zelfs zo ver gegaan dat ze me legendes en geheimen had verteld over ons eiland, lang nadat ik die echt geloofde. Ik moest zweren dat ik niemand erover zou vertellen, zelfs mijn broer niet. Toen ik daarmee akkoord was gegaan, had ze me verhalen verteld over een koningin met haar naam die ook uitgebreide ontsnappingsplannen had om haar thuiseiland te verlaten. Het klonk allemaal zo stom, maar nu ik aan de gevangen koningin dacht, besefte ik dat de meeste van haar verhalen betekenissen hadden gehad die toen te diep waren geweest voor mij om ze te begrijpen.

'Soms waren haar leugens zo erg nog niet,' zei Austin.

Ik veegde met mijn handen over mijn ogen. Ik huilde niet, maar ik voelde ze vochtig worden.

'Weet je nog die ene over dat oma eigenlijk een vermomde draak was?' Hij glimlachte.

Ik knipperde flink met mijn ogen en zuchtte diep. 'Die verhalen moeten haar manier zijn geweest om alles te verwerken.'

We zwegen samen, gingen op in het verleden.

Telkens als ik aan mijn moeder dacht kreeg ik een knoop in mijn buik. De goede herinneringen voelden zo anders aan dan de slechte. Het was alsof er twee van haar waren, alsof zij ook een tweeling had. Het was makkelijk om emotioneel afstand te doen van de slechte momenten en om die te verdringen. Het had me jaren gekost, maar de laatste drie jaar was het me gelukt om ze een voor een uit mijn geheugen te verwijderen. De goede momenten, dat we lachten tot we er buikpijn van kregen terwijl we met stengels bleekselderij pindakaas zo uit de pot aten, waren lastiger. Die weigerden te vertrekken hoe hard ik ook mijn best deed, zetten me ertoe aan om haar te missen, wat het alleen maar erger maakte.

Ik keek naar Austin naast me. Hij staarde door de voorruit, en ik vroeg me af aan welke versie van onze moeder hij dacht. Ik haalde herinneringen op aan degene die bruiste van het leven en onze reis naar mijn eiland plande.

Het lag bij de kust van Florida, zo had ze gezegd. Het was prachtig, en de zon was net zo warm als de bevolking. Met een zachte, hoopvolle stem vertelde ze over een geheim strand op ons eiland waar je de felste sterren tegen de donkerste nacht zag afsteken. Ze verlichtten de hemel op een manier die niemand ooit eerder had gezien en ze beloofde me er op een dag mee naartoe te nemen.

'Als we daar eenmaal heen gaan, kunnen we niet meer terugkomen,' vertelde ze me, terwijl ze met de uiteinden van mijn haar speelde.

'Mag Austin mee?' had ik haar een keer gevraagd. Ik herinnerde me nog precies hoe de uitdrukking op haar gezicht was veranderd, de manier waarop ze vanaf de schommel op de veranda had omgekeken naar het huis.

'Ik denk niet dat dat kan.'

Ik had haar blik gevolgd naar het raam van de woonkamer waar mijn broer en vader naar een footballwedstrijd keken, lachend en pratend, terwijl ze tussendoor chips met dipsaus naar binnen werkten.

Precies aan het eind van haar leven met ons kwam ze weer naar mijn kamer stommelen. Niet elke dag, maar iets vaker. Ik was dan kapot na school en mijn werk, maar bleef iets langer op om wat tijd met haar door te brengen. Ze vroeg me dan om haar over ons eiland te vertellen, over hoe ik ervoor zorgde.

Hoe ging het met de bevolking?

Dansten we op het warme zand als de zon onderging op zee?

Ze wilde elk detail horen. Ze wilde niets voelen.

Zo kon zij dingen het beste aan. Tijdens mijn jeugd, toen ik steeds meer geïnteresseerd raakte in psychologie en waarom mensen waren zoals ze waren, las ik boeken en speurde ik het internet af op zoek naar feiten, naar redenen die het gedrag van de mensen verklaarden die ik elke dag zag. Hoe meer ik te weten kwam, hoe meer ik besefte dat mijn moeder de behoefte had om te doen alsof alles nog goed was, zoals toen ik een klein meisje was. Toen alles beter was. Ze smeekte me dan met een alcoholwalm om haar heen haar weg te voeren uit het heden met de verhalen die ze mij vroeger had verteld. Ik maakte een beginnetje voor haar, waarna zij het van me overnam.

Soms huilde ze ook. Stilletjes, maar ik voelde in het donker haar lichaam beven en haar hete tranen op mijn arm druppen. Ik vertelde haar dan dat ik blij was dat ze weer langs was gekomen, dat het te lang geleden was. Ze moest glimlachen als ze zei dat het water om het eiland warm was en dat het de bevolking goed ging. Ze zei dat ze op de plek waar we toen woonden seizoenen miste en dat ze de vochtigheid haatte. Ik ging verder met de verhalen waar zij ermee ophield en masseerde haar bij haar haargrens tot ze weer sprak.

De verhalen werden duisterder naarmate ze verdrietiger was.

Op die voor haar kwellende avonden was het naderhand moeilijk geweest om in slaap te komen en bleef ze meestal bij mij in mijn kamer. Aangezien dat zonder uitzondering de meeste aandacht was die ik voor een tijdje van haar zou krijgen, verlangde ik op een bepaalde manier naar die duistere verhalen.

Ze was altijd zo'n overtuigende verteller dat zelfs toen ik groter werd en wist dat de helft van de dingen die ze zei niet waar was, ik haar nog steeds smeekte te vertellen. Het was leuk om in haar werkelijkheid te leven, hoe duister het daar ook kon zijn. Toen ik ouder werd en we in Georgia werden geplaatst, sliep ze steeds vaker op de veranda, en ik voelde haar wegglippen in haar eigen wereld waar ze meer tijd doorbracht dan in die van ons.

'Waar denk je dat ze nu is?' Die vraag was niet zozeer voor mijn broer bedoeld of voor mezelf, maar meer voor het universum.

'Ik weet het niet.' Austin keek me niet aan. 'Maar één ding staat verdomme vast: ze is niet hier.'

10

'Is het goed als ik een paar uur hier blijf?' vroeg Austin, terwijl hij op mijn bank ging zitten en met zijn nagels over zijn hoofdhuid ging. 'Ik zal vanavond ergens anders logeren. Ik heb alleen een douche en wat slaap nodig.'

'Is goed. Ik ga toch naar mijn werk,' zei ik. 'Doe de deur op slot als je gaat en slaap niet in mijn bed.' Ik lachte heel luchtig, maar meende het wel. Er had sinds Kael niemand anders meer in mijn bed geslapen en dat wilde ik voorlopig zo houden.

Gadver, ik zat duidelijk in de ontkenning over mijn obsessie met hem.

Hij stelde geen vragen. 'Oké. Ik slaap wel op de bank, of op de stoel.'

Kaels slapende lichaam op de stoel flitste door mijn hoofd, maar dat beeld negeerde ik en ik zei tegen Austin dat hij de stoel maar moest pakken omdat Elodie waarschijnlijk zo thuis zou zijn en dat zij de bank nodig zou hebben. Ik moest zo snel mogelijk aan het werk en mezelf afleiden. Vandaag was zeker een van de meest chaotische dagen van mijn leven.

'Ik moet gaan. Mijn baas kan me toch al vermoorden.'

Er lag een droevige glimlach op het gezicht van Austin. 'Bedankt, zus.'

Hij wist dat het nog een tijdje zou duren voor alles normaal was tussen ons, maar hij wist ook dat ik hem als het erop aankwam zou steunen. Dat had ik altijd gedaan en ik kon me niet voorstellen dat dat ooit zou veranderen, zelfs na het legergebeuren.

'Hou maar op met dat "zus". Ik ben nog steeds niet blij met je. Ik heb er op het moment alleen de energie niet voor om door te gaan met onze ruzie. Vergeet niet de deur op slot te doen.'

Austins telefoon rinkelde in zijn zak. Hij liet me het scherm zien terwijl hij het gesprek negeerde. 'Ik bel hem wel terug.'

'Geweldig.' Ik rolde met mijn ogen bij het zien van Kaels achternaam.

'Hij is een goede jongen en hij helpt me veel,' zei mijn broer om hem te verdedigen.

Ik snoof. 'Ja, hij is geweldig. Maar waarom negeerde hij me net dan in het ziekenhuis? Hij deed geen enkele moeite om zijn excuses aan te bieden of om überhaupt iets tegen me te zeggen. Hij deed alsof ik er niet was.'

'Want jij hebt hem wel zo ontzettend hartelijk begroet?'

Dat stak. 'Hij zit verkeerd in deze situatie. Ik heb niets voor hem verborgen gehouden.'

'Iedereen verbergt iets. Misschien deed hij het voor jouw bestwil, net als ik.'

Ik keek hem aan, een beetje verbijsterd door de stelligheid van zijn woorden en de ontspannen uitdrukking op zijn gezicht. 'Het is niet aan jullie om te bepalen of dat voor mijn bestwil is of niet. En niet iedereen liegt, Austin.' Ik wreef over mijn armen waar ik kippenvel had gekregen.

Hij knikte. 'Jawel.'

Ik wist niet wat ik moest zeggen. Er was duidelijk iets anders aan hoe mijn broer zich had gedragen in de paar weken sinds hij terug was gekomen uit South Carolina. Hij kwam volwassener over. Ik wist niet zeker of dat positief was of niet. Vandaag toen hij mijn huis binnen was gekomen, had hij zijn schouders laten hangen met een wat bezorgde uitdrukking op zijn gezicht, en ik had gedacht dat hij weer was teruggekeerd naar zijn onvolwassen toestand. Oké, we waren bezig geweest om Elodie met spoed naar het ziekenhuis te brengen. Maar sinds we Kael en Mendoza tegen het lijf waren gelopen leek hij die bui achter zich te hebben gelaten en sprak hij duidelijk en met heldere stem, had hij zijn rug gerecht.

'Ik moet gaan. Ik ben al zo laat. Vergeet niet mijn deur op slot te doen.' Ik liet mijn handen over het zakje van mijn uniform glijden om te controleren of ik mijn sleutels en mijn telefoon bij me had.

'Waarom maak je je daar zo druk om? Je woont in een rustige buurt.' Mijn broer kwam voor me staan toen ik naar de voordeur liep. 'Of is er iets gebeurd waar ik niets van weet?'

'Nee. Ik bedoel, soort van. Ik weet het niet. Waarschijnlijk ben ik een beetje paranoïde.' Ik stapte om hem heen de veranda op. 'Niet bij me thuis, maar er kwam een of andere engerd langs op het werk die naar pap vroeg, en nu vroeg vandaag die dokter naar jouw band met hem. Zou ik niet degene moeten zijn die jou vraagt wat er allemaal aan de hand is?'

'Welke engerd?' Austins stem klonk luid in de stilte van de rustige straat. De zon stak feloranje af tegen de lucht en doorbrak de regen.

'Het was een of andere man genaamd Niel, of Nate... Nielson? Volgens mij zei hij dat hij zo heette. Hij zag er op de een of andere manier bekend uit, maar ik kon hem met geen mogelijkheid plaatsen. Maar nog belangrijker: ik woon alleen met een andere vrouw... die zwanger is. Heb je het nieuws niet gevolgd de laatste tijd? We moeten onze deuren op slot doen.'

'Nielson! Wat de fuck!' riep Austin, en hij liep heen en weer over de veranda. 'Wat deed hij verdomme bij jou op het werk? Hij is die gast met wie ik die nacht met Kael en de militaire politie vocht!'

'Wat? Ken je hem?' Ik probeerde me zijn gezicht te herinneren, maar alles was een waas.

'Ja, niet goed, maar hij weet wie ik ben en nu ook wie jij bent. Fuck!'

Nu werd ik bezorgd. 'Is dat belangrijk? Is hij gevaarlijk of zo? Of is hij gewoon een eikel die graag vecht?'

Austin schudde zijn hoofd. 'Allebei. Hij weet dingen... over pap. Ik weet niet of het allemaal waar is en ik heb geprobeerd me er helemaal niet mee te bemoeien, maar hij verspreidt allerlei verhalen over pa. Je moet verdomme bij hem uit de buurt blijven.'

'Wat voor verhalen?'

Hij aarzelde. 'Nou, hij zei wat gestoorde dingen over dat pa een of ander schandaal met betrekking tot burgerslachtoffers in de doofpot wilde stoppen of iets dergelijks, dat zijn pensionering een truc is om dat allemaal te verbloemen. Dat gerucht verspreidt zich behoorlijk snel op de basis.'

Wist mijn broer serieus niets over de geheimen van mijn vader? Als dat zo was, zou ik niet degene zijn die die beerput opentrok nu ik toch al veel te laat was voor het werk en zelf niet wist wat waar was en wat niet. Of mijn vader nu wel of niet een verschrikkelijk mens was die verantwoordelijk was voor het verlies van onschuldige levens zou tot na het werk moeten wachten, of wanneer ik mijn hersenen er dan ook toe zou kunnen zetten om te verwerken hoe belangrijk dat zou zijn.

'Wie is hij en wat heeft hij met pap te maken?' vroeg ik op zachte toon.

'Hij is Katies ex.'

Het duurde even voor ik begreep over wie hij het had. Het meisje van het feestje dat me had horen zeggen dat ze eigenlijk Austins scharrel van de week was. Ik had zo'n medelijden met haar gehad. Dat schuldgevoel verdween als sneeuw voor de zon.

'Katie? Wat heeft een van jouw vriendinnetjes hier in vredesnaam mee te maken?' Ik wreef over mijn slapen om van mijn hoofdpijn af te komen. De wolken gleden langzaam maar zeker weer voor de zon. Dat was ongetwijfeld een teken van het universum.

'Ze had het uitgemaakt met hem en daar geeft hij mij de schuld van. Ik weet niet waarom hij pa haat of waarom hij verdomme bij jou op het werk is opgedoken of hoe hij zelfs maar weet waar jij werkt. Waarom heb je me niets verteld?'

'Moet je dat serieus vragen?' snauwde ik.

Austin reageerde niet. Hij zag er zo moe en van streek uit dat ik wist dat er meer moest zijn dan wat hij me vertelde. Hoe was mijn leven veranderd van het meest saaie bestaan ooit naar dit web van intriges waar ik maar niet wijs uit kon worden?

'Nogmaals, hoe kent hij pap?' vroeg ik.

'Hij was samen met hen uitgezonden. Hij zat in hun eenheid, maar hij is pas net terug. Hij is daar gedeserteerd. Hij was gewoon verdwenen en ze hebben hem in een dorp aangetroffen waar hij tussen de plaatselijke bevolking woonde. Toen ze hem vonden zei hij dat hij niet terug wilde komen. Ze sloten hem een paar dagen op en opeens zwierf hij weer over straat. Dat gebeurt trouwens vaak. Niet dat deserteren, maar het verkloten en dat het leger je dekt. Als iemand bijvoorbeeld aan de drugs zit, wordt hij soms naar een afkickkliniek gestuurd. Soms wordt hij er ook uit geknikkerd. Nielson valt ergens in het midden en om de een of andere reden wilde iemand hem in het leger houden. Hij had een tijd een knipperlichtrelatie met Katie en nu is hij terug en is hij gek geworden. Ik heb inmiddels allerlei verhalen over hem gehoord.'

Mijn mond was opeens heel droog.

'Dus die man die het op jou en pap en nu ook op mij heeft gemunt loopt gewoon vrij rond en komt mij op het werk bezoeken? Weet pap dat? Waarom vocht je met hem? Was dat alleen vanwege pap? Want je hebt mij verteld dat je een meisje tegen haar vriend beschermde, niet dat je zelf iets met haar had. Dat zijn twee verschillende dingen.'

Hij wreef in zijn ogen. 'Het is veel om uit te leggen.'

'Nou, ik wil nu een verklaring en snel een beetje, want ik moet echt gaan.' Ik keek naar de steeg waar ik op dit moment door zou moeten rennen in plaats van hier in mijn voortuin te staan met Austin.

'Die avond was hij agressief tegen haar. Hij zocht ruzie met haar en toen met mij.'

'Is hij soldaat?' vroeg ik.

'Nee... Nou ja, op het moment nog wel, maar ze gaan hem ontslaan. Dat heb ik in ieder geval gehoord. En dat zouden ze ook moeten doen. Ik bedoel, als hij ongestraft mag deserteren dan heeft hij wel heel hooggeplaatste vrienden.'

Het kostte me moeite om alle details te herinneren van de nacht waarop Kael mijn broer had geholpen voor ze elkaar zelfs maar kenden.

'Waarom woont hij nog steeds op de basis? Kael had me verteld dat de man met wie hij had gevochten op de basis woonde.'

'Hij is getrouwd,' legde Austin uit.

Hè? 'Met wie?'

'Een andere soldaat. Ik weet niet hoe dat werkt, als hij oneervol ontslagen wordt terwijl zij nog in het leger zit.'

'Hoort hij niet in de gevangenis te zitten? Voor zover ik weet kun je niet ongestraft deserteren.'

Deze hele toestand voelde als een slechte soap en hoe meer vragen ik stelde, hoe verwarrender die werd.

'Dus Katie, die lieve meid...' Het lukte me niet mijn minachting voor haar te verbergen terwijl ik alles op een rijtje probeerde te zetten. '... heeft een relatie met een getrouwde man en met jou? Ze verdiende mijn excuses echt. Zo jong... jeetje. Weet zijn vrouw ervan?'

'Waarschijnlijk wel van zijn ontslag. Volgens mij is ze op

missie. En wat betreft Katie, dat betwijfel ik. Kare, ik wil het nu echt niet over haar hebben. Ik ben kapot en jij bent te laat voor je werk.'

Austin liet zijn hoofd in zijn nek zakken en hief zijn handen voor ik hem op zijn flikker kon geven.

'We kunnen het later over alles hebben,' zei hij. 'Ga naar je werk, ik moet slapen, anders val ik zo dadelijk nog om. Ik doe de deur op slot.'

Ik wilde het trouwens toch niet hier op mijn veranda over onze problemen hebben. Terwijl ik de straat overstak stuurde ik Elodie een berichtje om haar te vertellen dat ik naar het werk ging voor het geval ze iets nodig had. Tijdens de korte wandeling dacht ik opnieuw na over Kael. Hij had me nauwelijks zien staan en was zo afstandelijk geweest. Misschien had hij geen rel willen schoppen? Of misschien had hij niet geweten wat hij moest zeggen of had hij het te druk gehad met Mendoza's problemen? Of misschien kon het hem allemaal toch niets schelen.

11

Op het werk vloog de dag voorbij, ook al bleef ik twee uur langer om de verloren tijd in te halen van die ochtend. Ik had maar één cliënt, Lisa, een van mijn vaste klanten, die het de hele tijd over de laatste haarverwijderingsbehandeling had die ze de week erop zou ondergaan. Ik hing aan haar lippen zodat ik nergens anders aan hoefde te denken.

Op weg naar huis kwam ik langs mijn buurman Bradley die een stapel houten planken bij elkaar bond in de achterbak van zijn truck. Vriendelijk als altijd waarschuwde hij me ervoor dat het die nacht en morgenochtend weer zou regenen. Ik bedankte hem en liep verder terwijl Kael opnieuw opdook in mijn gedachten. Het geluid van zijn piepende banden op de weg toen hij me verliet...

Austin... Kael... Mendoza... en nu deze Nielson. Ik kreeg er hoofdpijn van. Ik miste de eenvoud van mijn leven voor Kael. Het was veel saaier geweest en dat miste ik. Eenmaal binnen was het griezelig stil in huis. Austin had de deken waar hij onder had geslapen opgevouwen en er stond een halfslachtig omgespoelde kom ontbijtgranen in de gootsteen. Ik keek op mijn telefoon om te zien of hij iets had laten weten over waar hij naartoe was, maar dat had hij niet gedaan.

Ik veegde de keukenspiegel en het aanrecht schoon en waste eindelijk de rest van de vaat af waar ik die ochtend aan was begonnen. De stilte in mijn huisje was oorverdovend. Nadat

Kaels diepe, rijke stem een tijdje op een eindeloze loop door mijn hoofd had gespeeld zette ik muziek aan. Ik nam een douche, maar zelfs dat werd verpest door herinneringen aan hem. Waarom had ik hem in vredesnaam zo snel zo dichtbij laten komen?

Ik probeerde tijdens het afdrogen het antwoord op die vraag te bedenken. De lotion op mijn handpalmen deed me denken aan die keer dat hij had gezegd dat mijn huid naar honing rook en hij met zijn tong over mijn blote schouder had gelikt.

Die herinnering probeerde ik te wissen tijdens het doen van de was.

Tegen de tijd dat ik mijn kleren opvouwde en mijn lakens weer op mijn bed deed, was mijn haar bijna droog, maar ik dacht nog steeds aan Kael en aan hoe goed hij er eerder op de dag had uitgezien. Niet dat het er verdorie iets toe deed, maar hij zag er beter uit dan ooit. Hoewel hij niet had geglimlacht, leek de last die hij op zijn brede schouders droeg lichter te zijn geworden. Misschien was ik wel het grootste deel van die last geweest?

Terwijl ik op de vloer bij de bank naar de stapel gevouwen kleren op de vloer zat te kijken, probeerde ik mijn geest bezig te houden met reality-tv en zocht een zender op waar een stel een piepklein krot omtoverde tot een prachtig onderkomen voor hun gezin. Ik rolde jaloers met mijn ogen terwijl de man zijn vrouw optilde en een rondje met haar draaide in hun gloednieuwe keuken.

Ze konden de kolere krijgen met hun perfecte leventje.

Elodie kwam binnen toen er een nieuwe aflevering begon. ‘Ik ben gek op die serie. O, het is pas net begonnen!’ zei ze, terwijl ze naar het scherm wees.

Ze ging op de bank zitten en schopte haar schoenen uit. Ze had weer kleur op haar wangen en rook naar knoflook, dus ik nam aan dat ze had gegeten.

‘Hoe voel je je?’ vroeg ik tijdens een reclame voor een loterij.

‘Beter. Veel beter. Het spijt me van daarstraks. Mali zal wel kwaad zijn geweest dat je te laat kwam.’ Ze kromp ineen. ‘Ik heb haar de hele dag vermeden.’

‘Het is al goed. Maak je geen zorgen om Mali. Ik heb op mijn kop gekregen, maar daar bleef het bij en ze wilde heel graag weten of het goed met je ging. Hè, wat ben ik blij dat jij en de baby oké zijn.’ Ik leunde tegen haar knieën aan en ze aaide me met haar kleine hand over mijn haar, liet de uiteinden ervan tussen haar vingers door glijden.

‘Ik ook.’ Elodie klonk ietwat droevig.

Ik keek haar over mijn schouder aan.

Ze beet aarzelend op haar onderlip. ‘Ik heb Phillip gesproken.’

‘Wat heeft hij gezegd?’

‘Dat hij zou willen dat ik hem vertrouwde en dat er niets van waar is.’

‘Maar je vertrouwt hem toch ook?’ vroeg ik gemeend. Dat ik dat niet deed, betekende niet dat zijn vrouw er hetzelfde over dacht.

‘Dat was ook zo... Dat ís zo. Ik vertrouw hem, maar de manier waarop hij ermee om is gegaan zit me dwars. Hij zei dat degene die dit gerucht verspreidt gestoord is en dat ik het allemaal moet negeren omdat het niets voorstelt. Maar hij was totaal niet verrast toen ik het hem vertelde. Ik heb gewoon het gevoel dat...’ Ze wreef iets sneller over mijn hoofd.

‘Wat ga je doen?’ vroeg ik, al wist ik dat ze daar waarschijnlijk nog niet uit was. Ik had geen idee waar ze met haar gedachten zat, maar als ik haar was, zou ik geen genoegen nemen met die reactie. Een vreemde had haar ouders via Facebook opgespoord – vanaf de andere kant van de wereld – en had ze gedetailleerde berichten gestuurd waarin Phillip ervan werd beschuldigd dat hij met de vrouw van de afzender vreemdging.

Dat klonk niet als iets wat ze zomaar onder het echtelijke kleed kon vegen. De ervaring met mijn ouders had me echt geleerd dat je je gevechten moest kiezen, maar tandpasta in de gootsteen was van een totaal andere orde dan de beschuldiging van vreemdgaan.

'Ik weet het niet. Ik heb gewoon naar hem geluisterd en hij zei steeds dat ik het moest negeren en dat mensen het op hem gemunt hebben. Dat is raar.'

'Wat heb jij gezegd?' Voor ik haar mijn mening gaf, wilde ik peilen hoe zij in deze situatie stond.

'Ik heb gezegd dat ik hem zou vertrouwen, maar dat hij moet achterhalen wat hier de oorzaak van is. Ik kan het niet zomaar negeren. Mijn ouders zijn erbij betrokken, net als de baby. Ik heb er vandaag een paniekaanval door gehad. Het is niet zo eenvoudig om dat te negeren.' Ze keek me aan met haar blauwe ogen.

'Ik zou dat ook niet kunnen negeren, dat geldt denk ik voor iedereen,' verzekerde ik haar.

'Geloof jij hem?'

'Ik?' Ik probeerde een paar tellen tijd te rekken. 'Daar ken ik hem eerlijk gezegd niet goed genoeg voor. Maar dat iemand contact opneemt met je familie... dat doe je niet zomaar en je hebt er ook behoorlijk wat lef voor nodig om dat te doen als het niet waar is.'

'Als het waar is... wat moet ik dan doen? Wat als hij me wél bedriegt? Jij zei dat de meeste militaire stellen vreemdgaan.' Tranen schitterden in haar ogen.

Jezus, wat had ik er spijt van dat ik dat had gezegd...

'Maar, serieus, wat moet ik dan doen? Mijn spullen pakken en terug naar Frankrijk gaan? Mijn ouders vragen om bij te springen zodat ik een ticket kan kopen? Ik heb niet eens geld van mezelf. Alles staat op zijn naam. En ik kan de baby niet bij hem weghalen. Hij zei dat er wetten zijn die dat voorkomen.'

Ik ging rechtzitten. 'Heeft hij dat vandaag gezegd?'

Ze knikte. 'Hij was heel erg van streek. Het klonk bijna alsof hij me bedreigde.'

Ik pakte haar hand vast. 'Je moet alleen denken aan wat het beste is voor jou en de kleine, oké? Als er toch iets van waar blijkt te zijn, dan kan hij je niet tegenhouden als je naar huis wilt gaan.'

Wat een verschrikkelijke situatie om in te verkeren. Ze zou naar huis kunnen vluchten, maar zou ze dat realistisch gezien ook doen? En zou dat de beste oplossing zijn? Ik wist het niet. Hoe meer ik over Phillip te weten kwam, hoe meer ik besefte dat ik hem helemaal niet kende. Kael steunde hem, dus dan moest er ook iets goeds in hem schuilen, toch?

'Ik weet niet wat ik wil. Hij is de laatste tijd zo... zo boos. Ik weet dat het komt door de missie en doordat hij zo ver weg is, maar het is moeilijk. Zelfs voor de ruzie van vandaag waren er andere problemen. Ik kijk er nauwelijks nog naar uit om hem te bellen. Ik weet dat dat vreselijk is, maar de laatste tijd hebben we alleen maar ruzie. Ik ben moe.'

'Dat snap ik. Dat is helemaal niet vreselijk. Het is begrijpelijk dat je je zo voelt. Dus zijn advies als je echtgenoot is om de hele situatie te negeren?'

Nog een knikje.

'Is dat ook wat jij wilt doen?'

Ze schudde haar hoofd. 'Ik denk niet dat me dat lukt. Ik heb zo'n gevoel in mijn buik...' Ze wreef over het betreffende lichaamsdeel. 'Naast de baby dan.' Ze glimlachte een beetje.

'We kunnen het altijd aan de man vragen die contact heeft opgenomen met je ouders. Ik weet dat Phillip heeft gezegd dat je het moet negeren, maar als jij dat niet wilt dan kunnen we hem om bewijs vragen of te weten komen wat verdomme zijn probleem is. Zelfs als het een nepaccount is. Hebben je ouders je zijn naam gestuurd of een screenshot van het bericht?'

Ze pakte snel haar telefoon, zocht iets op en gaf hem aan mij. 'Ze hebben me al een screenshot gestuurd.'

Mijn blik viel op een bekend gezicht. 'Nielson! Dat is dezelfde vent!' riep ik. Ik nam zijn kleine kraalogen en strakke kaaklijn in me op. Dat was die man uit de salon die naar mijn vader had gevraagd, dezelfde kerel met wiens vriendin mijn broer het bed in was gedoken... en hij beweerde dat zijn vrouw met Elodies man naar bed ging. Wat was er verdomme aan de hand?

'Welke vent?' vroeg Elodie, die weer op haar schermpje keek.

Ik typte zijn naam in bij het zoekbalkje van Facebook.

'Hij ziet eruit als iemand... Ik weet het niet... Ken ik hem?' Ze hield haar hoofd vragend iets schuin.

'Hij is die kerel met wie Austin toen 's avonds op straat vocht toen de militaire politie erbij kwam. Hij is zo'n engerd. Niet te geloven.'

Ze knikte, maar ik zag wel dat ze wat verdere uitleg nodig had.

'Hij kwam langs in de salon en vroeg naar mijn vader. Hij is... Ik weet niet helemaal waar hij mee bezig is, maar ik weet dat hij ons allemaal zit te zieken. Jezus, wat is zijn probleem? Ik ga het aan Austin vragen omdat hij hem kent. Kael trouwens ook.'

'Dit is verwarrend,' zei Elodie.

Ik knikte. 'Absoluut.'

'Moeten we dan een bericht naar hem sturen?'

Ik schudde mijn hoofd. 'Nee. Nog niet.' Dat zou geen goed idee zijn met zo'n vent, dat voelde ik gewoon. 'Nog niet,' herhaalde ik. 'Ik zal Austin om meer informatie over hem vragen, maar laten we voor nu maar doen wat Phillip zei en dit negeren. Hoe is het met je ouders afgelopen?'

Ze haalde haar schouders op. De mouwen van haar uniform zaten los om haar armen. 'Het gaat volgens mij nu weer goed.

Ze willen nog steeds dat ik naar huis kom. Karina, ben ik een slecht mens als ik niet terug wil gaan? Ook al...'

Ze ademde in, schopte met haar bungelende voet tegen de rand van de bank. 'Ik hou van Phillip, echt waar. Maar zelfs als wij uit elkaar zouden gaan of zo, dan zou ik hier willen blijven. Ik heb er de hele dag over nagedacht. Ook al heb ik hier geen familie, het bevalt me hier wel. De grotere huizen, de mensen. Het dorpje waar ik vandaan kom is zo klein en mijn ouders zijn geen stadsmensen. Ze wonen in de buurt van Parijs, maar ze willen er nooit heen gaan, naar het centrum. En ik begin hier net vrienden te maken. De meeste van mijn vrienden thuis zijn al vertrokken om te studeren of zijn ergens anders gaan wonen.'

Ik wreef over haar schouder. 'Om te beginnen betekent dat niet dat je een slecht mens bent. En ik begrijp het. Ik had een hekel aan verhuizen toen ik klein was, maar sommige mensen bloeien op in een andere omgeving. Mijn moeder was zo. Zij wilde altijd opnieuw beginnen, nieuwe dingen proberen. Daar hoef je je niet schuldig over te voelen. Trouwens, je bent zo jong, je kunt altijd nog teruggaan. Die vrijheid heb je.'

Ik dacht aan mijn moeder die door de woonkamer danste en haar armen hoog in de lucht hief. Ze kleedde zich altijd alsof ze zo van Woodstock kwam, met haar haar in een vlecht die ik mocht versieren met kleurrijke kralen. Geen idee waarom die specifieke herinnering me zo goed bijbleef. De muziek stond hard, de ramen stonden zo ver open dat de hele buurt de elektrische gitaar van Santana kon horen. Mam hield van Santana voordat het cool was om van hem te houden.

Het huis rook naar stoofschotel en mam greep me bij mijn armen zodra ik binnenkwam en zei dat ik mijn huiswerk moest vergeten terwijl ze mijn tas op de bank gooide. Ze schreef zelfs een briefje voor me voor de leraar, iets waar pap het nooit mee eens zou zijn en wat hij nooit te weten zou komen. De mouwen van haar suède jasje met franje – bruin en te groot voor haar – waren net vleugels terwijl ze door de kamer cirkelde. Ze was als een vogel die het beste van haar metalen kooitje probeerde te maken.

Elodie leunde dichter naar me toe en knipte met haar vingers voor mijn gezicht. 'Genoeg over mij. Ik heb me de laatste tijd zorgen om je gemaakt.'

'Om mij? Hoezo?' Ik schudde mijn hoofd en deed alsof ik niet net mijlenver weg had gezeten met mijn gedachten.

'Je bent de laatste tijd zo verstrooid. En verdrietig. Dat merk ik wel. Je was net op een andere planeet.' Ze keek me veelbetekenend aan.

Ik maakte een schamper geluid. 'Ik ben niet verdrietig. Of verstrooid. Ik was gewoon...' Dat was een heel slechte leugen en ik nam niet eens de moeite om die af te maken.

Ze rolde met haar ogen. 'Ach kom! Dat ben je wel. Ik weet dat je er niet van houdt om het over je privéleven te hebben, maar ik ken je goed genoeg om te weten dat je heel erg ongelukkig, verdrietig en eenzaam bent.'

'Oké! Oké!' Ik stak mijn hand op. 'Ik heb je gehoord. Jezus.'

We moesten allebei lachen.

'Ik zeg het alleen maar!' Elodie giechelde.

Ik was gek op hoe de lichte taalbarrière er soms voor zorgde dat ze directer was, vooral als de waarheid moest worden gezegd.

'Maar goed, om terug te komen op jóúw problemen,' zei ik plagend, 'ik zal kijken of ik meer te weten kan komen over die Nielson, en jij moet je alleen concentreren op jezelf en de baby. Afgesproken?'

Ze knikte, glimlachte en zuchtte toen. 'Dank je. Trouwens, ik kan jou niet achterlaten. Ik zou je te veel missen en je hebt geen vrienden.' Ze gaf me op beide wangen een kus.

'Ik heb vrienden! En dan nog, wie heeft bepaald dat het hebben van vrienden beter is dan alleen tijd doorbrengen met mijn eigen gedachten? Zouden vrouwen niet hun eigen beste vriendin moeten zijn?' zei ik met mijn beste Samantha-stem. Charlotte was meestal Elodies favoriete personage uit *Sex and the City* om na te doen, maar ik ging altijd voor Samantha, omdat zij degene was op wie ik in het dagelijks leven het minst leek.

'Mhm, daar ben ik het niet mee eens. In het leven draait het om ervaringen.' Ze neuriede en maakte het zich gemakkelijk op de bank onder haar favoriete deken, die ene die haar *grand-mère* voor haar had gemaakt.

Ik trok een pruillip. 'Ik maak dingen mee.'

'In je eentje?'

'En? Ik ben graag alleen. Ik mag mezelf.' Ik haalde mijn schouders op. Dat was een leugen, maar het zou op een dag de waarheid zijn.

'Ja, maar Martin vindt je leuk.'

'Sst.' Ik drukte een vinger tegen mijn lippen.

'En...' Er verscheen een ondeugende glimlach op haar gezicht. '... als mijn echtgenoot me niet bedriegt, gaan we met jullie twee op dubbeldate en worden we vrienden en doen we stelletjesdingen met elkaar!' Ze bewoog haar wenkbrauwen op en neer.

Ik pakte een kussen van de bank en hield dat voor mijn gezicht. 'Reken daar maar niet op.'

'Jullie lossen het vast op,' zei ze stellig.

Ik kreunde en wees naar de tv. 'Kijk eens wat mooi!' zei ik in een poging haar af te leiden met een enorm eiland van wit marmer dat in een spiksplinternieuwe keuken werd geplaatst. 'Laten we naar andere mensen kijken die een perfect leven hebben en het niet langer over mijn niet-bestaande datingleven hebben.'

'Je komt er makkelijk vanaf omdat ik moe ben.' Elodie gaapte en leunde wat zwaarder tegen me aan.

12

Kael

Het was ijskoud in mijn huis. Ik stapte een bekende inktzwarte duisternis in. Die koude, donkere nachten in de woestijn dat ik op de grond sliep waren voor nu voorbij, maar de herinneringen bleven nooit lang weg. Die voelden bijna als een troost.

Alles voelde op het moment als te mooi om waar te zijn. Mijn vrijheid was ogenschijnlijk nabij, maar ik kende het systeem wel beter dan dat. Om te verwachten dat alles van een leien dakje ging tot het moment dat ik zonder consequenties uit Fort Benning weg kon rijden... Dat soort shit gebeurde meestal niet. Maar de vrijheid was dichterbij dan die in een tijdje was geweest, ook al was er geen enkele garantie dat die echt was.

'Het is hier fucking koud,' klaagde Austin.

Ik knipte het licht aan en zag dat hij zijn armen om zijn bovenlijf heen had geslagen. 'Meen je dat nu?' pestte ik hem. Ik kon mijn ademhaling zien tijdens het praten. 'Die basistraining haal je nooit als je niet tegen een beetje kou kunt.'

Hij zwaaide met zijn opgestoken middelvinger naar me en liet zich op de bank vallen. 'Hoe erg kan die zijn? Jij hebt het gehaald, en die idiote Lawson ook, dus dan valt het vast mee.'

'Het maakt niet uit waar je geplaatst wordt voor de basistraining, dat soort grapjes kun je daar beter niet maken,' waarschuwde ik hem. 'Je kunt niet zomaar een grote bek opzetten tegen iemand die hogergeplaatst is. Zoals ik.'

Austin vond dit nu grappig, maar ik had geen idee of hij het daadwerkelijk zou redden. Soldaten ringeloren was geen grap, dan moest je heuvels op en af rennen tot je sergeant zei dat je ermee kon ophouden en naderhand kon je dan nauwelijks lopen. Nu ik op missie was geweest voelde de basistraining als een reisje naar de Bahama's. Niet dat ik nu wist hoe het voelde om op vakantie te gaan, maar ik had voldoende films en tv-series gekeken om daar een idee van te hebben. Ook al waren al mijn ideeën afkomstig van mijn moeder die de *Housewives* uit elke fucking stad ooit had gekeken waar de dames op talloze vakanties waren gegaan.

'Juist.' Hij salueerde lachend voor me.

Ik wilde geloven dat Austin het zou redden en een goede soldaat zou zijn. Zoals hij zei was het Lawson gelukt en ik had de basistraining samen met hem afgelegd, dus ik wist uit eigen ervaring hoe dom die gast was. Austin was taaier en beschikte over meer medeleven. Uit wat ik had gezien had ik opgemaakt dat hij best een goede soldaat zou worden als hij bij de juiste groep mensen bleef. Het probleem in het leger was dat ze de groep voor je uitkozen door je in een eenheid te plaatsen, dus het beste waar je op kon hopen was dat er iemand was met wie je een klik had of die je in ieder geval kon pruimen.

'Ik ga niet dood aan een beetje hardlopen,' zei hij, en zijn stem bewoog mee toen hij languit op mijn bank ging liggen.

'Ja, dat zeg je nu. Je kwam maar net door de fysieke oefening heen.'

Ik wierp een blik op het koude leer van de stoel die vlakbij stond. Daar ging ik echt niet op zitten. Ik had meer meubels nodig, maar ik was meestal alleen waardoor dat niet echt een noodzaak was. Ik vond het trouwens niet erg om Austin hier te hebben, omdat ik het niet fijn vond om alleen te zijn. Ik wilde met rust gelaten worden, maar niet alleen zijn. Wat dat ook inhield. Mijn therapeut had me verteld dat ik opbloeide in gezelschap en dat ik er niet aan gewend was om alleen te zijn. Dat was mij vreemd. Ik was eraan gewend om thuis in een kleine kamer in een barak te wonen met een kamergenoot en tijdens uitzending in groepen te slapen in een aangepaste vrachtcontainer. Privacy of het concept van tijd alleen waren mij vreemd.

In de container had mijn stapelbed onder de airco gestaan die aan de wand hing en die maar de helft van de tijd had gewerkt. Vóór de hitte te erg werd zorgde ik ervoor dat een van de jongens me hielp die te maken met het gereedschap dat in ons kamp rondslingerde. Het zou weken duren voor het ding werd vervangen, áls we iemand al zover hadden kunnen krijgen om die te bestellen. Meestal hadden we ons daar gered met wat we hadden. Toen het grootste deel van mijn maaltijden uit van die smerige klaar-om-te-eten-pakjes kwam, was het elke keer als iemand in de eenheid een zorgpakketje van het thuisfront kreeg fucking kerst.

Die pakketjes hielpen ontzettend veel. De meeste jongens uit mijn eenheid waren niet getrouwd, dus als die al kwamen, waren ze meestal afkomstig van hun moeder. Zoals die van mij me gummybeertjes en Snickers had gestuurd. Het was maar zelden dat er echt goede shit kwam, maar dat gaf ons iets om te doen terwijl we probeerden niet te sterven. Lawsons vrouw had bijvoorbeeld stiekem wodka, moonshine of een joint verborgen in een doos ontbijtgranen gestuurd. Van tijd tot tijd kwamen er brieven van schoolkinderen en de meeste oudere kerels gingen uit hun plaat bij de met vetkrijt getekende herinneringen aan hun eigen kinderen die in Benning zaten, die hun levens leidden zonder hen. Dat hoorde bij hun opoffering voor hun land en dat beseften we allemaal goed, maar het betekende niet dat het goed voelde of dat zo'n tekening een man van negentig kilo niet op zijn knieën kon krijgen.

Terwijl mijn geest in het verleden was, gleed mijn blik door mijn woonkamer. Die was groter dan de meeste vertrekken of barakken waar ik de bijna drie jaar dat ik in het leger had gezeten had doorgebracht. Ik was zo fucking blij geweest toen ik naar E5 werd gepromoveerd, omdat dat betekende dat ik die klotebarakken achter me kon laten. Het gemak van over een stuk gras lopen om op het werk te komen beviel me, maar ik had er de pest aan gehad een kamergenoot te hebben. Ik was altijd meer een eenling geweest. Ik vond het niet fijn om een ruimte of een badkamer met anderen te delen en ik vond het niets als mensen aan mijn spullen zaten of als Phillips een meisje meenam uit een bar en te horen hoe hij haar op nog geen drie meter afstand van mijn bed neukte.

Privacy bestond niet in het leger, en dat Fischer hier was voelde niet anders dan bij een van mijn strijdmakkers te zijn, behalve dan dat we ons nu in mijn eigen ruimte bevonden waar ik in vrede kon pissen zonder dat er een halfnaakt meisje op de deur bonsde en zeurde dat ze moest plassen. Fischer was in ieder geval de makkelijkste kamergenoot die ik ooit had gehad. Hij zat vooral op zijn telefoon of was aan het gamen en had niet de behoefte om de stilte te vullen met gesprekken. Hij praatte lang niet zo veel als zijn zus, al had hij me grappig genoeg een keer verteld dat zij stil was. Dat was behoorlijk verwarrend, want het was op mij overgekomen alsof ze maar door bleef rebbelen als ik bij haar was, ook al bood ze vrijwel elke keer dat ze dat deed haar excuses aan. Daardoor vroeg ik me af wie haar had verteld dat ze stil moest zijn en wilde ik die persoon in elkaar slaan. Misschien was het haar eigen keus om zich van de wereld af te sluiten? Ik zou dat waarschijnlijk nooit te weten komen, maar de gedachte dat Karina Fischer dingen alleen voor mij deed beviel me.

Het enige minpunt aan Fischer was mogelijk ook het ergste. Er waren momenten dat hij me met zijn manier van doen zo aan zijn tweelingzus deed denken, zoals wanneer hij met zijn handen praatte en hoe hij onfatsoenlijk vaak met de ogen rolde en zuchtte. Zij waren eraan gewend om hun ogen, gezichtsuitdrukkingen en handen te gebruiken om zich heel duidelijk te uiten. Karina leek niet zodanig op haar broer dat ik meteen zou raden dat ze een tweeling zijn, maar ze waren duidelijk familie. Goede genen. Vooral Karina. Fuck, ze was gewoon een van die vrouwen die geen moeite hoefde te doen om op te vallen, dat deed ze al, en als je eenmaal naar haar had gekeken, dan kon je je blik verdomme niet meer losrukken.

De hele eenheid had haar opgemerkt toen ze vaker langs was gekomen en nu Elodie via de familievoorbereidingscursus met iedereen bevriend raakte, was haar kamergenoot een onderwerp van gesprek geworden om zes uur 's ochtends. Elke ochtend tijdens de training maakten ze opmerkingen over haar tussen het zeiken door over het feit dat ik niet meedeed vanwege mijn been. Ook over El. Maar Karina was vrijgezel en niemand durfde zich te wagen aan de vrouw van die gestoorde Phillips. De eerste keer dat Lawson het er buiten de training om over had gehad om Karina te versieren was Austin erbij geweest en hij had duidelijk gemaakt dat ze met niemand op stap mocht gaan. Hij was echter redelijk onaangedaan geweest toen een groep luidruchtige jongens het erover had gehad dat het lichaam van zijn zus was gemaakt om te neuken. Toen Lawson maar door bleef gaan over haar lichaam, had ik naar hem gekeken en me afgevraagd of Karina hem echt leuk zou vinden als hij niet getrouwd was. Ik kende haar goed genoeg om te weten dat ze niet van getrouwde kerels hield.

Nee, zij was het soort vrouw die de eeuwige, volledige aandacht nodig had, ook al zou ze zichzelf nooit op die manier zien. De Karina Fischer die ik kende had veel meer nodig dan een of andere stomme soldaat die op de terugweg van een missie waarbij we bijna allemaal om het leven waren gekomen, bussen slagroom snoof op de achterbank van een Humvee.

Wat zij nodig had was iemand die haar des te leuker vond naarmate ze zich mentaal meer blootgaf, niet zo'n onvolwassen idioot als Lawson. De man die zij uiteindelijk zou krijgen zou over het geduld van een heilige moeten beschikken terwijl hij probeerde uit te vogelen hoe zij in elkaar stak en wat haar dreef. Als ik, die ongeacht hoe wij van elkaar verschilden op de een of andere manier haar taal sprak, haar dat niet kon geven, dan was de kans nihil dat Lawson of welke andere vent die ik ooit had ontmoet dat zou kunnen doen. Ik wilde niet aan haar denken, over andere mannen en de manier waarop zij haar lichaam, haar geest wilden.

Terwijl Fischer naar zijn telefoon staarde en erop tikte, kostte het mij moeite om zijn zus uit mijn gedachten te zetten. Jezus, die vrouw maakte me gek. Scherpe, heldere flitsen van haar vochten met en versloegen het deel van mijn brein dat haar begon te haten. Het zou zo veel makkelijker zijn om haar te haten dan om naar haar te hunkeren en over haar te fantaseren. Zoals de waterdruppels die aan haar lange wimpers bungelden als zij als eerste uit de douche stapte. De manier waarop zweetdruppeltjes langs haar ruggengraat dropen als ik haar van achteren had gebeft, waar ik een perfect uitzicht had op haar zachte lichaam. Het was niet alleen haar tastbaarheid waar ik naar verlangde, het was ook de manier waarop ze haar woorden aan elkaar reeg, alsof die speciaal voor mij waren. Tijdens het ophalen van al die nutteloze herinneringen voelde ik mijn lichaam ongedurig worden en ik had een reden nodig om de kamer te verlaten.

Ik ging naar de keuken. Het was een tijdje geleden dat ik iets had gegeten, dus ik mikte iets in de magnetron. Mijn maag had gerammeld sinds ik mijn verse, hete enchilada's bij Mendoza thuis op tafel had moeten laten staan. Net toen ik mijn vork in het eten had geprikt, had Mendoza zijn hand door het glas van zijn achterdeur gestompt. Gloria had heel lang voor ons staan koken en alles was prima geweest tot dat niet langer het geval was. Zo was hij. Een tikkende tijdbom, letterlijk. Het kleinste dingetje, olie die spetterde in een pan, zorgde ervoor dat Mendoza in paniek raakte en dan ontplofte de situatie.

Ik kreeg het gezicht van zijn oudste zoon niet uit mijn hoofd, de manier waarop dat was vertrokken terwijl hij zijn kleine zusje had vastgepakt en naar boven was gerend bij het zien van het vele bloed. Ik staarde naar de bevroren pizza die in de magnetron ronddraaide en wenste dat het die enchilada's waren die Gloria in een paar uur had bereid. Haar eten was altijd zo lekker. Mendoza was een enorme mazzelpik. Niet alleen had hij een vrouw die van hem hield, gestoord gedrag en al, maar ze zorgde ook voor hun hele familie als hij weg was en had sinds ze zestien waren naar geen andere man dan hem gekeken. Ik moest er soms van kokhalzen, maar ik was er ook een beetje jaloers op. Ik zou genoegen nemen met de helft daarvan, of zelfs alleen maar met het eten. Jezus, ik zou zelfs liever het gehaktbrood van mijn moeder nemen in plaats van die gore pizza in mijn magnetron. Ik kon nog steeds met mijn kantinepas op de basis eten, maar dat was me te veel moeite en ik wilde zo veel mogelijk thuisblijven. Mijn hele leven zou veranderen als mijn ontslag realiteit werd, ook al leek het nu alsof dat nooit zou gebeuren. Ik bereidde me langzaam voor op de nieuwe wereld, een met vrijheid. Die vrijheid zou veranderingen met zich meebrengen, en daar was ik meer dan klaar voor. Als ik eenmaal leerde koken.

Ik moest echt voor mezelf gaan zorgen en misschien zelfs echt voedsel gaan eten, maar ik had er verdomme geen tijd voor. Boodschappen doen, hakken en roeren en pekelen en al die zooi, dingen die mensen ook echt deden, het zat er gewoon niet in. Ik had nu meer tijd dan de afgelopen weken, maar ik had de uren die ik met Karina had doorgebracht ingeruild voor mijn TAP-programma, waar ze mij en een groep andere soldaten probeerden te leren hoe we eenvoudige dingen moesten doen zoals een cv opstellen en hoe we gebruik konden maken van de veteranengezondheidszorg. Ze zouden me niet zo ver bij het leger uit de buurt laten vluchten als ik wilde. Op veel manieren zou ik voorgoed een soldaat zijn.

Maar dat hing allemaal af van wat er zou gebeuren met mijn ontslag. Ze zouden mij met mijn verklote been niet in actieve dienst willen houden. Dat was er zo slecht aan toe dat mijn lichaam nutteloos voor ze was, maar ze zouden mijn geest behouden.

Alles keerde steeds weer terug naar dit. Dit was niet de eerste keer dat ik in mijn met gipsplaten beklede stoffige keuken stond, waar ik het kabaal van mijn magnetron als witte ruis gebruikte om me in het verleden onder te dompelen. Ik pulkte dan aan mijn nagels zoals ik toen had gedaan. Verandering had op sommige dingen in het leven geen invloed. De belachelijke hoeveelheid keren dat ik mijn laarzen in het zand van het verleden duwde was marteling genoeg om mijn zonden daar te compenseren. Aan het eind van de dag wist ik hoeveel bloed er aan mijn handen kleefde.

Ik zou altijd die vent zijn die onherstelbaar beschadigd was. Karina was de enige persoon die ik ooit had ontmoet die me het gevoel had gegeven dat mijn straf er misschien op zat en dat ik eindelijk niet meer boete hoefde te doen. Zij was de enige die iets wist van wat ik had gezien of gedaan, alleen al door de manier waarop zij was opgegroeid, en ze had nooit naar me gekeken alsof ik haar niet waard was. Ze had mijn oren gevuld en mijn ziel doordrenkt met stukjes van zichzelf op een manier die mijn geest had geheeld. Naar haar luisteren was waardevoller geweest dan luisteren naar elke therapeut waar ik ooit tegenover had gezeten. Zij en mijn werk waren de enige dingen die mij afleiding boden van alle andere shit. En aangezien ik haar niet meer had, kon ik me alleen concentreren op mijn werk. Mijn nieuwe taak was om dit krot niet alleen bewoonbaar te maken, maar zelfs mooi, en er was nog heel veel te doen.

Ik moest beide helften van de duplex klaarkrijgen zodat ik geld kon verdienen in plaats van het volle pond te betalen met mijn huurtoelage die ik als E5 kreeg, maar het meeste van wat daarvan overbleef was mijn bijdrage aan het schoolgeld van mijn zus. Het was niet veel, maar ik verspilde mijn geld niet zoals de meeste van mijn jongens. Ik spaarde en werkte keihard om een leven te hebben na het leger. Ik zou het nooit aan een van mijn jongens toegeven, maar ergens had ik geweten dat ik daar niet voorgoed zou blijven. Ik had alle verschillende stukjes een tijd terug al in beweging gebracht.

De duplex moest worden opgeknapt zodat ik me na mijn ontslag kon redden. Phillips zou binnenkort thuiskomen. De dingen zouden verdomme zo anders zijn als hij er was. Hij zou hier waarschijnlijk met een shotje tequila staan praten over hoe fucking bang hij was om over niet al te lange tijd vader te worden. Ik kon het me in ieder geval zeker niet voorstellen. Hij zou met Elodie en hun pasgeboren baby in de andere helft willen trekken als hij thuiskwam. Niet dat ik erop zat te wachten om een krijsende baby als buur te hebben, maar ik steunde hem en Elodie. Met de huidige wachtlijst voor een woning op de basis kon je wel tot een jaar moeten wachten, soms zelfs langer, en ze konden niet allemaal in Karina's huisje wonen. Hoe meer ik Phillips in de gaten kon houden, hoe beter. Ik vertrouwde hem, maar ik was me ook bewust van mijn eigen mentale gezondheid... en die van hem moest er nog erger aan toe zijn.

Jezus, wat deed mijn poot zeer. Dat was de hele dag al zo. Het was me gelukt om Mendoza naar het ziekenhuis te brengen en zelf naar huis te rijden, maar nu bonsde die. Ik leunde tegen het aanrecht om mijn been te ontlasten. Ik ging daar dus echt niet voor terug naar de dokter, dat zou het hele proces om uit het leger te komen alleen maar vertragen. Ze zouden me nog een keer laten opereren, wat mijn hele plan zou verpesten, en dan zou ik nog meer medicijnen krijgen en zou ik net als eerst urenlang naar een wand staren.

Maar, godsamme, wat deed het soms pijn.

Ik zag pizza in de rondte draaien. De gesmolten kaas liep uit en brandde aan om het karton van de gevouwen doos waar die in lag. Ik had zo'n trek dat ik op het moment het karton zou opeten als dat moest. Ik had erger gehad. Deze magnetronpizza was eigenlijk een ietwat chique legermaaltijd.

De pizza had nog een minuut en twaalf seconden te gaan. Als soldaat kon ik veel doen in tweeënzeventig seconden. Ik liet mijn hoofd naar achteren zakken en deed mijn ogen dicht. Ik hoorde meteen in de verte raketten ontploffen. Soms was dat geluid een troost. Dit was een van die keren. Er waren dingen aan dit leven die ik zou missen, zoals de routine en de adrenaline. Ik was niet van het bmx'en of het bergbeklimmen, maar een keer in de zo veel tijd miste ik het mijn hart in mijn keel te voelen kloppen terwijl ik op de vlucht was voor geweerschoten.

De magnetron piepte en ik schrok me kapot. Fuck, dacht ik, scherp blijven, Martin. Ik leunde naar voren om te zien of Fischer nog op de bank lag te appen met wie hij ook contact had. Hopelijk was ze deze keer niet getrouwd. Fischer had echt structuur nodig en daar was het leger goed voor. Er schuilde controle in het gebrek aan vrijheid. Ik wist precies wat ik moest doen en wanneer ik dat moest doen. Er was orde, er was een taak (in tegenstelling tot in de buitenwereld waar een platte band je je baan kon kosten en de meeste mensen niet eens een zorgverzekering hadden).

Fischers zus zou van streek zijn door zijn vertrek, dat wist ik. Ik zou er niet zijn, dus ze zou mijn gezicht niet hoeven te zien als herinnering aan alles wat er verkeerd was in haar leven. Ik was het niet met haar eens, maar dat was niet aan mij. Ik was op de een of andere manier de schurk van dit verhaal, maar voor haar zou ik Rowan Pope uit *Scandal* zijn, de serie die elke keer aan had gestaan als ik bij Karina op bezoek was. Nu ik me haar woonkamer herinnerde besefte ik des te meer dat ik moest maken dat ik hier zo snel mogelijk wegkwam en in mijn Bronco naar Atlanta moest gaan. Ik kon het risico niet nemen om een reden te bedenken om te blijven.

Ik gunde mezelf een paar maanden. Ik moest hier nog een paar dingen regelen en dan kon ik tegelijk wat van mijn geld terugkrijgen. Er moest bijvoorbeeld nog iets aan het ruwe hout worden gedaan dat dienstdeed als werkblad en waarvan de splinters in mijn arm prikten terwijl ik mijn been probeerde te ontzien door er niet op te steunen. Het hout dat in mijn huid drong deed minder pijn. Het aanrecht zou volgende week in beide woningen af zijn. Mijn mannetje op de vlooienmarkt had gezegd dat hij zeker nog tien platen marmer voor me zou regelen. De laatste tijd werd het steeds lastiger om zelf het zware werk te doen nu mijn been zo opspeelde. Mijn lijf was verdomme zo versleten, maar ik moest doorgaan. Nu ik Fischer had om me te helpen schoot ik lekker op. Er was minder tijd om uit te rusten dan eerst en er bekroop me het gevoel dat ik op iets af sprintte of dat ik door iets werd opgejaagd: het leger, vijanden met vuurwapens tegen de borst gegespt die in talen schreeuwden waar ik pas net iets van was gaan begrijpen, de vader van Karina en Fischer, mijn eigen problemen. Ik wist dat oorlog de voornaamste bron was, wat betekende dat het gevoel nooit zou verdwijnen. Zo werkte PTSS. Het zou voorgoed deel van mij uitmaken, van ons allemaal.

Karina's geheimen hadden ervoor gezorgd dat ze me niet vertrouwde en daardoor had ze de moed verloren. Dat was vroeg of laat toch wel gebeurd. Haar broer had me daarvoor gewaarschuwd, dat ze het zichzelf gewoon niet toestond om intiem te worden met iemand. Ze zou mij of iemand anders nooit willen vertrouwen. Ik had gedacht dat het een tijdje zou duren voor we elkaar tegen het lijf zouden lopen, en ik wilde haar verdomme echt nooit meer zien, maar ik had al geleerd dat de dingen buiten het leger nooit liepen zoals ik wilde.

De laatste plek waar ik haar had verwacht tegen te komen was het ziekenhuis. Ik was in eerste instantie in paniek geraakt, bang dat er iets met haar aan de hand was of dat ze gewond was. Toen ik had beseft dat ze in orde was, had ik me afgesloten. Ik had niet gewild dat ze de bezorgdheid in mijn blik zou zien of de angst in mijn stem zou horen. Ik had mijn emoties uitgeschakeld nadat ik mezelf heel even opluchting had laten voelen. Gelukkig was Elodie in orde en Austin mocht van geluk spreken dat hij niet degene was die het weer had verbruid. Karina moest zich geen zorgen maken om de vergissingen of levenskeuzes van haar broer terwijl ze die van zichzelf nauwelijks aankon.

Terwijl ze me daar had aangekeken in de ontvangstruimte had ik haar groene ogen op me voelen branden. Ze had zo graag gewild dat ik naar haar keek, maar dat lukte me alleen als zij haar blik afwendde. Ik wist dat ik een uitdaging in haar blik zou zien, dat ze erop wachtte dat ik als eerste iets zou zeggen, dat ik mijn excuses aanbood of een verklaring zou proberen te geven. Dat ging niet gebeuren, maar ze stelde me op de proef. Dat was wat ze wilde. Dat voelde ik.

Door aan haar te denken trok er een stoot opwinding door me heen die maar weinig dingen tegenwoordig nog konden veroorzaken. Ik reageerde fysiek en mentaal op haar op een manier waar ik geen vat op kreeg, laat staan dat ik kon bedenken hoe ik ervanaf kon komen. Het was dus echt niet gezond en ik wist zeker dat een van mijn psychologen het allemaal zou analyseren en afkeuren, maar de high die ik bij haar voelde was verslavend. De laatste tijd voelde ik me voor verder alles als verdoofd.

Hoe was ik überhaupt in deze situatie beland? Vrouwen zouden wel het laatste moeten zijn waar ik aan dacht. Ik had niet het recht om aan een relatie te beginnen of iemand ook maar iets te beloven. Het enige waar ik me druk om moest maken was weg zien te komen uit deze ellendige plaats. En snel. Zonder gehecht te raken aan iets of iemand. Misschien als ik me dat maar vaak genoeg voornam, dat het ook zou gebeuren.

Mijn lichaam en geest waren op na vandaag, maar ik moest nog zeker een uur wakker blijven. Dat zou me wel lukken. Dat was een soldatending, om dermate in contact te zijn met mijn lichaam en te weten wanneer het op de proef kon worden gesteld en wanneer niet. Van de bonzende druk op mijn knieschijf tot aan het bonken bij mijn slapen, ik was me van alles bewust. Ik dacht aan de pijn op een schaal van één tot tien, zoals artsen en specialisten dat altijd deden. Op het moment zat ik op een dikke zes, met op tien het gevoel dat ik zou worden opgeblazen.

Vanavond was de pijn constant, maar een zeurende knie en een van Mendoza's aanvallen stelden niets voor vergeleken bij wat ik aan de andere kant van de oceaan had meegemaakt. Het kabaal van raketten die door de lucht gierden en in ons kamp tot ontploffing kwamen was nog net zo helder als toen het gebeurde. Het beeld van metalen balken die als bliksemschichten neervielen en de immense pijn die gepaard was gegaan met het metaal dat mijn been raakte en mijn botten verbrijzelde bleven me bij... en toch was dat niets vergeleken met het vuur dat aan mijn vlees had gelikt en geknaagd terwijl ik wachtte tot iemand me uit ons kamp haalde dat in vlammen opging. En de brand in de Humvee...

'Hé, leef je nog? Gast, je bent daar al iets van tien minuten. Wat doe je daar?' riep Austin.

Ik keerde terug naar het hier en nu, naar mijn appartement waar ik zo ver mogelijk bij brand en de dood vandaan was. Fysiek gezien, dan. Mijn geest zou blijven branden, zoals altijd. Ik bewoog mijn hoofd in een cirkel en voelde de bekende pijn. Het zou geweldig zijn geweest om nu Karina's vaardige handen op mijn zeurende spieren te voelen. Karina, Karina, Karina, ze ontdekte altijd weer een manier om mijn gedachten binnen te dringen.

'Hé, ik betaal je het allemaal terug als ik klaar ben met de training.' Austin sprak nu langzamer.

Ik deed mijn ogen open en zag hem in mijn keuken staan. Austin en ik kletsten als strijdmakkers; hij zou geen enkel probleem hebben met het constante gekloot van soldaten onder elkaar. Dat hoorde bij die manier van leven. De gasten die niet tegen een grap konden hadden het het zwaarst. De meeste grappen waren zo verknipt, niet eens meer beledigend te noemen, en zouden als uiterst ongepast worden beschouwd op elke andere werkvloer.

'Dat geld is heel snel weg als je het uitgeeft voor je het zelfs maar hebt verdiend. Je ziet straks als die cheque komt iedereen om je heen het geld verbrassen met feesten en het kopen van de nieuwste sneakers of waardeloze shit, net zoals altijd. Wees slimmer dan die lui. Als je het gevoel hebt dat je het meteen moet uitgeven, doe dan een aanbetaling op een auto.'

'Moet je jou eens horen, meneer Verantwoordelijkheid,' zei hij spottend. 'Geld sparen is niet zo moeilijk. Ik krijg straks om de twee weken uitbetaald. Ik zet gewoon elke keer wat opzij.'

Ik lachte. Natuurlijk dacht hij dat. Ik had zat jongens en ook mannen hetzelfde horen zeggen voor het echte leven zich ermee had bemoeid. We zouden over een jaar eens kijken hoeveel geld hij had gespaard en hoeveel hij schuldig was aan meubelzaken waar hij dingen op afbetaling had gekocht. Als ik het verkeerd had, dan zou ik met liefde mijn woorden terugnemen.

'Dat denkt iedereen. Dat kan verdomd lastig zijn als je band kapotgaat of je elektriciteitsrekening te hoog is.' Ik lachte. 'O, wacht, die heb je niet!'

'Heel grappig.' Hij trok de vriezer open en pakte er een maaltijd uit. Daarna nam hij de pizza uit de magnetron, zette zijn keus erin, ging naar de koelkast en haalde daar een biertje uit. Hij was niet oud genoeg om te mogen drinken, maar dat was ik zelf nauwelijks en ik was al twee keer naar een oorlogsgebied gegaan.

Hij liet me het flesje zien. 'Wil jij er ook een?'

Het kostte een paar tellen om te beslissen. 'Wat maakt het ook uit. Doe maar.'

Misschien zou dat het scherpe randje van de pijn halen en die een beetje verdoven. Ik had iets sterkers nodig om dat helemaal voor elkaar te krijgen, maar alle beetjes hielpen. De onregelmatige uitschieters waren de helft van het gevecht voor me. De andere helft was lang genoeg stilzitten om de boel te laten genezen, wat onmogelijk was.

'Alles oké?' Austin doorbrak de stilte in de kamer. 'Ik hoorde de magnetron piepen en je maakte die niet open.' Zijn blik ging naar waar mijn pizza nu stond. De kaas stolde al.

'Ja.' Mijn stem klonk schor. Ik schraapte mijn keel en zette het lege bierflesje op het aanrecht. Ik ging hem niet vertellen dat ik alleen maar de verschillende fases doorliep van naar zijn zus verlangen en van haar walgen.

Ik dacht snel na en loog. 'Ja. Ik dacht aan Mendoza en Gloria. Ik wil de leider van onze eenheid niet vertellen dat er iets aan de hand is, maar mijn mogelijkheden raken op.'

Ik had bewust nooit de aandacht van onze bevelhebber getrokken, maar Mendoza werd er niet beter op en vandaag was tot me doorgedrongen hoeveel erger het kon worden. Hij had totaal geen vat meer op zijn PTSS en daarmee had ik er ook geen grip meer op. Ik probeerde hem elke dag de hele dag door te helpen, maar vandaag bewees dat ongeacht hoeveel tijd ik met hem doorbracht, hoe scherp ik hem ook in de gaten hield, dat niets veranderde aan het feit dat er niets aan zijn trauma werd gedaan. Hij kreeg steeds vaker uitbarstingen.

'In ieder geval is er niemand gewond geraakt,' zei Fischer met een bezorgde blik.

Ogen met dezelfde kleur als die van zijn zus. Zijn verrekte zus. Mendoza was mijn prioriteit.

Mendoza was gewond geraakt. Hij leed.

'Ja,' fluisterde ik.

Kon ik er maar met Fischer over praten zoals ik er met zijn zus over wilde praten. In plaats daarvan knikte ik. Hij was er niet klaar voor om over de meest duistere delen te weten te komen van je leven wegschenken voor het belang van je land, en ik hoopte dat hij zijn tijd kon uitzitten zonder meer te ontdekken over de details van het contract dat hij had getekend. Dat was allemaal te zwaar voor hem en zou niets voor zijn moreel doen, voor zover dat aanwezig was bij de kersverse soldaat. Hij zou al moeten proberen het te overleven, ik wilde niet dat hij Mendoza als voorbeeld zou zien.

Zijn zus zou het begrijpen. Zij zou verdrietig zijn en meeleven met mijn verloren makker en zijn gezin. Ik had haar nooit veel informatie gegeven als ze naar hem vroeg, wat me tot een enorme hypocriet maakte, maar als ik haar ooit nog zou zien, dan zou ik haar alles vertellen wat ze wilde weten. Ik kon haar wijsheid nu gebruiken. Terwijl ik hier zo stond sprak ik mezelf elke fucking keer als ik aan haar dacht tegen.

Ik verplaatste mijn gewicht weer naar mijn andere arm zodat die niet verdoofd zou raken terwijl ik tegen het aanrecht leunde. Ik rekende erop dat ik het naar mijn kamer zou halen zonder dat Fischer zou merken dat er iets met me aan de hand was. Ik was inmiddels een meester geworden in het verbergen van mijn pijn. Zijn blik gleed van mijn armen naar mijn benen. Ik wist dat Fischer geen ophef zou maken over mijn verwondingen, maar ik wilde geen medelijden of meningen en ik wilde al helemaal niet dat hij het zijn zus zou vertellen of er iets over zou zeggen in het bijzijn van zijn vader voor ik weg was uit het leger. Ik moest die laatste paar afspraken afwerken, geen van alle medisch van aard, zodat ik als ik vrij was naar het veteranenziekenhuis kon gaan.

'Alles oké?'

Ik keek naar mijn benen en het lukte me kort te lachen. 'Ja. Alles oké.'

'Daar lijkt het anders niet op.'

Ik strekte mijn zere been. Het was de taak van de legerartsen geweest om me net voldoende op te lappen dat ze me weer een oorlog in konden gooien die jaren geleden al afgelopen had moeten zijn. Het was niet hun taak om ervoor te zorgen dat ik op de juiste manier genas, alleen dat het snel gebeurde. Het veteranenziekenhuis was beter en ik zou er in ieder geval als mens worden behandeld. Ik had mijn vooronderzoek gedaan en ik wilde er op deze manier uit stappen, mijn vergoedingen en regelingen houden en met een goed gevoel vertrekken na alle ellende die ik had meegemaakt ten behoeve van 'vrijheid'.

'Wat gebeurt er met Mendoza als ze te weten komen dat hij naar het ziekenhuis is geweest?' vroeg Fischer, waarna hij mijn voorbeeld volgde en zijn flesje leegdronk.

'O, ze komen erachter. Ik weet niet zeker wat ze zullen doen. Dat hangt af van hun stemming.'

'Gaat het er daar zo onberekenbaar aan toe?' vroeg hij, alsof hij niet als legerkind was opgegroeid.

Ik knikte. 'Je hebt geen idee.'

'Jeetje.' Hij ging met zijn hand over zijn kin. 'En, weet je al waar je heen gaat als je hier klaar bent? Ga je echt weg?' Fischer keek om zich heen.

De keuken stond vol met spullen die ik nodig had voor de

verbouwing van de duplex. Pakketten vol vloerpanelen, emmers met verf. Het was een teringzooi.

Ik knikte. 'Er is hier niets voor me. Ik moet maken dat ik hier wegkom, en snel. Zodra ik mijn handtekening zet op mijn ontslagpapieren vertrek ik. Ik weet nog niet waarheen, misschien naar Atlanta?'

'Als ik naar een coole bestemming word gestuurd, kun je met mij meekomen. Ik hoop op Hawaii.' Hij lachte terwijl hij het zei, maar ik vroeg me af of er een oprecht verlangen achter zijn woorden school.

Binnenkort zou hij bij een groep vreemden zijn die sneller dan hij zich kon voorstellen als broers voor hem zouden worden. Wij hadden niet samen gediend en hij voelde als een broer voor me, maar ik wist dat het geen zin had om een te hechte band met hem te krijgen aangezien hij snel zou vertrekken en ik bij zijn zus uit de buurt moest blijven, bij alles wat ze ooit had aangeraakt. Ik zou me nog steeds zorgen maken dat hij in de problemen zou raken en af en toe kijken hoe het met hem ging, maar binnenkort zou ik me niet zo verantwoordelijk voor hem voelen als nu. Hij zou het probleem van een ander zijn. Hopelijk niet dat van zijn zus.

Ik knikte half. 'We zullen zien. Ik ga alleen als het een plek is met zon, goedkope grond en minder fucking regen.'

Hawaii leek zo'n onmogelijke bestemming dat ik met hem mee droomde.

'Man, als ik in Knox of Hood word geplaatst, dan word ik kwáád!'

Dat begreep ik. Ik zou hem zeker niet gaan opzoeken in Kentucky of Texas. 'Dan zal ik namens jou kwaad zijn. Misschien blijf je trouwens hier.'

Fischer lachte en tikte met zijn flesje tegen het mijne. 'Dat zou mijn zus geweldig vinden.'

Toen ik dat hoorde trok ik de koelkast open en pakte nog een biertje.

'Sorry. Ik probeer het steeds niet over haar te hebben.' Austin nam ook een tweede.

'Hoe gaat het met haar?' Dit was niet het gemakkelijkste gesprek dat ik ooit had gevoerd, maar hij was mijn dichtste bron in de buurt van Karina en ik kon mijn nieuwsgierigheid niet bedwingen.

Austin keek me even aan. Hij had het gezicht van een bekakte witte jongen die altijd overal ongestraft mee weg zou komen, het soort kerel dat ik normaal gesproken niet kon uitstaan, maar hij was niet zo voorspelbaar als hij eruitzag en ik mocht hem meer dan de meeste mensen. Hij had het hart op de juiste plaats en een relaxte uitstraling.

'Ik heb haar gisteren voor het eerst weer gezien sinds ze erachter is gekomen. Het gaat goed met haar, denk ik zo. Pislink en ze haat ons allebei op het moment.' Hij haalde zijn schouders op en nam een hap van zijn dampende magnetronmaaltijd.

Ik kon me er nog niet toe zetten om aan mijn eten te beginnen, ook al rammelde ik.

'Maar dat was te verwachten. Ze zal uiteindelijk blij voor me zijn. Hoop ik. Er is niet veel wat ze er nu aan kan doen.' Hij likte langs zijn lippen en dronk bier.

'Ze kan wel wrok koesteren, hè?' Ik wist het antwoord al, maar ik wilde dat hij het zou bevestigen en misschien dat mijn stronteigenwijze brein dan de hint zou begrijpen.

Hij knikte. 'O, ja, echt wel. Zij onthoudt alles, dus zelfs als je denkt dat je vrijuit gaat, dan brengt ze het jaren later weer ter sprake. "Jij hebt me geschopt toen we twaalf waren."' Hij lachte.

Ik zag er de humor niet van in. Ze zou me altijd haten omdat ik tegen haar had gelogen. Dat had ik eigenlijk wel geweten, maar ik had het niet echt tot me door laten dringen. Ze zou me nu altijd als een leugenaar beschouwen. Ik had het een aantal keer gedaan en ze zou het nooit meer loslaten. Daarvoor had ze me al nauwelijks vertrouwd, dus ik zou nooit meer bij haar in de gratie komen. Kut, ik moest dit toch accepteren. De enige reden dat ik aan haar dacht was omdat haar tweelingbroer in mijn keuken stond.

'Martin...' Zijn stem klonk laag, waarschuwend. 'Dit is niet lullig bedoeld, maar mijn zus gaat het je niet vergeven. Ik weet niet hoe serieus het tussen jullie was en dat wil ik ook niet weten.'

Hij klonk ouder dan hij was. Het keukenlicht flikkerde als een voorteken terwijl hij verderging en met zijn handen gebaarde terwijl ik verwerkte wat hij zei. De eerlijkheid ervan was onverwacht.

'Onze ouders hebben haar echt verkloot. Mij ook, natuurlijk.' Hij glimlachte. 'Maar wij hebben dingen zo anders verwerkt en ze... Nou, zij klapt gewoon dicht en ik wil niet dat jij tevergeefs een poging waagt. Voor haar bestwil zou ik willen dat het anders was, maar ik weet niet of zij ooit een normale relatie met iemand kan hebben. Ik maak me zorgen om haar, maar daar hoef jij je niet druk om te maken.'

Dat zat me niet lekker. 'Ga je nu niet een beetje erg ver? Ze is pas twintig en jij neukt getrouwde meiden. Ik zou niemand advies geven als ik jou was.'

De manier waarop hij naar me keek zorgde ervoor dat ik hem bij zijn shirtje wilde grijpen en tegen de muur wilde smijten. Dat deed ik niet, maar mijn vingers beefden terwijl ik mijn drankje krampachtig vasthield.

'Ho, ho, niet lullig doen over met wie ik het doe... En ik mag over míjn zus praten hoe ik wil. Jij kent haar niet eens op die manier. Doe even fucking rustig.'

Zijn gezicht liep rood aan terwijl zijn stem luider werd.

'En jij wel?' bromde ik. Onze gemoederen raakten verhit over iemand die niet aanwezig was om zichzelf te verdedigen. Iemand die ons op dit moment allebei een veeg uit de pan had gegeven.

'Nauwelijks. Dat probeer ik je juist te vertellen. Jij zult haar ook nooit kennen en je maakt jezelf alleen maar gek als je het probeert uit te vogelen of als je ervoor wilt zorgen dat zij het je vergeeft. Ik probeer jullie allebei te beschermen, maar negeer vooral mijn advies en kijk maar wat er gebeurt. Ze straft pap al sinds de dag dat onze moeder vertrok. Ze is keihard.'

Ik maakte een schamper geluid. Het maakte me boos dat hij dacht dat hij zo tegen me kon praten, maar hij vond dat hij Karina veel beter kende dan ik, ook al geloofde ik ergens het tegenovergestelde, namelijk dat hij degene was die haar niet kende.

'Alsof jullie vader het niet verdient om te worden gestraft.'

Hij nam me in zich op. 'Wat weet jij dat ik niet weet?'

We staarden elkaar aan. Hier zou ik me dus niet mee bemoeien. Dat kon ik niet doen. Ook al zou Karina nooit meer met me praten, ze had me dingen verteld die ik nooit, maar dan ook nooit tegen iemand zou herhalen, zelfs niet tegen Fischer.

'Ach, flikker op. Ik wil het niet over die shit hebben.' Ik liet mijn hand over mijn kaalgeschoren hoofd glijden. 'Maar goed, misschien ga ik wel eerder naar Atlanta dan ik van plan was. Ik kan het huis dat ik daar net heb gekocht sneller renoveren. Hopelijk levert dat genoeg winst op zodat ik in en om mijn oude woonplaats kan kijken, waar de huizen veel goedkoper zijn dan in een grote stad als Atlanta. Hoe sneller ik mijn veteranenlening voor deze duplex terugbetaal, hoe sneller ze me een andere lening zullen geven.'

De winst zou in het begin niet gigantisch zijn, maar ik moest ergens beginnen en vrijwel elke soldaat kon een veteranenlening krijgen voor een huis. Zo hoorde het ook. Je land dienen zou je in ieder geval het privilege moeten opleveren van een eigen huis.

'Hé, jij hebt tenminste opties en een dak boven je hoofd. Ik heb niet eens een echte thuisbasis. Ik heb geen baan en geen huis.' Fischer klaagde niet echt, maar somde alleen de feiten op.

Hij was zo'n vat vol tegenstrijdigheden: hij was zowel de meest zelfverzekerde als onzekere jongen die ik ooit had ontmoet. 'Heb je nooit gehoord dat je jezelf niet met anderen moet vergelijken?' Ik lachte.

'Ja, volgens mij heb ik dat ooit ergens op een T-shirt gelezen.'

'Hé, jij hebt in ieder geval een vader.'

Hij lachte ook. 'Dat klopt. Maar geen moeder.'

'Hè, shit.'

We glimlachten allebei, schudden het hoofd en grapten over de zware realiteit van ons leven. Op het moment voelde het goed, het besef dat iedereen bagage had waar die mee worstelde. De angel uit de shit halen waar we geen controle over hadden was onze uitlaatklep. Die optie moest er zijn.

'Jij hebt je zus,' zei ik.

We klonken allebei wat serieuzer. Ik voelde me gespannen na haar opnieuw ter sprake te hebben gebracht. Austins tweede biertje was bijna leeg.

'Ze zegt nauwelijks iets tegen me. Toen ik bij haar thuis was, wilde ze me er meteen uit gooien. Uiteindelijk mocht ik daar even blijven en douchen en zo, maar zoals ik al zei koestert ze wrok als geen ander.'

Ik keek hem aan en zonder erover na te denken flapte ik eruit: 'Tegen wie? Tegen jullie moeder die haar in de steek heeft gelaten of tegen jullie vader die zich gedraagt alsof hij geen reet om haar geeft?'

'Tegen hen allebei, maar zij zijn niet de enigen. Ook tegen mij, zelfs tegen jou!' Hij wees naar me. 'Nu zul jij de volle laag krijgen. Ik ben degene die jou heeft gevraagd het haar niet te vertellen, en ze zal het je waarschijnlijk nooit vergeven. Met mij moet ze wel praten, wij hebben een baarmoeder gedeeld. Maar serieus, ik zou er niet van opkijken als ze gewoon doet alsof je nooit hebt bestaan. Zoals ik al zei is mijn zus niet als andere meiden naar wie je glimlacht waardoor ze vergeten wat je allemaal hebt uitgespookt.'

Karina en ik leken over dezelfde overlevingsmechanismes te beschikken.

'Ik dacht dat we hadden afgesproken om het niet meer over je zus te hebben.' Ik wreef met mijn vrije hand over mijn slaap. Mijn halfvolle flesje bier stond zielig op het aanrecht.

'Jij bent degene die over haar begon. Maar goeie god ja, laten we het over iets anders hebben, zoals over wat er verdomme allemaal in Atlanta te doen is waar jij zo gek op bent. Ik ben er in geen jaren geweest.' Opeens keek hij alsof er bij hem een lampje ging branden. 'We zouden er aan het einde van de maand heen kunnen gaan als ik eenentwintig word. Of ergens anders. Er wordt al een kampeerreisje gepland. Ik heb er een sms'je over gekregen.'

'Nou, om te beginnen worden er verschrikkelijk veel films in en om de stad opgenomen vanwege de belastingvoordelen, dus ik wil daar mijn slag staan voor de prijzen van onroerend goed omhoogschieten. Daar komt bij dat er altijd iets te doen is. Het is er niet zo slaperig als hier.' Ik bewoog mijn flesje dat ik weer had gepakt door de lucht. 'En het eten. Er is hier niets wat daaraan kan tippen. Ik ga trouwens niet mee met dat klotereisje.' Dat besluit had ik al genomen toen het binnen de eenheid ter sprake was gekomen.

'Kom op.' Austin rolde met zijn ogen.

Ik was niet op veel plekken geweest, dus het was niet alsof ik zo'n verheven culinaire smaak had. Ik probeerde andere dingen wanneer dat kon, maar ik was alleen op plekken geweest waar het leger me naartoe had gestuurd en daar waren nooit toeristische attracties. Ik was een keer in Duitsland geweest, maar had nooit het vliegveld verlaten. Ik had daar een pretzel genomen en een zakje M&M's.

'Je was me kwijt tot je het over eten had.' Austin keek met een glimlach naar zijn magnetronmaaltijd. 'Hoe weet je dat allemaal over de huizenmarkt?'

Ik lachte en plaatste mijn arm op een ander stukje van het ruwe hout. 'Stel je eens voor wat je zou kunnen doen met al die tijd die je doorbrengt met het in bed duiken met meiden als Katie en met het gamen.'

Hij snoof, hief zijn biertje en goot toen wat er nog van over was in één keer naar binnen. 'Na de training zal ik wel meer zoals jij zijn. Volwassen en zo.' Hij pakte nog een flesje uit mijn koelkast en maakte het open met behulp van de gesp van zijn riem. 'Maar voor nu ben ik van plan om van mijn laatste beetje vrijheid te genieten.'

Ik knikte en vroeg me af of hij wist hoe weinig vrijheid hij binnenkort zou hebben. Ik tikte zijn flesje met het mijne aan en we namen allebei een slok. Het bier was zo koud dat het pijn deed aan mijn tanden. Ik moest er nog steeds aan wennen dat ik weer een vriezer en ijs ter beschikking had.

'Heb je al nagedacht over je laatste maal?' vroeg ik, waarna ik een hap van de pizza nam, die net zo taai bleek te zijn als die eruitzag.

Hij keek op van zijn telefoon. 'Is dat serieus iets wat ik moet doen? Het is geen gevangenis.'

Ik zweeg.

'Maar nee. Nog niet. Waarschijnlijk een enorme pizza. En bier. Heel veel bier.' Het eind van die zin klonk wat onduidelijk. Hij was onrustig, bewoog zijn lichaam op minieme manieren, maar stond nooit stil.

'Alles goed?' Ik knikte naar het koude biertje in zijn hand.

Hij knikte, geloofde het zelfs.

Ik keek naar hem en het kostte wat tijd om mijn gedachten op een rijtje te zetten en te bepalen hoe nuchter hij al dan niet was. Het deed er eigenlijk ook niet toe, hij had morgen niets te doen.

'Zo dronken ben ik niet, al zou ik dat wel willen zijn. Was mijn zus maar niet meer zo kwaad op me.' Toen liet hij zijn stem zakken, alsof hij zich schuldig voelde omdat hij dat had gezegd. 'Sorry, het was niet mijn bedoeling om haar ter sprake te brengen. Alweer.'

Ik liet mijn hand over mijn mond glijden, plukte aan mijn lippen. 'Het is al goed. Het is wat het is.' Ik zette haar uit mijn hoofd. Nou ja, dat probeerde ik. 'Je hebt ook tegen haar gelogen,' voegde ik eraan toe.

'Wíj.' Hij bracht het flesje naar zijn lippen.

'Wij. Dat weet ik, maar jij bent haar broer en jij had haar beloofd dat je niet bij het leger zou gaan. Ik niet. Ik heb het alleen voor haar verzwegen omdat jij het haar zelf zou vertellen.'

Nu ik dat zei werd ik opnieuw boos op hem. Terwijl hij heel laf had gewacht om zijn zus over zijn plannen in te lichten had ik tegen haar moeten liegen. Zoenen en liegen. Proberen haar vertrouwen te winnen en liegen. Dat had ik gedaan.

'Ik weet het, maar ze begrijpt het niet. Jij denkt toch nog steeds dat ik de goede beslissing heb genomen?'

Ik knikte, denkend aan het lege pillenzakje dat ik in zijn zak had aangetroffen, toen hij zo van de wereld was geweest dat hij geen kik had gegeven toen ik hem vanuit mijn tuin mijn huis binnen had gesleurd. Ik wist tot op heden niet wie hem daar had gedeponeerd. Dat ik dat voor zijn zus had verzwegen was ook liegen. Dat leek ik veel te doen, zonder het zelfs maar te proberen.

'Denk jíj dat het de juiste beslissing was? Dat is de echte vraag hier, Fischer.' Ik trok mijn wenkbrauwen op en trok zijn verklaring in twijfel.

'Dat weet ik nog niet. Nou ja, niet dat ik tegen haar heb gelogen. Dat was behoorlijk stom en het heeft alles alleen maar erger gemaakt.'

'Jup, dat kun je wel zeggen.' Dat had haar een reden gegeven om voor mij op de vlucht te gaan. Daar was ze goed in. Het was een gewoonte die haar troost bood.

'Als ik jou was,' begon Austin langzaam, 'zou ik haar er niet toe proberen te dwingen je te vergeven. Dat haat ze. Dat kun je vragen aan iedereen die haar kent.'

Het geval wilde dat ik niet geloofde dat iemand die haar had ontmoet haar daadwerkelijk kende. Het was mij een paar keer bijna gelukt, maar ze was er telkens vandoor gegaan.

'Dat zal ik ook niet doen. Ik heb genoeg andere dingen aan mijn hoofd.'

Hij trok een gezicht.

Onze gesprekken over Karina waren meestal eenzijdig en ik gebruikte die om al het mogelijke over haar te weten te komen. Het moest haar mysterieuze uitstraling zijn waardoor ik nog steeds zo obsessief met haar bezig was. Ook al was ze nu een schim in mijn leven, ik kwam maar niet van haar af.

'Ik denk trouwens toch niet dat jullie het hadden gered. Ze kan soms moeilijk zijn en heeft iemand nodig die daar tegenwicht aan kan bieden. En ze is verlegen met jongens. Dat komt doordat ze nooit echt een relatie heeft gehad op die sukkel van een Brien na, en hij was echt zo'n eikel.'

Het kostte intellectueel en emotioneel gezien veel kruim om een gesprek met Karina bij te houden. Ze zei nooit wat ik verwachtte te horen, en zorgde er altijd voor dat ik op mijn tenen liep met al die spelletjes en alwetende verklaringen voor alles onder de zon. Ze had het tegelijk mis en bij het goede eind, was een bosbrand en een ijsberg. Ze had haar vluchtroutes allang klaar gehad voor ze mij zelfs maar had ontmoet. Ze wás lastig, maar zag Austin er de ironie van in dat juist hij haar zo beschreef? Verlegen was ze totaal niet. Discreet, zo kon je haar noemen, maar niet verlegen. Austin had haar nooit gezien zoals ik haar had gezien, had haar niet leren kennen zoals ik haar kende. Natuurlijk niet.

Ze was niet verlegen, maar gesloten omdat ze niemand vertrouwde. Dat zou ik nooit tegen Austin zeggen – het was haar voorrecht om dat met iemand te delen of niet – dus ik moest goed nadenken over wat ik hem zou vertellen.

'Er zijn een miljoen redenen waarom het tussen ons niet zou werken, dus maak je er niet druk over en vraag me geen rare dingen over je zus.' Ik ging recht staan en plaatste weer wat gewicht op mijn been.

'Ik hou ermee op,' zei hij met zijn mond vol goedkoop stoofvlees. 'Maar jij moet ook niet meer aan haar denken, want dit is de derde keer dat we zeggen dat we van onderwerp willen veranderen. Je zou dat kampeertripje nog eens moeten overwegen.'

Ik schudde mijn hoofd. 'Ik heb genoeg gekampeerd met die lui in Afghanistan. Alcohol en meiden maken het er alleen maar erger op.'

Hij glimlachte. 'Alcohol en meiden maken nooit iets erger.'

13

Karina

Mijn vrije dag begon rustig. Mijn salaris was binnen, een mooi bedrag door alle extra diensten die ik had gedraaid. Ik had koffiegezet, was naar de nagelsalon verderop gegaan en kwam daar naar buiten met mijn nagels en teennagels in de kleur Lucky Lucky Lavender. Ik had eigenlijk voor zwart willen gaan, maar had daar toch van afgezien. Mijn nagels hoefden niet bij mijn stemming te passen.

Toen ik mijn naam op de wachtlijst had gezet, waren mijn nagels er gênant aan toe geweest. Maar na Lucky Lucky Lavender uit een enorm boek vol foto's van gelakte nagels te hebben gekozen wist ik dat alles beter zou worden. Daar kwam nog eens bij dat ik de mazzel had dat de specialist voorstelde dat ik een laag gel zou laten aanbrengen om mijn nagels te verstevigen, dus dat liet ik doen. Door de gel werden ze langer en mijn handen voelden mooi aan. Ze was zo'n goede verkoopster dat ik zelfs extra had betaald om mijn handen tien minuten langer te laten masseren. Haar vingers voelden hemels aan op mijn overbelaste spieren. Als massagetherapeut merkte ik wel dat zij wist waar ze mee bezig was.

Op weg naar huis kwam ik langs de kapsalon en zag ik een vrouw die ik nooit eerder had gezien bij de achteringang staan, met een brandende sigaret in haar hand. Ze wees naar het met de hand beschreven houten bord op de stoep en vertelde me dat ze een aanbieding hadden voor highlights en het harsen van wenkbrauwen.

'Voor vijf piek verf ik ze mee,' vertelde ze me met schorre stem, terwijl ze veel te lang naar mijn wenkbrauwen staarde.

Zweet glom op haar voorhoofd. De zon zou vandaag ongenadig zijn. Het was nauwelijks elf uur en de stoep werd al heet. Dat voelde ik door mijn teenslippers heen terwijl ik door de steeg liep.

Ik sloeg haar gulle aanbod zo beleefd mogelijk af zonder daadwerkelijk met haar te praten of echt oogcontact te maken. Ze gooide de sigaret op de grond vlak voor ik haar passeerde en liep de winkel weer in, liet de zware metalen deur achter zich dichtslaan. Ik wierp een blik op de deur voor ik de peuk opraapte, die uitdrukte tegen de stoep zodat die niet verder zou branden, erop blies en in een vuilnisbak gooide die in de buurt stond.

Onwillekeurig bleef ik bij de zijspiegel van een busje staan dat in de steeg geparkeerd stond. Ik raakte mijn wortels aan, drukte die plat om te zien hoe erg het precies met de uitgroei gesteld was. Mijn lichte wortels verdrongen mijn donkere lokken. Tragisch.

Misschien moest ik mijn haar verven? Ik had de laatste tijd niet goed in mijn vel gezeten en mijn nagels laten doen had me een kleine oppepper gegeven. Misschien was het waar, de montage die ze in romans en films gebruikten waar de vrouw haar Assepoester-moment had en haar uiterlijk veranderde en – poef! – ze de jongen vergat en zich geweldig voelde en haar beste leven leidde met haar groep gelukkige, vrijgezelle, fantastische vriendinnen... en dan kwam er een andere man die haar voor zich won!

Tijd om met de ogen te rollen.

Ik geloofde die onzin voor geen meter. Er was heel wat meer

voor nodig dan een uiterlijke verandering om verder te gaan met mijn leven, maar ik kocht wel haarverf. Twee tubes: een donkerblond en de ander een tint donkerder om ze te mengen en de dofheid te verbreken waardoor mijn huid er zo grauw uitzag. Ik had het beetje kleur verloren dat ik ooit had gehad, waarschijnlijk omdat ik niet veel buiten was geweest op mijn wandelingetjes van en naar het werk na. Vitamine D kon nog even wachten, maar mijn haar kleuren was vanaf het moment dat ik dat op mijn dertiende verjaardag voor het eerst had mogen doen altijd mijn resetknop geweest.

Ik had fases gehad met rozig haar, had mijn haar bijna verbrand in een poging om het zilvergrijs te maken en was van brunette naar blondine gegaan als ik helemaal wilde ontsnappen en een nieuwe start wilde maken. Aangezien salons zo duur waren en ik echt mijn geld in mijn huis moest steken, nam ik ook een mengkwast en een kom mee om mezelf een professioneler gevoel te geven en vertrok slechts dertig dollar armer en hoopte maar op het beste.

Een uur later staarde ik via de spiegel naar mijn geverfde, lichtere haar en mijn felle lavendelkleurige nagels. Ik voelde me als herboren. Op de tube stond dat mijn haar een 'gouden walnootachtige' kleur zou krijgen. Ik wist niet precies hoe dat eruit hoorde te zien, maar het beviel me. Mijn huid stak er een beetje roze bij af, waardoor ik me stralender voelde. Net als de variatie in haarkleuren had ik fases doorlopen waarin ik het meisje met het meeste zelfvertrouwen was tot het gevoel te hebben dat iedereen stiekem de pest aan me had en achter mijn rug over me roddelde. O, het genot van te veel nadenken.

Mijn nieuwe kleur deed me denken aan hoe ik mijn haar had gehad toen ik zestien was, wat grappig was omdat ik dus een oud T-shirt van mijn middelbare school als pyjama droeg. Er zat een gat in de mouw en mijn favoriete korte broek had precies dezelfde kleur grijs met de textuur van een zachte handdoek. Er kleefden troostrijke herinneringen aan van de afgelopen paar jaar.

Alles om me heen veranderde constant, nu meer dan ooit, en ik probeerde gewoon met beide benen op de grond te blijven staan. Austin zou binnenkort vertrekken. Zelfs als hij in Fort Benning zou blijven voor zijn basistraining zou ik hem pas weer zien op de familiedag en bij zijn uitreiking. Philip zou binnen nu en een paar maanden thuiskomen en dan zou ik weer alleen wonen.

Ik moest mijn leven weer op de rit krijgen en me op mijn toekomst en carrière concentreren.

Eigenlijk had ik nog geen carrière... Ik had de opleiding, maar ik had ervaring nodig en ik had geen idee wat mijn plan was, behalve dan dat ik niet eeuwig voor Mali wilde blijven werken.

Wie probeerde ik nu voor de gek te houden? Ik wist niet eens wat ik dit weekend ging doen, laat staan met de rest van mijn leven.

Weg met dat piekeren. Daar bracht ik de laatste tijd toch al veel te veel tijd mee door.

Ik deed het licht in de badkamer uit, ging naar de woonkamer en plofte neer op de bank. Ik had al het gevoel veel te hebben bereikt na het kleuren van mijn haar en mijn manicure en pedicure, maar ik doorliep ook nog een heel stappenplan om mijn huid te verzorgen zodat ik met een gerust hart de rest van de dag op de bank kon liggen lezen en tv-kijken.

Elodie stuurde me nadat ik vijf minuten door Instagram had gescrold met *Boy Meets World* op de achtergrond een berichtje. Godzijdank voor Disney+. Zij ging na het werk naar een barbecue en wilde weten of ik zin had om mee te gaan. De woorden werden vergezeld door een emoji van biefstuk, een biertje en een smiley.

Nee.

Ik begon te typen dat ik geen zin had om mijn bank te verlaten, maar wist dat ze dan eerder geneigd zou zijn om aan te dringen dat ik moest gaan, dus ik googelde wat er op zondag allemaal te doen was in de buurt van Fort Bennet. Er was een ambachtenmarkt op de basis, het plaatselijke winkelcentrum en een vlooienmarkt. Ik tikte op de vlooienmarkt, ook al was die zo'n tweeëndertig kilometer verderop, en swipete door de foto's. Ik woonde hier al jaren en had hier nog nooit van gehoord.

Alles was buiten en zo te zien was kraampje na kraampje gevuld met dingen als tafels, hout en grasmaaiers. Een man verkocht zelfs tegels. Ik keek in het hoekje van mijn telefoon hoe laat het was. Pas één uur 's middags. Ik kon me nog aankleden, wat make-up aanbrengen en het huis uit zijn voor El thuiskwam om me over te halen mee te gaan naar de barbecue van haar vrienden. Of nog beter: ik kon ook gewoon weer een beha aandoen, mijn tanden poetsen en binnen tien minuten vertrekken. Mijn haar en nagels waren in ieder geval gedaan.

Ik ging voor de tweede optie. Niemand die ik kende zou op zondagmiddag op een of andere vlooienmarkt meer dan dertig kilometer verderop zijn. De meesten zouden op dezelfde barbecue zijn als Elodie. Ik durfde te wedden dat Kael daar ook zou zijn, en ik zat niet op een dergelijke ontmoeting te wachten op deze opfriszondag.

Ik moest een ritje maken op de snelweg met mijn raampjes open en verschrikkelijk deprimerende muziek hard aan en luidkeels zingen en misschien huilen op weg naar een plek waar ik iets nieuws voor mijn huis ging kopen. Misschien zou ik een coole en unieke lamp vinden van iemands grootmoeder of -vader uit Duitsland, ter vervanging van mijn Ikea-lamp die in alle op elkaar lijkende huizen op de basis te vinden was.

Tijdens de rit werd ik steeds enthousiaster over wat ik tegen zou kunnen komen en over hoe ik wilde dat mijn huisje eruit zou zien als het eenmaal klaar was. Er was nog veel te doen, maar ik hoopte dat dit juweeltje van een markt me een goede buit zou opleveren waar weinig werk bij kwam kijken.

Ik reed het parkeerterrein op en wierp via de achteruitkijkspiegel een snelle blik op mijn kleine achterbank. Er paste niet veel in mijn auto, maar misschien konden er ook dingen thuis worden bezorgd? Anders kende ik toch vast iemand met een truck of een grotere auto. Iemand anders dan Kael.

Pap zou me zijn truck lenen of me misschien komen helpen. Ik ging even langs de geldautomaat en pinde tweehonderd dollar. Ik stond nog in dubio over hoeveel ik misschien zou uitgeven, zo lang zelfs dat tegen de tijd dat ik mijn geld in handen had, er twee mensen achter me stonden te wachten.

Op dat moment keek ik door de poorten naar de kraampjes vol kleden, sieraden, kleding, dekens en grote stukken hout die op schuurdeuren leken en ik vroeg me af of tweehonderd wel voldoende was.

Ik kreeg bij een kassa een stempel op mijn hand en mijn stapeltje geld slonk met tien dollar voor de entree. Ik stond versteld van hoeveel mensen er waren, een combinatie van militaire families en burgers. Je kon natuurlijk meteen het verschil zien. Ik speurde de menigte af toen ik een vleugje hete suiker en de geur van churros rook. Dit was een hemelse plek.

Mijn eerste halte was een tafel vol sieraden. Ik voelde me schuldig omdat ik wist dat ik hier niets zou kopen, wilde er alleen maar naar kijken en alles bewonderen. Ik was niet iemand voor sieraden, maar het was lastig om de turkooizen stenen te negeren. De vrouw die ze verkocht glimlachte naar me, maar kwam niet op me af. Er kwamen vast zo veel kijkers bij haar langs. Ze kwam echter vriendelijk over en ik had meteen door dat ze haar hele leven keihard had gewerkt.

De ring waar mijn oog op viel was een van de goedkoopste. Die was heel eenvoudig, twee smalle zilveren cirkeltjes die in het midden met elkaar verbonden waren door een balkje van dezelfde breedte. Die sprak me om de een of andere reden aan, maar kostte twintig dollar en ik had echt meubels en andere dingen nodig.

Ik liep weg met naakte vingers en herinnerde mezelf eraan dat ik me niet moest laten afleiden door mooie ringen of enorme schuurdeuren die toch nooit in mijn auto zouden passen. Ik kwam langs rijen houten kraampjes en nam de details in me op, van de eeltplekken op de vingers van de man die brandhout verkocht tot aan het detail van een oud geverfd luik. Hier en daar waren schilfers zichtbaar van de andere kleuren die het had gehad voor deze donkerblauwe laag. Ik slenterde er zonder te stoppen langs om alles te bewonderen.

Uiteindelijk bleef ik bij een oude Airstream-caravan staan die was versierd met cactusjes en een enorme waterkoeler vol citroenen, limoenen en ijs. Hier werden kleine potjes met vetplantjes en hangende planten verkocht. Het was van essentieel belang om meer leven in mijn huis te krijgen en het grootste deel van de tijd was ik liever bij planten in de buurt dan bij mensen. Ook al kon ik ze geen van beide in leven houden. Ik haalde iets te drinken, kocht een paar planten, nam een foto van mijn twee nieuwe baby's, stuurde die naar El en zette hem op Instagram. Ik wilde iedereen laten zien dat ik vandaag op pad was.

Er werd toch niet voor niets gezegd: 'Als het niet op Instagram staat, is het dan wel gebeurd?'

Ik voelde me een beetje een sukkel nadat ik het had gepost en stopte mijn telefoon in mijn zak. Ik ging aan een van de kleine tafeltjes zitten bij de caravan en dronk nog een plastic bekertje gevuld met hun water. Er was iets aan de esthetiek van fruitwater op een bloedhete dag in Georgia waardoor dit het lekkerste water was dat ik ooit had gedronken. Hoe langer ik hier was, hoe geweldiger ik het vond. Ik bedankte Elodie in gedachten dat ze me voor de barbecue had uitgenodigd waardoor ik hierheen was gevlucht. Het voelde alsof ik in een nieuwe stad was, een nieuw leven begon met nieuw haar en nieuwe planten. Deze vlooienmarkt voelde zo ver van mijn huis, van Fort Benning verwijderd, ook al was het maar een half uurtje rijden. Eigenlijk was zelfs de rit hierheen vredig geweest, over alleen maar binnenwegen en door een stadje met een enkele benzinepomp, een postkantoor en een paar huizen.

Ik gooide mijn bekertje in de recyclebak en pakte mijn planten op, klaar om de rest van de markt te verkennen. Ik had hier niet goed over nagedacht, want de planten waren best groot en er was er een bij waar ik nauwelijks overheen kon kijken.

'Heb je daar hulp bij nodig?' vroeg iemand achter me.

Toen ik me omdraaide liet ik ze allebei bijna op de grond vallen.

14

Kael

Karina pakte de planten anders vast. Ik stak mijn hand uit om haar te helpen en ze deinsde achteruit, stapte bijna in een plas water om mij te vermijden. 'Nee hoor, het lukt wel.'

Het was geen verrassing dat ze mijn hulp afsloeg. Ze was zo koppig als een ezel. Ze was geen dame in nood en dat bewees ze maar al te graag, ook al werden haar armen rood doordat de bladeren van de planten langs haar huid schraapten terwijl ze het gewicht ervan probeerde te verdelen. Ze droeg een grijze korte broek die verdomd kort was voor de zondagse vlooienmarkt. De welvingen van haar zachte, blote dijen maakten het lastig om naar de rest van haar te kijken. Ik had kunnen weten dat de kans dat twee vrouwen dat lichaam hadden niet heel groot was.

Toen ze zich had omgedraaid had ik gedacht dat het mijn schuldgevoel was waardoor ik Karina's gezicht of lichaam op dat van een vreemde projecteerde. Een vreemde met ander haar dan Karina had gehad, de laatste keer dat ik haar had gezien, wat pas gisteren was. Het was een beetje pijnlijk geweest om haar met de potten te zien worstelen. Ik wist uit eigen ervaring hoe zwaar die krengen waren. Een ervan had grote groene bladeren en een paar paarse bloemen die uit de zachte aarde ontsproten, maar de cactus werd omringd door kiezeltjes en de pot zelf was van steen. De doorns van de cactus zagen er verdomd scherp uit terwijl die weer in haar armen staken en het zou echt geen goede ervaring zijn om die langs haar benen op haar blote voeten in die slippers te laten vallen. Het eerste wat me aan het meisje was opgevallen waren haar blote voeten en benen.

Niet omdat ik een viezerik was, maar omdat de soldaat in mij zich afvroeg waarom ze in vredesnaam op teenslippers naar een vlooienmarkt was gekomen. Vooral gezien de regen die we in Georgia hadden gehad.

'Je bent hier niet echt op gekleed,' merkte ik op.

Ze keek me boos aan.

Daar moest ik om glimlachen.

'Wat doe jij hier?' Ze had haar groene ogen achterdochtig tot spleetjes geknepen.

'Ik? Ik kom hier heel vaak. Jij duidelijk niet,' plaagde ik haar, terwijl ik naar haar blote voeten keek.

Door haar nieuwe haarkleur kwamen haar ogen feller over en er was iets anders aan haar gezicht. Ze droeg geen make-up en ik zag een verzameling sproetjes op het puntje van haar neus. Ik bestudeerde haar terwijl zij naar mijn laarzen keek.

'Kijk?' Ik stampte zacht met mijn voet op de losse aarde.

Ze keek me op zo'n manier aan dat ze net zo goed met haar ogen had kunnen rollen, al bewoog ze die niet. Aangezien het een buitenmarkt was bestond de ondergrond overal uit aarde. Er was hier en daar zelfs wat gravel en het zou echt geen pretje zijn om daar overheen te lopen terwijl je huid door slechts iets meer dan een centimeter rubber werd beschermd. Vooral in deze tijd van het jaar lagen er modderpoelen zo groot als een mens voor of naast de tafeltjes en borden van de oudere kramen bij het achterste hek, zelfs als het in geen dagen had geregend.

Over het algemeen zat het terrein vol gaten en oneffenheden, houten palen die opeens uit de grond staken en verlaten kraampjes... Het geheel verkeerde niet in de beste staat, maar dat was juist een van de redenen waarom ik het een fijne plek vond. Dat hadden we met elkaar gemeen. We waren allebei behoorlijk gehavend.

'Wat doe jij hier?' vroeg ik opnieuw, terwijl ik nog steeds probeerde te bevatten dat Karina hier was.

Ze hield eindelijk op zichzelf te kwellen en zette de planten op het tafeltje voor zich neer. 'Godsamme,' steunde ze, terwijl ze haar vieze handen afveegde aan haar oude grijze T-shirt. Ze schudde haar armen voor zich uit.

Ik moest onwillekeurig lachen toen ze de schade aan haar huid opnam. Er zaten wat wondjes op, maar met een beetje jodium en een pleister was er niets aan de hand.

'Ik? Wat doe jíj hier?' vroeg ze.

Ik wees naar haar. Ze was duidelijk in de stemming voor spelletjes. 'Nou, ik? Ik kom hier elk weekend, dus ik weet dat jij dat niet doet. Is dat voldoende uitleg of wil je nog meer weten? Zo, nu is het jouw beurt. Wat doe jij hier op teenslippers in een korte broek?'

Ze fronste haar wenkbrauwen.

Het viel me op hoe anders ze eruitzag. Misschien had ze goed geslapen?

Ze haalde haar schouders op. 'Ik kwam de markt tegen op Yelp en ik heb wat spullen voor mijn huis nodig, daarom ben ik gekomen.'

'Wat zoek je? Ik ken het grootste deel van het assortiment en weet wie je de beste deal zal geven. Heb je je planten van Kathy bij de Airstream gekocht?' Dat wist ik al, want we stonden op een paar meter afstand van hun zitgedeelte.

Karina schudde haar hoofd. 'Ik weet niet hoe ze heet, maar het was bij de Airstream, ja.'

Ze schermde haar ogen af met haar hand. De paarse lak op

haar nagels ving mijn blik. Ze had zichzelf de afgelopen vierentwintig uur duidelijk een make-over gegeven.

'Cool, zij staat hier al eeuwen. Haar man komt haar sommige weekenden helpen.'

Wat ik er niet bij vertelde was dat Kathy's man naar Vietnam was geweest en dat haar zoon nu in Afghanistan diende. Dat plichtsgevoel heerste vaak binnen een gezin, maar ik wilde haar niet eraan herinneren dat haar broer in dienst was gegaan. Niet nu ze niet vijandig tegen me was.

Karina keek naar alles, behalve naar mij. Ik probeerde hetzelfde te doen. Ik zat midden in het proces om haar uit mijn hoofd te zetten. Volgens mij had ik het grootste deel van de ochtend niet aan haar gedacht. Natuurlijk was ik een paar keer de fout in gegaan, maar hé, niemand is perfect. Dat ik haar juist hier tegenkwam... dat was bizar, het zette me op het verkeerde been, en ik wist dat het voor ons allebei beter was om zo snel mogelijk door deze onverwachte, willekeurige ontmoeting heen te komen. Dit was de tweede dag op rij dat we toevallig op hetzelfde moment op dezelfde plek waren. Ze voelde nu wat minder afstandelijk dan gisteren in de lobby van de spoedeisende hulp.

'Dat is cool,' reageerde ze wat ongemakkelijk.

We zwegen terwijl mensen ons passeerden met stomende koffiemokken in de hand en een kleine oude man droeg een enorme houten deur op zijn rug over het gras. Een van ons zou als eerste iets moeten zeggen. Ik keek naar haar en zag dat ze naar me staarde. Er verstreken nog een paar seconden. We waren als de zon en de maan die om elkaar heen dansten tot de een toegaf en zich voor de nacht terugtrok.

Ik wachtte in de hoop dat ze verder zou praten over de planten of dat ze me ervan langs zou geven omdat Austin bij het leger was gegaan. Iets. Wat dan ook.

Ik verbrak uiteindelijk de gespannen stilte. 'Nou, het was

leuk je te zien. Dan laat ik je verder met rust. Ik moet toch met mijn mannetje over een lading hout praten.' Ik lachte een beetje om de situatie wat te verlichten.

Ze glimlachte flauwtjes, vlak. Een ervaren kameleon die haar talenten aan mij verspilde. Ik moest degene zijn die een eind maakte aan dit gesprek voor zij de kans kreeg om me af te poeieren.

Ze schraapte haar keel en maakte aanstalten om de potten weer op te pakken. 'Tot ziens.'

'Je kunt Kathy vragen of je ze bij haar kunt laten staan terwijl je verder rondkijkt.' Ik wees naar de zilverkleurige Airstream.

Karina keek ernaar.

Kathy zwaaide. 'Hé, Martin! Hoe gaat het met je, lieverd?' riep ze.

De uitdrukking op Karina's gezicht veranderde. Ze hield me nu scherp in de gaten en liep samen met mij naar Kathy toe, die haar haar in een staart droeg. Haar wortels waren grijs, maar de staart rood.

'Prima. Ik kom wat planken halen voor de vloer en dan wil ik naar huis voor het te warm wordt. Hoe gaat het met jou? En met Roger?'

Kathy glimlachte bij het horen van de naam van haar echtgenoot. 'Ja, dit wordt een hete dag.' Ze keek naar de lucht. 'Het gaat goed met Roger. Ik zal hem de groeten doen voor je.'

Ik kwam meteen ter zake zodat Karina en ik allebei verder konden gaan. 'Mag mijn vriendin haar potten hier laten staan tot ze klaar is?'

Kathy knikte. 'Natuurlijk! Waarom zei je niet dat je Martins vriendin bent? Dan had ik je korting gegeven! Wat leuk je te ontmoeten!' Kathy gaf Karina een vriendelijke omarming waar ze niet blij mee zou zijn en die haar een beetje van haar stuk zou brengen.

Het lukte Karina te glimlachen terwijl ze zich zachtjes losmaakte van de vrouw. 'Leuk je te ontmoeten.'

Volgens mij was het Kathy niet opgevallen dat Karina verder weg was gaan staan om meer contact te vermijden, maar mij dus wel. Op sommige manieren was Karina zo voorspelbaar, maar op andere was ze een ongeleid projectiel.

'Laat je planten maar hier. Ik hou ze wel voor je in de gaten tot je hier klaar bent. Geen probleem!'

Ik tilde de potten op en zette die vlak achter de kassa voor Karina kon zeggen dat ik dat niet moest doen. Er kwam een legerfamilie op de Airstream af om een rij hangende bloemenmanden te bekijken. Kathy verontschuldigde zich en begroette ze bij naam.

'Bedankt,' zei Karina kortaf.

Ik keek naar haar terwijl ze haar lichte haar achter haar oor streek. Haar gezicht zag al een beetje rood door de zon. Ze probeerde uit alle macht niet naar mij te kijken. Ik had een hekel aan spelletjes, maar als zij er een wilde spelen, dan deed ik mee. 'Tot de volgende keer.' Zonder haar verder aandacht te schenken draaide ik me om en liep weg.

Er was geen reden om ook maar een seconde langer te blijven. Zelfs als ze accepteerde dat ik haar broer bij zijn aanmelding had geholpen waren er wat haar betreft te veel geheimen. Het was niet alsof ze me ooit echt zou kunnen vertrouwen. Mij niet, niemand.

Ik had zo'n drie stappen gezet toen ik mijn naam hoorde en overwoog voor ons allebei te doen alsof ik haar niet had gehoord.

'Ja?' Ik draaide me niet om. Kom op, Karina, laten we hier zonder ophef een eind aan maken.

'Het is gewoon zo raar dat je hier bent.' Ze trok zacht aan haar onderlip.

Ik raapte mijn moed bij elkaar en keek haar aan.

'Ben je alleen?'

Ik knikte. Waarom vroeg ze dat?

Ze schoof haar handen in de zakken van haar grijze katoenen short. We stonden zwijgend in het verzengende zonlicht. Ik probeerde het niet te doen, maar kon het niet laten om haar gezicht te bestuderen, dat nerveuze trekje om haar lippen. Haar nervositeit werkte aanstekelijk.

'Ben jíj alleen?'

Waarom kon ik haar niet negeren? Controle was alles voor me, maar toch lukte het me niet bij Karina weg te gaan.

Ze knikte. 'Vind jij het dan niet vreemd? Dat ik hier ben? Als jij hier zo vaak komt? Dat wist ik niet. Ik probeerde alleen maar onder de barbecue uit te komen waar Elodie me voor had uitgenodigd en ik doe normaal gesproken nooit zoiets. Je weet dat ik niet naar vage markten ga ergens in een of andere uithoek, maar dat heb ik vandaag wel gedaan en daar ben je dan...'

Wat wilde ze nu van me? Een of ander teken dat ik in het lot geloofde? Dat haar verhalen over de sterren en de maan ervoor hadden gezorgd dat wij hier bij elkaar werden gebracht om het goed te maken? Ze had een kans gehad, verschillende kansen, om te luisteren naar wat het universum over me te melden had, maar zij was ervandoor gegaan.

Mijn instinct schreeuwde me toe dat ik moest maken dat ik hier wegkwam.

Breek de missie af, Martin.

Blijkbaar vond ik het heerlijk om mijn tijd te verspillen. Net als zij.

'En? Nu het lot ons hier heeft gebracht ga je niet meer doen alsof je me niet kent? Dat was in het ziekenhuis wel anders.'

Ze knipperde met haar ogen. 'Je hebt daar nauwelijks een woord tegen me gezegd!'

Kathy keek naar ons en ik pakte Karina bij de arm zodat we een stukje verderop konden gaan staan. Man, ik kwam hier al in mijn eentje sinds ik naar Benning was verhuisd, dus alleen al door de aanwezigheid van Karina zouden allerlei geruchten de ronde gaan doen. Ik wilde mijn routine hier behouden. Hallo en dag. Een saluut en af en toe een omhelzing.

'Luister, dit is niet de plek om dit te bespreken, net zomin als op de spoedeisende hulp.'

Ze hief haar kin en kwam een stap dichterbij. Met haar was het altijd een gevecht. Met haar broer trouwens ook. Het zat ze vast in het bloed.

'Wanneer dan wel? Of gaan we het er nooit over hebben en doen we alsof er niets is gebeurd?'

'Dat is anders jouw normale aanpak.' Net toen ik die steek terug wilde nemen...

'Die van mij? Dat moet jij nodig zeggen!'

'Tja, dat hebben we dan met elkaar gemeen.' Ik maakte de afstand tussen ons wat groter, had ruimte nodig om mezelf in bedwang te houden.

'Jij bent zo irritant,' zei ze verongelijkt, terwijl ze met haar slipper tegen de grond schopte.

'Jij niet, dan?'

Haar wangen waren niet langer roze, maar rood. Er lag een wilde, vernietigende blik in haar ogen. Ze was Daenerys, bedreven in het uitschakelen van zwakke mannen. Ik zou de volgende zijn als ik hier niet nu meteen een eind aan maakte. Zij had het gevoel dat ik haar had verraden, dat ik lijnrecht tegenover haar stond.

'Hoe kun je geloven dat wat jij hebt gedaan niet gestoord was?' Haar stem klonk veel gemoedelijker dan haar lichaamstaal deed vermoeden.

Wat was nu de waarheid?

'Of kan het je allemaal niets meer schelen?' voegde ze eraan toe.

'Ik ben niet blij met de keuzes die ik heb gemaakt, nee, maar dat verandert niets aan het feit dat ik ze heb gemaakt, toch?'

Ze schudde haar hoofd. 'Het kan je echt niets schelen. Dit is niet het moment om te zwijgen, Martin.'

Ze gebruikte mijn achternaam duidelijk om een reactie bij me los te maken, maar dat genoegen zou ik haar niet geven. Nou ja...

Ik ging dichter bij haar staan en torende boven haar uit. 'Je gelooft me toch niet en niets kan je laten vergeten wat ik heb gedaan, dus we verspillen hier alleen maar tijd mee. Je zult de keus van je broer moeten accepteren voor je ook maar kunt proberen mij voor mijn aandeel daarin te vergeven. Je zult hem vrijuit laten gaan omdat hij familie van je is, maar ik zal zeker nog een tijdje worden gestraft. Misschien zelfs voor altijd.'

Ze maakte een schamper geluid en woede straalde uit haar ogen.

Ik was er vrij zeker van dat dit meisje de pest aan me had. Ik leunde naar haar toe zodat een gezin dat voorbijkwam me niet zou horen. 'Ik ken jou,' fluisterde ik zo vlak bij haar gezicht dat ik vanuit mijn ooghoeken haar borst op en neer zag gaan.

'Nietes,' kaatste ze terug.

Dit deed verdomde zeer, maar ik ging verder. Ze had niet helemaal gelijk en ik was er klaar mee de schuld voor elke vergissing op me te nemen.

'Luister, ik heb je vanaf het begin gezegd dat ik me zorgen om hem maakte. Hij was zijn leven zwaar aan het verkloten en dat wist ik, maar het was niet aan mij om je te vertellen hoe ernstig de situatie precies was. Ik heb geprobeerd te doen wat ik kon, en opeens had hij het over het leger. Hij had geprobeerd om zich aan te melden toen hij in een van de twee Carolina's was waar jullie klootzak van een oom woont. Ik ken een goede recruiter die hem niet als een stuk stront zou behandelen, dus ik heb die twee aan elkaar voorgesteld. Toen ik jou ter sprake bracht en vroeg wat jij ervan vond, vroeg Austin me mijn mond te houden tot hij zelf alles kon uitleggen. Hij is jouw broer, je tweelingbroer nog wel, dus daar wilde ik me niet mee bemoeien. Ik wil niets te maken hebben met sores binnen de familie, Karina, en jij en Austin hebben al genoeg shit om te verwerken.'

Ik vroeg me af hoe ze zou reageren. Er bestond een piepkleine mogelijkheid dat ze zou beseffen dat ik niet de schurk was van haar verhaal. Daarvoor zou ze de gebeurtenissen van de afgelopen twee weken op een andere manier moeten duiden, maar de mogelijkheid bestond dat ze rationeel kon zijn.

In plaats daarvan hief ze haar kin en sloeg ze haar armen over elkaar. 'Jij hebt tegen me gelogen.'

Zo zelfverzekerd had ik haar nog nooit gehoord. Ik keek zo heimelijk om ons heen dat het Karina nauwelijks opviel. We trokken al wat aandacht. Een paar mensen stonden ronduit naar ons te staren en zeiden dingen die ik niet kon horen. Ik bleef vlak bij haar staan zodat ze ons niet zouden verstaan. Het gesprek was totaal niet geschikt voor deze plek en ik werd afgeleid door de man die Kathy voor zijn aankopen betaalde. Hij werd zichtbaar ongeduldig omdat Kathy's pen blijkbaar leeg was. Ze pakte een andere en ging verder met het met de hand schrijven van de rekening en het intikken van de bedragen op de rekenmachine.

'Ik heb niet gelogen,' zei ik uiteindelijk. 'Het is geen leugen als ik jouw belangen behartigde toen ik je dat vertelde.'

'O, jawel. Zo werkt het niet.'

'Laten we het erover eens zijn dat we het hier niet over eens worden en dit gesprek afmaken als er niet naar ons wordt gestaard.'

Ze keek om zich heen, zag toen de verkopers en klanten die aan het luistervinken waren en spreidde haar armen. 'Prima. Ik moet toch nog op zoek naar een lamp.' Haar slipper kwam op de punt van een tak terecht en het andere uiteinde ervan vloog omhoog en sloeg hard tegen haar been. Ze gaf geen krimp, zo vastberaden was ze om haar punt te maken.

15

Karina

Ik moest me verbijten om geen geluid te maken toen ik over die verrekte stok struikelde en die in mijn been sneed.

Kael had gelijk, ik was totaal verkeerd gekleed voor deze plek. Ik slenterde over de markt. Hij kon de pest krijgen, ik ging niet weg omdat hij hier was, al deed ik wel al het mogelijke om hem niet nog een keer tegen het lijf te lopen. Ik keek of ik zijn blauwe T-shirt waar de mouwen af waren geknipt zag terwijl ik van kraampje naar kraampje ging, nam de tijd om ervan te genieten omdat ik hier nooit meer zou komen. Dit was zijn terrein, niet het mijne.

Gadver, wat was hij onuitstaanbaar en onbeschoft.

Het was maar goed dat hij zo lullig tegen me had gedaan, want twee tellen later zou ik hem hebben gevraagd of hij alles verder wilde uitpraten. In mijn verbeelding hadden we hier een rondje kunnen lopen terwijl we alles hadden uitgesproken. Jezus, ik was zo geobsedeerd door hem en kon elk moment toegeven. Wat was hij toch een eikel! Ik had nooit eerder die ontzettend kleinzielige kant van hem gezien en die wilde ik ook niet vaker zien. De rustige en standvastige, betrokken maar onherroepelijk afstandelijke Kael was in ieder geval te tolereren. Deze Kael, die me niet was gevolgd toen ik weg was gelopen, was dat niet.

Ik zou eigenlijk gewoon moeten vertrekken. Dit had me in eerste instantie een leuke plek geleken en ik was ervan overtuigd geweest dat ik mijn nieuwe favoriete stek had gevonden, maar nu ik wist dat dit zíjn vaste stek was had dat het voor me verpest. Eigenlijk was ik beter af geweest in de achtertuin van Elodies vriendin waar ik had moeten doen alsof het me iets interesseerde of ze me mochten of niet. Ik bedoel, het deed me wel iets, maar ik was de laatste tijd te moe om de geruststelling nodig te hebben dat niet iedereen heimelijk de pest aan me had of me irritant vond. Dus ik had daar gewoon kunnen zitten, ook al hadden ze me allemaal gehaat en me irritant gevonden. In ieder geval was Elodie daar ook geweest. Kael was hier, wat erger was dan een paar uur doorbrengen met legervrouwen en doen alsof ik geïnteresseerd was. Deze plek was daadwerkelijk erger dan een bezoekje aan de tandarts.

Ik stond ervan versteld dat ik maar een paar weken geleden deze man tot in de krochten van mijn geest had toegelaten, op plekken waar ik zelf zelden kwam, maar nu draaide mijn maag zich om bij de gedachte aan hoezeer ik hem in mijn leven had opgenomen. Jezus, had ik dan niets geleerd van mijn ouders? Ik moest leren de band door te snijden met mensen die mijn leven er alleen maar slechter op maakten. Hoewel het niet per se Kael was die mijn leven slechter maakte, was iets aan onze omstandigheden ontzettend negatief en had dat zich binnen de kortste keren opgestapeld. Hij ging duidelijk nog steeds om met mijn broer en had ervoor gekozen loyaal aan hem te zijn in plaats van aan mij. Hij richtte zich op Austin, niet op mij.

Wat een schok, aangezien vrijwel iedereen in mijn leven hetzelfde had gedaan.

De tijd verstreek op een mysterieuze manier hier op de markt. Op een gegeven moment zette ik Austin, Kael en zelfs mijn telefoon uit mijn gedachten tot ik mijn vingertoppen langs de rug van een met dieppaars satijn beklede fauteuil liet glijden. De felgekleurde, overdadige stoel gaf me het gevoel Alice in Wonderland te zijn. Hij was prachtig en hip, maar ik kon hem niet in mijn huis zien staan. Toch ging ik met vingers over de metalen knopen van de bekleding en daarna weer over de zitting. De zachte pasteltint op mijn nagels stak prachtig af tegen de sterkere, donkerdere tint.

Toen ik had vastgesteld dat er niemand keek haalde ik mijn telefoon tevoorschijn en maakte een foto van mijn hand op de zitting. Ik gebruikte de portretstand zodat de achtergrond iets vervaagd was en het licht geconcentreerd was op het verdiepen en helderder maken van de kleuren. Het was eigenlijk een coole foto. Ik keek om me heen om te zien of het iemand was opgevallen, al begreep ik niet waarom ik me zo slecht op mijn gemak voelde bij het nemen van die foto terwijl het leven nu zo in elkaar zat. Telefoons waren allang geen accessoire meer en vrijwel alles werd zeker een miljoen keer per dag vastgelegd.

Toen ik op mijn telefoon keek hoe laat het was, besefte ik dat het al tegen vijven liep.

Dat was toch onmogelijk? Maar toen ik nogmaals om me heen keek, zag ik dat sommige verkopers hun spullen aan het opbergen waren. Bij een van de achterste kraampjes, in de buurt van de bomen, stond de handelaar nog met klanten te praten terwijl hij zijn plaatselijk beroemde en redelijk geprijsde houten balken een voor een op maat zaagde. Er stond nog een rij mensen op hun beurt te wachten. Ondanks de gezellige boel daar nam ik aan dat, omdat de anderen aan het opruimen waren, dat betekende dat de markt bijna afgelopen was.

Ik moest aan Kael denken toen ik Elodies naam op mijn scherm zag, gevolgd door zo'n honderd meldingen van Instagram. Ik tikte de app open en scrolde erdoorheen. Normaal gesproken waren het er maar één of twee per week. De een na de ander vroeg me waar ik was en verzocht me om meer foto's te posten. Estelle, de vrouw van mijn vader, maakte zelfs de opmerking dat ik een geweldig oog voor detail had. Vreemd.

Ik liet dat schermpje voor wat het was en typte Kaels naam in de zoekbalk, een gewoonte die ik zeer recentelijk had ontwikkeld en waar ik maar niet vanaf kon komen. Niets nieuws. De laatste foto was er een die ik al ontelbare keren hier en op Facebook had gezien, die ene van hem op uitzending met Mendoza en Phillip. Het besef dat hij me elk moment van achteren kon benaderen drong tot me door en ik schoof mijn telefoon in mijn zak. Hij had het vandaag al een keer eerder gedaan. Het was verschrikkelijk dat als ik eenmaal aan hem had gedacht, hij alles overnam. Het was zo'n andere realiteit dan ik had verwacht.

Het kwam er eigenlijk op neer dat Kael alleen maar geïnteresseerd was in neuken en verder niets. Ik wilde doen alsof dat niet zo was, maar dat was nu eenmaal de realiteit. Dat hij zich vandaag zo lullig had gedragen bewees dat alleen nog maar meer. Hij was op doortocht door mijn leven, wilde niet blijven, net als alle anderen, en ik zou hem dat laten doen. Ik wilde niets meer met hem te maken hebben.

Nu gluurde ik paranoïde om me heen. Het was minder druk op de markt dan toen ik hier net was. Kael was waarschijnlijk al weg. Ik moest mezelf niet gek maken.

Vanuit mijn ooghoek zag ik in de hoek van een kraampje een witte fauteuil staan met een enorme rug. Het leek alsof er zwarte olievlekken op de bekleding zaten, tot ik dichterbij kwam, en besefte dat die vlekken eigenlijk geborduurde rozen waren.

De moed zonk me in de schoenen toen ik naar de prijs zocht, maar die niet kon vinden. Dat was geen goed teken.

De verkoopster zat op een krukje met haar gezicht vlak voor een kleine roze plastic ventilator. Ze droeg een Bob Seger-shirtje.

Ik dacht aan mijn moeder. Zij had altijd een shirtje van een van hun concerten gedragen, waar mijn vader haar regelmatig mee naartoe had genomen toen ze net wat met elkaar hadden. Mijn moeder had vaak 'Against the Wind' in de auto gezongen terwijl ze haar arm uit het open raam had laten hangen en die had laten bewegen op het ritme van de muziek en de kracht van de wind. Grappig genoeg deed zowel de stoel als de vrouw me aan mijn moeder denken. De verkoopster had hetzelfde kapsel dat mijn moeder had gehad toen ik net op de middelbare school zat en de stoel leek op iets waar mijn moeder van zou gaan kwijlen.

De vrouw betrapte me erop dat ik naar haar staarde en natuurlijk maakte ik er een ongemakkelijke situatie van door mijn blik af te wenden, maar haar zodra ik besefte wat ik had gedaan meteen weer aan te kijken. Ze glimlachte en zei dat ik het maar moest zeggen als ik vragen had en rommelde toen wat in een schaal vol extravagante, gedetailleerde deurknoppen. Ik knikte en bedankte haar en raakte een blaadje van een van de rozen aan. De zwarte bloemen waren met dik, zacht garen geborduurd. Ik verlangde altijd naar aparte, coole meubelstukken, maar dit sprak me op een andere manier aan. Hij was gewoon zo geweldig. De vorm van de stoel en de nonchalante manier waarop de rozen over de lichte crèmekleurige stof waren verdeeld... Die zag er zowel oud als nieuw uit, klassiek en trendy.

Met een zucht dacht ik aan het geld in mijn zak. Ik had geen idee hoeveel de stoel zou kosten en dat was onmogelijk in te schatten op deze vlooienmarkt. Ik had vandaag een oud kastje gezien met een barst erin voor twaalfhonderd dollar en een prachtig antiek bureau voor maar achtenveertig dollar bij het kraampje ernaast, dus er was geen manier om dat te peilen zonder het recht voor zijn raap te vragen en om de een of andere reden intimideerde de vrouw met het kapsel van mijn moeder me ontzettend.

Het viel me op dat er op een stapel borden op de tafel naast me ook geen sticker zat. Op de meeste dingen hier stond geen prijs. Dat was weer geen goed teken. Ik wierp nog een blik op de prachtige stoel. Die zou perfect staan in mijn woonkamer, dat was een goed teken. Ik kon mijn bank iets verschuiven en de andere stoel tegenover deze zetten...

Ik hakte de knoop door. 'Hoeveel kost die stoel met de rozen?'

De vrouw verliet haar kruk en kwam naar me toe. Haar luchtige donkere linnen rok zwierde om haar heen, de onderkant zat onder het stof van de grond. Ik stelde me zo voor dat iedereen, ook ik, hier weg zou gaan met een dun laagje stof over het hele lichaam. Naast de gelijkenis met mijn moeder was er iets aan haar gezicht wat bekend voelde, als iemand uit een oude film die je je niet helemaal voor de geest kon halen. Wetende hoeveel Hollywoodmensen zich door Georgia hadden verspreid zou het me niet verbazen als dat ook echt het geval was.

'Het borduurwerk op die stoel is met de hand gedaan. Die komt helemaal uit Missouri. Hij was van mijn grootvader en zijn oude minnares heeft het hele ding eigenhandig geborduurd.' De vrouw bracht het verhaal heel nonchalant.

Ze droeg verschillende ringen en had een verzameling lange kettingen om die elke keer dat ze bewoog de arme Bob Seger in het gezicht raakten.

'Je mag hem voor tweehonderdvijftig hebben en dat is een mooie prijs. Daarmee heb je eigenlijk nog niet eens voor de stof betaald, dus het is een koopje. Ik vind alleen al het idee geweldig hem weg te doen terwijl zij er zo hard aan heeft gewerkt.' Er klonk flink wat sarcastische humor door in haar stem.

Ik lachte een beetje.

'Ja, de prijs is tweehonderdvijftig.'

Ik kreunde. Natuurlijk kon ik me die niet veroorloven. Het was niet zo dat ik de fauteuil het niet waard vond, maar hij was gewoon te duur voor me. 'Dank u,' zei ik, terwijl ik achteruit wegliep bij haar kraampje en naar de stoel bleef kijken.

Gadver, hij was gewoon zo verrekte mooi.

Mijn gebrek aan geld was nog een reden waarom ik het me niet kon voorstellen om voor altijd voor Mali te werken. Ik kon me er nu mee redden, maar tegen de tijd dat ik vijfentwintig was wilde ik op een willekeurige zondag tweehonderdvijftig dollar uit kunnen geven in plaats van het brandende verlangen te voelen naar iets wat ik niet kon hebben.

Een stem trok zowel mijn aandacht als die van de vrouw terwijl ik weg probeerde te glippen. 'Kunt u er niet tweehonderd van maken?'

Daar stond Kael en hij hield zijn handen voor zich uit alsof hij bad.

'Het is een heel dure stoel, Kael. Mijn stiefmoeder heeft de bekleding gedaan.'

Grappig dat ze het net nog over een minnares had, maar nu over een stiefmoeder. Geweldig, het idee van vrouwen die eerlijk tegen elkaar waren. Ze was echt stoer, dat had ik wel door. Het was ook hilarisch dat Kael juist deze vrouw had gecharmeerd en zo te zien was dat al een tijdje gaande. Ze glimlachte en raakte haar lange haar aan op een manier die niet flirterig was, maar waardoor ik wel jaloers werd op hoe goed ze hem kende. Net als de Airstream-dame waren ze allemaal met zijn leven verweven op een manier die mij vreemd was.

Iedereen hier leek fan te zijn van Kael Martin, hem geweldig te vinden.

Iedereen behalve ik. Daarvoor had ik hem te kort gekend. Ik snakte naar meer, maar wist dat het toch alleen maar op een teleurstelling zou uitlopen.

'Dat weet ik, mevrouw Rosa, maar Karina woont alleen en probeert haar huis op te knappen.'

Ik wilde hem een por geven met mijn elleboog of tegen haar zeggen dat het me speet dat hij zo irritant deed en dat hij zich graag overal mee bemoeide, maar de uitdrukking op haar gezicht veranderde terwijl hij sprak en hij leek haar zowaar om te praten.

'Haar broer is mijn vriend. Hij is net in dienst gegaan...'

Ik voelde me even schuldig tot ik besefte dat mijn broer verdomme inderdaad in dienst was gegaan. Als een goedkopere stoel dat ook maar iets zou verlichten dan was dat maar zo. Ik zou ook de deuk in mijn ego moeten incasseren dat ik mijn vader moest bellen met de vraag of hij helemaal deze kant op wilde komen om die mee terug te nemen, wat me zeker een uur zou opleveren aan kritische blikken en scherpe opmerkingen over mijn veiligheid, mijn kleding en dat het niet verantwoord van me was om in mijn eentje zo'n lange rit te maken...

Ik begon me af te vragen of de stoel dat allemaal waard was. Aan de andere kant zou Estelle de markt misschien leuk vinden en zou hij in een goede bui zijn?

'Haar tweelingbroer, hij is pas twintig jaar oud,' hoorde ik Kael zeggen.

Man, hij was hier goed in.

Kael en mevrouw Rosa gingen heen en weer in stapjes van twintig dollar, toen vijf dollar, om uiteindelijk op tweehonderd dollar uit te komen. Hij was bizar goed in onderhandelen. Het was moeilijk om mijn blik los te rukken. Ik wilde die stoel echt hebben.

'Honderdtachtig,' stelde hij voor.

'Kael, ik heb maar honderdtwintig bij me,' fluisterde ik hem toe.

'Hij gaat naar een goed thuis,' vertelde Kael haar, waarbij hij mijn waarschuwing negeerde. Met die toon van hem had hij tapijtreiniger kunnen verkopen aan een vrouw met een houten vloer.

Na nog een paar keer 'alstublieft' en een brede witte glimlach stond ze op het punt toe te geven.

'Is ze je vriendin of zo?' Ze trok haar wenkbrauw op en nam me in zich op.

Ik wist niet zeker of ze me goedkeurde of niet. Daar zou ik waarschijnlijk zo achter komen.

'Soort van. Ik probeer haar over te halen, dus als u me zou kunnen helpen... zou dat geweldig zijn.'

Zijn glimlach was zo aanstekelijk.

Ik kreeg de ergste lading ervan over me heen en glimlachte als een idioot toen ze eindelijk bezweek. Een paar tellen later viel ze uit haar rol en glimlachte ze naar hem terwijl hij zijn portemonnee tevoorschijn haalde. Ze keek naar mij en ik kreeg het gevoel alsof ze een geheim kende waarvan ik niet op de hoogte was, maar daar werd ik niet paranoïde van zoals normaal. In plaats daarvan bezorgde het me een warm gevoel en ik glimlachte verlegen naar haar. Mevrouw Rosa stak haar hand naar me uit en ik legde mijn geld erop en keek toe terwijl ze het telde. Zodra we hier klaar waren zou ik rechtstreeks naar de geldautomaat gaan om Kael elke cent terug te geven die hij voor de stoel had betaald. Ik had geen extra geld uit willen geven, maar ik wilde die fauteuil fucking graag hebben, en die was uiteindelijk een koopje.

Ik bedankte haar, Kael bedankte haar en zij omhelsde hem. Hij kende echt iedereen hier en ik had niet eens geweten dat deze markt bestond.

'Kom toch vaker deze kant op,' zei mevrouw Rosa. 'Ik weet dat Mendoza hier niets meer mag verkopen en het is vervelend wat er is gebeurd, maar we missen je hier. Hoe gaat het met je? Ik heb gehoord dat je gewond bent geraakt.'

Ze nam hem van top tot teen in zich op, waardoor ik hem ook eens goed bekeek. Het drong tot me door dat hij er vermoeid en wat smoezelig uitzag, alsof hij net lichamelijke arbeid had verzet, en er zat een flinke zweetplek op de rug van zijn hemelsblauwe shirt. Hij was zo oneerlijk lekker. Iets aan zijn achteloze zelfvertrouwen zorgde ervoor dat ik niet weg kon kijken. Mevrouw Rosa leek er hetzelfde over te denken en zij kende hem en zijn vrienden beter dan ik.

Mendoza? Dus Mendoza kwam hier vroeger met Kael? Of om hier iets te verkopen, maar dat mocht nu niet meer? Ik probeerde al die informatie en die opmerking over zijn gewonde been te verwerken, terwijl ik me afvroeg hoe ik me zo verbonden met hem kon voelen zonder hem überhaupt te kennen. Voor zover ik wist was Kaels been nog steeds een beetje gevoelig en deed het af en toe zeer, maar zijn genezingsproces verliep normaal. Tenminste, dat was wat hij mij had verteld. Ik wist niet wie van ons de juiste informatie had, maar ik ging ervan uit dat ik dat niet was.

'Het is niets.' Kael bukte zich iets om naar zijn benen te kijken. 'Af en toe zeurt het een beetje. Van wie hebt u dat trouwens gehoord?'

Het viel me op hoe lief zijn stem klonk terwijl hij tegen haar sprak en dat verraste me eerlijk gezegd een beetje. Ik probeerde te achterhalen hoe hij haar zo goed kende. Kwam dat alleen door al zijn bezoekjes in het weekend en via Mendoza? Zo veel vragen en niet een ervan bezorgde me een goed gevoel.

Wat klote dat deze stoel hier vandaag was en ik kon mezelf voor mijn kop slaan dat ik zo weinig zelfbeheersing had en er meer geld voor had uitgegeven dan ik had moeten doen.

'Je moeder. Ze belt me. Nou ja, ze heeft me laatst een keer gebeld. Per ongeluk, maar we hebben uiteindelijk een tijdje gepraat.' Ze schonk hem een veelbetekenende glimlach. Ze leek me een vrouw die dol was op roddelen, maar toch een puur hart bezat en het goed bedoelde.

Nu het over Kaels moeder ging spitste ik mijn oren. Hij had het zelden over haar, en ik wilde weten of deze vrouw een aanwijzing zou geven voor de reden daarvoor.

Ik wist dat hij gesloten was, maar ik wilde alles over hem weten, ook al probeerde ik iedereen wijs te maken, inclusief mezelf, dat dat niet zo was. Ik wist ook dat hij me daar niet bij zou helpen, dus dit was een van mijn laatste kansen om hem beter te leren kennen.

De irrationele, meer nieuwsgierige kant van me hoopte dat hij het gesprek niet zou beëindigen of heel gemoedelijk op een ander onderwerp zou overstappen, zoals hij dat meestal deed.

'En jullie hebben over mij geroddeld?' Hij plaagde haar en de glimlach die hij haar schonk had ik nooit eerder bij hem gezien. 'Hadden jullie niets beters te doen?'

Even leek hij een zorgeloze tienerjongen, zoals ik me hem had voorgesteld voor het leger. Daardoor werd ik verdrietig namens hem. Ik vroeg me af hoe zijn moeder hem zag en hoe zij was. Een ieniemienie klein, pietepeuterig deeltje van me, zo klein dat ik meteen doorhad hoe stom dat van me was, wenste dat ik haar had kunnen ontmoeten.

'Dat doen moeders nu eenmaal. Ik mis het dat ik haar hier niet samen zie met jou. Dat is zo lang geleden.' Ze keek mij aan met een blik die duidelijk maakte dat ze aannam dat ik zijn moeder kende en wist hoe het met haar ging. Mevrouw Rosa was lief, maar ze had geen idee.

Weer werd ik een beetje droevig en ik miste een vrouw die ik niet eens kende.

Ik moest echt maken dat ik hier wegkwam. Er had hier vast iets in het water gezeten waardoor mijn gezonde verstand opeens was verdwenen.

'Nou, de volgende keer dat ik haar spreek zal ik haar de groeten doen,' beloofde Kael. Hij wierp een korte blik op zijn telefoon en keek toen weer op. 'Het was leuk u te zien, mevrouw Rosa. Ik zal niet zo lang wachten met mijn volgende bezoek, maar ik moet nu gaan.'

Onmiddellijk vroeg ik me af waar hij heen ging. Naar huis? Naar de barbecue? Naar een andere plek waar mysterieuze mensen als hij gezellig bij elkaar kwamen om te bedenken hoe ze de rest van ons in de war konden brengen?

Mevrouw Rosa gaf ons allebei een omhelzing en nam me nog een keer goed in zich op.

Was ik goedgekeurd of niet? Niet dat dat er iets toe deed, maar dat was me nog steeds niet duidelijk toen ze ons achterliet bij mijn mooie nieuwe stoel.

'Ik ga meteen naar de pinautomaat om dat geld voor je te halen,' zei ik. 'Ik moet mijn vader bellen om te kijken hoe ik deze naar huis krijg.'

Hij haalde zijn schouders op. 'Maak je niet druk.'

Zijn mouwloze shirtje zat los rond zijn hals, liet zijn sleutelbeen bloot en verder de volledige lengte van zijn schouders tot aan zijn vingertoppen. Zijn huid glom licht in het warme zonlicht.

'Wat? Natuurlijk krijg je je geld terug.'

Hij haalde opnieuw zijn schouders op. 'Het is maar zestig dollar.'

'Ik vind het niet fijn om bij iemand in het krijt te staan.' Ik zette me mentaal schrap.

Hij lachte luchtig en schopte met zijn laars tegen de losse aarde. 'O, dat weet ik.'

Hij keek me aan dus rolde ik met mijn ogen. 'Hou je ooit op met doen alsof je me kent terwijl dat helemaal niet zo is?'

Hij hield zijn hoofd schuin. Er speelde een plagend glimlachje om zijn lippen. 'Maar ik ken je wel.'

'Nauwelijks.'

'Tja, tot nu toe heb ik het anders goed gehad.'

Ik snoof. 'Zeg, is dat niet een beetje arrogant?' Ik rechtte mijn rug ter compensatie van zijn lengte. 'Als jij dat wilt geloven...'

Kael keek opnieuw op zijn telefoon.
Ik hoorde die maar nauwelijks afgaan.
'Ik moet gaan. Geef me het geld voor de stoel later maar.'
'Waar ga je heen?' vroeg ik zonder na te denken.
Hij fronste zijn wenkbrauwen en glimlachte opnieuw.
Ik voelde vlinders in mijn buik.
'Naar de babyshower,' zei hij.
Huh? Dat was niet wat ik had verwacht en ik stond daar even met mijn mond vol tanden terwijl hij op het scherm van zijn telefoon tikte. 'Welke babyshower?'
Hij keek me aan alsof ik een idioot was. 'Die van Elodie? Ik vroeg me al af waarom je daar niet was, maar ik dacht dat je al was geweest en weer was vertrokken.'
Hij keek om zich heen naar de mensen die hun kraampjes aan het opruimen waren. Een man in een sportshirt die in een hand een klaptafeltje vasthield, zwaaide in het voorbijgaan naar hem.
'Wat bedoel je met Elodies babyshower? Ik moet die nog helemaal organiseren.'
'Tharpes vrouw heeft die georganiseerd. Toni of Tonya? Ze zei dat het een barbecue was zodat Elodie niets zou vermoeden, maar het is eigenlijk een babyshower. Hebben ze jou niet uitgenodigd?'
Ik schudde mijn hoofd. 'Eh, nee, dat hebben ze niet gedaan.' Ik slikte. Mijn keel voelde opeens ontzettend droog aan. Ik schaamde me rot en wilde hier weg zodat ik dit kon verwerken. 'Ik bedoel, Elodie had me uitgenodigd voor een barbecue van de eenheid, maar ik had echt geen zin om te gaan...'
Toen sloeg de schaamte pas echt toe en ik kon wel door de grond zakken. 'Niemand heeft me verteld dat het een babyshower was. Niemand heeft überhaupt gezegd dat er eentje georganiseerd werd, dan had ik geholpen... Ik dacht trouwens dat ik degene was die dat zou doen. Als ik dat had geweten dan was ik gegaan.'

Ik kon wel janken.

Kael wist zo te zien niet wat hij tegen me moest zeggen. 'O...'

Ik wilde tegen hem snauwen, maar dit keer was mijn verdriet niet zijn schuld. Ik pakte mijn telefoon erbij om mijn excuses aan Elodie aan te bieden. Niet te geloven dat niet een van die vrouwen eraan had gedacht mij uit te nodigen. Nog erger: ze hadden een babyshower voor haar georganiseerd, terwijl ik had aangenomen dat ík dat zou doen. Dit was een kristalheldere boodschap dat die meiden me haatten of dat ze heel handig even mijn bestaan waren vergeten.

'Wil je met mij mee? Ik ga er nu heen,' bood Kael aan.

Ik schudde mijn hoofd. 'Echt niet.'

'Hoezo?'

Ik blies mijn adem uit. 'Nou, ze hebben duidelijk de pest aan me en willen mij er niet bij hebben.'

'De pest aan je? Ze kennen je toch niet eens?' vroeg hij op serieuze toon.

'Ik kan daar niet opdagen terwijl ik niet uitgenodigd ben. Gadver, ik heb de pest aan die kliekjes. Whatever, ik wilde toch niet naar die barbecue gaan. Ik organiseer mijn eigen babyshower voor haar.' Ik probeerde mezelf over het gevoel van afwijzing heen te zetten.

'Wat maakt het uit wat ze denken? El is je beste vriendin en woont bij je. Als iemand er iets van zegt dan zijn ze gewoon fucking stom.'

'Mensen zijn meestal stom als ze daar de kans voor krijgen.'

Hij lachte. 'Jij hebt ook overal een antwoord op, hè?'

Ik zoog mijn onderlip tussen mijn tanden en knikte. 'Ik zou een geweldige advocaat zijn als ik niet zo empathisch was.' Ik haalde mijn schouders op.

'Oké, mevrouwtje Empathie...' Hij liet zijn stem zakken tot een fluistering. 'Voor iedereen, behalve voor mij. Laten we voor Elodie naar die babyshower gaan, niet voor hen, en dan kan ik je mooi helpen je stoel naar huis te brengen. Jouw huis is soort van op weg daarnaartoe.'

Dat was niet zo.

'Ik was van plan om mijn vader te bellen of zo.' Ik schermde mijn ogen af met mijn hand tegen de laagstaande zon. Die scheen ontzettend fel, vlak achter Kaels hoofd en schouders, maar zijn brede lichaam blokkeerde het grootste deel van het licht, behalve dan waar het om zijn contouren heen kroop.

Hij lachte. 'Wow, jij moet me echt haten als je liever je vader laat komen dan dat je met mij meerijdt. Ik had niet beseft dat de situatie zo erg was tussen ons,' grapte hij.

'Als dat wel zo was geweest had ik geen kans gehad om jou ervan op de hoogte te brengen. Het is niet alsof je me ernaar hebt gevraagd.' Ik rolde met mijn ogen in een poging de sfeer wat te verlichten. 'Natuurlijk heb ik liever dat jij de stoel voor me meeneemt dan dat ik pap moet zien, maar ik had niet verwacht dat je dat zou aanbieden.'

'O, ja, ik ben in jouw ogen nu echt de schurk.'

'Ik wilde die stoel heel graag hebben en nu die van mij is doet het er niet toe wie hem naar huis brengt,' zei ik op dramatische wijze, terwijl ik mijn armen om de rug ervan sloeg en zuchtte. 'Hij is gewoon prachtig.'

'Ja.' Hij pauzeerde. 'Dat is die ook.'

Ik betrapte hem erop dat hij naar mijn mond staarde. Mijn hart bonkte in mijn keel.

Hij likte langs zijn lippen. 'Kom op, Kare. Ga mee. Je wilt haar babyshower niet missen.'

Ik rolde overdreven met mijn ogen. 'O, je hoeft tegen mij niet te beginnen met die verkooppraatjes van je. Ik ben immuun voor jouw charme.'

Hij grijnsde en keek me ongelovig aan. 'Juist.'

'Trouwens, ik weet niet of ik wel moet gaan nu het bijna is afgelopen. Ik wilde er een voor haar geven dichter bij de datum dat ze is uitgerekend. Ik dacht dat je moest wachten tot de mensen wisten wat het geslacht van het kindje was. Ze hadden moeten wachten zodat de mensen een idee hadden van wat ze moeten kopen.'

Ik keek naar Kael. Hij leunde tegen een eettafel met bijbehorende stoelen, de zes stukken kostten bij elkaar maar tachtig dollar. Die waren zo te zien zeker honderd jaar oud en onwijs cool. Gadver, ik moest een andere manier bedenken om geld te verdienen. Misschien door aan een van die mobiele apps te werken waar ik altijd de pest aan had gehad. Ik wilde meer stoelen! Kael liet een vinger langs de rand van de tafel glijden en veegde er zo een klein beetje stof mee op.

'Ik heb geen idee. Ik ben bijna klaar met haar cadeau, dat duurt nog een weekje of zo, maar ik laat in ieder geval nog even mijn gezicht zien op dat feestje.'

Ik keek hem boos aan.

'Ook al zou jouw babyshower veel en veel beter zijn geweest.'

We glimlachten allebei.

Ik keek om me heen naar de kraampjes die nog open waren. 'Hè gadver, en zelfs als ik ga heb ik geen cadeautje. Wat heb jij voor haar?'

'Een wieg.' Zijn stem zakte iets en zijn zelfverzekerde gezichtsuitdrukking verdween.

Daar moest ik onwillekeurig om glimlachen. Een wieg. Wow.

'Die maak ik zelf, al duurt het wat langer dan verwacht.'

Mijn mond viel open. 'Als in met je eigen handen?'

Hij knikte.

'Nu kan ik al helemaal niet met jou meegaan, daar kan niemand overheen.'

Wat lief van hem. Ik had de herinnering nodig dat hij niet altijd een gevoelloos speelgoedsoldaatje was, en dat ik niet compleet geschift was omdat ik ooit iets totaal anders in hem had gezien. Dat hij eigenhandig een wieg voor Elodie maakte zorgde er meteen voor dat hij minder leek op hoe ik aan hem had willen denken. De gedachte dat hij hierheen was gekomen om hout te kopen voor de wieg had een veel te grote emotionele impact op me. Het veranderde iets aan hoe ik hem zag, zorgde voor een beetje licht waarvan ik hoopte dat Kael het zou doven met een leugen voor ik te ver heen was.

'Ja, ik ben lief, ik weet het.' Hij veegde het zweet van zijn voorhoofd. 'Hou je nu op met vervelend doen en ga je met me mee, of niet?'

16

Toen ik had gezegd mee te zullen gaan was die keus vooral gebaseerd op de adrenaline van het kibbelen met Kael, maar ook op de ergernis dat Elodies vrienden er niet eens aan hadden gedacht om mij uit te nodigen of, nog erger, dat misschien bewust niet hadden gedaan. Dat zou ik snel genoeg ontdekken.

Ik had een knoop in mijn buik van spanning en had er al spijt van dat ik in Kaels pick-up was geklommen om daar op hem te wachten. Ik staarde in de spiegel en zag hem groter en groter worden naarmate hij dichterbij kwam in de weerspiegeling. Hij had gezegd dat ik in de pick-up moest gaan zitten terwijl hij het zware werk verzette. Ik had een keer geprobeerd daar iets tegen in te brengen, maar het prikken van de wondjes op mijn armen had ervoor gezorgd dat ik daarna mijn mond hield en nu hield ik hem via de spiegel in de gaten. Hij droeg mijn nieuwe planten in beide armen. Hij was zo solide, had het lichaam van een man die de wereld met zich meedroeg waar hij ook ging.

Terwijl hij zowel de stoel als de planten achterin schoof, zette ik de muziek harder. Hij was even aan het passen en meten. Ik bood aan te helpen, maar gaf het toen op. Ik overwoog nog heel even te vertrekken voor ik uit verveling een paar keer mijn autogordel open- en dichtklikte en op mijn telefoon keek. Er verschenen nog steeds Instagram-alerts voor de foto van de paarse stoel. Ik wist dat die goed was, maar had er eigenlijk geen reacties op verwacht.

Het was vreemd, die kick toen ik door de lijst van enigszins bekende namen scrolde. Meestal interesseerden deze mensen me totaal niet, ik keek naar hun socials als ik me verveelde, maar nu ik op hun radar was verschenen met mijn stoelfoto vroeg ik me af wat zij van mij en mijn leven na de middelbare school vonden. Hopelijk hadden ze het idee dat er veel meer speelde dan daadwerkelijk het geval was. Mijn eindexamen lag al drie jaar achter me en voor mijn gevoel was er helemaal niet zo veel tijd verstreken. Dat kwam misschien doordat ik naast het kopen van mijn huis niets met mijn leven had gedaan voor ik gediplomeerd massagetherapeut was geworden, wat geweldig was, maar dat was inmiddels weer twee jaar geleden. Kael was in die periode twee keer uitgezonden. Ik huiverde ook al was het buiten bloedheet.

'Moeten we die spullen eerst bij mij thuis afzetten?' vroeg ik. 'Dan kun je mij volgen.'

Hij zette de muziek af en schudde zijn hoofd. Hij pakte de onderkant van zijn T-shirt en gebruikte het om het zweet van zijn voorhoofd te vegen. God, wat voelde deze auto klein aan, ook al was het een enorme Bronco.

'Echt niet.' Hij glimlachte.

Ik keek niet naar zijn blote huid ook al wilde ik dat dolgraag doen. 'Hoezo?'

'Omdat je dan niet met mij meegaat naar Tharpe. Dan laat je me je spullen afzetten en zeg je af. Ik ken...' Hij hield zijn mond voor hij 'je' had gezegd.

'Echt niet!' Ik lachte om zijn lef, omdat hij zo dicht bij de waarheid kwam. 'Ik bedoel, ja, ik zou het misschien proberen, maar wie weet? Misschien ga ik wel mee en hebben we het er naar onze zin.' Op hetzelfde moment als hij besefte ik wat ik had gezegd en ik probeerde te redden wat er te redden viel. 'Niet wij, ik bedoelde ik. Misschien heb ík het er naar mijn zin.'

Hij wierp me een sceptische blik toe, maar zijn ogen straalden op een manier waardoor ik bijna mee wilde gaan.

'Karina, bedoel je nu dat je echt meegaat? Want ik kan je spullen afzetten en dan daarheen rijden. Jij hoeft niet te gaan. Het leek me alleen leuk voor El als jij er ook bent. Je bent belangrijk voor haar.'

Ik blies mijn adem uit, bewoog mijn benen onrustig heen en weer en kwam daardoor dichter bij hem in de buurt. 'Dat weet ik, maar het voelt nog steeds alsof ik stoor. Trouwens, zo kan ik niet gaan.' Ik keek naar mijn versleten kleren. 'Er zit letterlijk een gat in mijn shirtje.' Ik stak er een paarse nagel doorheen. 'Dan kom ik over als een idioot.'

'Nee hoor,' zei hij, alsof het niet vreemd was dat hij me een complimentje maakte.

'Bedankt.' Ik keek hem aan.

Zijn adem stokte en als hij niet zo naar me had willen kijken, dan voelde het toch wel zo. De seconden verstreken terwijl we beiden roerloos bleven zitten. Er ging geen enkele logische gedachte door mijn hoofd. Ik voelde hem zo dichtbij, overal om me heen. Wat hier het dichtst bij in de buurt kwam was een heet bad met een kalmerende en verfrissende lavendelgeur.

Hij leunde iets naar me toe.

Mijn hart begon zo snel te slaan dat ik bang was dat hij het zou horen.

'Dus we kunnen toch vrienden zijn.' Zijn woorden vulden de stilte.

Ik knipperde met mijn ogen, een beetje verbijsterd, al schaamde ik me vooral omdat ik heel even had gedacht... Ik wist niet wat ik had gedacht. Ik schudde mijn hoofd en schoof bij hem vandaan, naar het portier toe. 'Dat zullen we wel zien. Verwacht er niet te veel van.' Ik probeerde dit speels te brengen, alles om maar niet wanhopig over te komen.

'O, ik heb totaal geen verwachtingen, Karina.' Hij zette zijn pick-up in zijn achteruit.

‘Hè, wat doe je? Mijn auto staat hier!’ riep ik toen hij het gaspedaal intrapte.

‘Ik breng je er alleen maar heen.’ Met een glimlachje draaide hij aan het stuur.

Met mijn hand om de hendel van de deur geklemd probeerde ik de spanning weg te lachen, al bonkte mijn hart in mijn keel terwijl we in stilte verder reden.

Een paar rijen verder parkeerde hij vlak bij mijn auto.

‘Bedankt voor de lift,’ zei ik, terwijl ik het portier opendeed en uitstapte. Ik hoorde zijn portier opengaan en zag hem naar de bestuurderskant van mijn auto lopen. Hij wreef met zijn hand over de bovenkant van zijn dijbeen terwijl hij daar stond te wachten tot ik instapte.

‘Heb je last van je been?’ Ik hoopte van niet, want hij had een zware stoel en planten voor me gedragen, maar er volgde alleen maar stilte op mijn vraag. Zelfs als hij bij mij was blijven slapen had hij zijn been bedekt gehouden. Ik was er zo aan gewend geraakt om er niet naar te vragen dat ik zijn verwonding eerlijk gezegd soms vergat.

‘Het is niets. Ik volg je wel.’ Zijn sleutelbos bungelde aan zijn wijsvinger en hij keek naar de snelweg, zo’n honderd meter verderop. Toen trok hij mijn portier voor me open. ‘Je moet je auto hier niet openlaten. Nergens, trouwens.’ Hij fronste zijn wenkbrauwen en wreef met een vinger over zijn slaap.

‘Ik doe alles tegenwoordig vaker op slot.’ Dat was min of meer de waarheid.

‘Uhuh.’ Hij knikte naar het openstaande portier. ‘Dat zie ik.’

Ik trok een gezicht terwijl ik langs hem heen liep om in te stappen. Hij sloot het portier voor ik de hendel kon vastpakken. ‘Weet je, ik vond je veel leuker toen je minder spraakzaam was.’

‘Dat geloof ik graag.’ Hij lachte. Dat geluid vervaagde toen hij in zijn pick-up stapte.

Vandaag was totaal anders verlopen dan ik had verwacht. Zou ik nog steeds de markt op zijn gegaan als ik zijn Bronco op het parkeerterrein had zien staan? Het duizelde me nog na zo dicht bij hem in de buurt te zijn geweest in zijn wagen.

Aaaah, hij maakte me gek.

Ik zette de radio aan. Een liedje was net afgelopen en de stem van Ryan Seacrest droeg een reclame voor een datingapp voor. Het universum was weer steken aan het uitdelen. Bedankt, Ryan.

Ik zette een andere zender op, tikte de route naar huis in en zette mijn telefoon in de bekerhouder zodat ik beide handen vrij had om te rijden. Kael had waarschijnlijk geen aanwijzingen nodig, dus het was handiger geweest als hij voorop had gereden.

Ik reed de weg op, gevolgd door Kael. Niet te geloven dat die vrouwen een babyshower voor Elodie hadden georganiseerd zonder mij uit te nodigen. Ik probeerde het niet te persoonlijk op te vatten, maar dat was verdomd lastig. Ik had me vanmorgen druk gemaakt om een klotebarbecue en dat had me al genoeg stress opgeleverd. Het zou waarschijnlijk erger zijn geweest om betrokken te worden bij hun babyshower vanwege de druk van een cadeautje regelen, te helpen met de versieringen, samen te werken met mensen die ik nauwelijks kende. Dus het was niet per definitie het gevoel te worden buitengesloten dat me dwarszat. Het was vooral de teleurstelling dat die meiden hun shower gaven voor ik dat zelf had kunnen doen. Ik was haar beste vriendin. Ik bedoel, ze woonde bij mij. Onofficieel of niet, ze sliep elke nacht bij mij thuis op de bank.

Elodie zou zeker denken dat zij meer om haar gaven dan ik. Toni, de vrouw die haar had opgehaald van de spoedeisende hulp, had haar huis vast versierd voor de gelegenheid en Elodie was ongetwijfeld zo blij. Haar huis was zeker ook groter en mooier dan het mijne. Het was vreselijk dat die mensen de macht hadden om me zo onzeker te laten voelen. Die meid wilde ik helemaal niet zijn, maar iets in mijn brein stuurde me automatisch die kant op.

Ik keek via de achteruitkijkspiegel naar Kaels witte Bronco die me volgde en daardoor voelde ik me wat rustiger. Zijn aanblik bracht de gedachten tot bedaren die zich tijdens het rijden in mijn hoofd hadden verdrongen. Helaas voor mij kon ik niet tegelijk naar hem kijken en de auto besturen.

Met elk kilometerpaaltje dat ik passeerde werd ik steeds zenuwachtiger over langsgaan bij de babyshower. Ik was niet uitgenodigd en tegen de tijd dat we bij mijn huis kwamen, zou het te laat zijn om me nog te kunnen omkleden. Ik ging iets rechter zitten om mijn gezicht in de spiegel te bekijken. Ik zag er niet vreselijk uit. Mijn huid was vandaag wat rustiger dan gisteren. Dan zou ik alleen de tijd hebben om wat anders aan te trekken en misschien wat mascara en lipgloss op te doen.

Toen we mijn oprit op reden had ik mezelf ervan overtuigd om niet te gaan. Hij wist dat net zo goed als ik, maar toch voelde het fijn om te dagdromen over dat ik met Kael meeging. Ik dacht niet dat hij moeilijk zou doen over mijn beslissing, misschien alleen 'Ik had het toch gezegd', maar dat zat me lang niet zo dwars als een sociale kwelling. Hij wachtte bij zijn pick-up tot ik mijn voordeur van het slot had gehaald en mijn hordeur open had gezet.

'Ik kijk ervan op dat je je deur hebt afgesloten,' riep hij van de rand van de oprit.

Het was fijn dat ik geen excuus nodig had om niet te gaan. Hij wees me op het feit, maar zou me er niet toe dwingen zoals Austin dat in onze tienerjaren had gedaan met zijn smeekbedes met hem naar feestjes te gaan.

'Weet je zeker dat ik je niet kan helpen?' bood ik aan, terwijl hij de spullen uitlaadde.

'Nee hoor, hou die deur maar open!' riep hij terug.

Mijn buurman Bradley kwam zijn veranda op, keek van Kael naar mij, knikte beleefd, pakte de krant die daar lag en ging weer naar binnen.

Zou hij weten dat hij al die informatie ook online kon lezen? Hij leek me het soort man die dat niet doorhad of dat in ieder geval niet zou willen weten.

Ik knikte naar Kael en hij tilde de stoel uit zijn auto. Ik dook snel naar binnen om de stoel die ik tot nu toe had gebruikt aan de kant te schuiven en toen hij mijn huis in liep probeerde ik te bedenken wat ik kon zeggen. Het viel me altijd zwaar om de stilte niet te vullen als hij in de buurt was.

Ik wees naar de plek die ik net had vrijgemaakt in mijn woonkamer en hij zette de fauteuil er voorzichtig neer.

Kael bekeek de oude stoel in de hoek. 'Die doe je toch niet weg?'

Ik knikte. 'Ja, hij is oud.'

'Maar hij zit zo lekker.'

Ik lachte en herinnerde me hoe Kaels lange benen over de rand ervan bungelden als hij er met de rug naar achteren op sliep. Dat was voor mijn gevoel zo lang geleden. Zouden we aan hetzelfde denken? Zo voelde het wel. 'Als je hem wilt, dan mag je hem hebben.'

Zijn gezicht straalde.

Dat was een veel uitbundigere reactie dan ik had verwacht voor een oude stoel die ik van pap had overgenomen toen Estelle hun huis opnieuw had ingericht.

'Je moet er iets voor aannemen.' Hij reikte naar zijn portemonnee. 'Of hou in ieder geval het geld dat je mij voor die andere stoel wilde geven. Stoel voor stoel.'

'Stoel voor stoel?' plaagde ik hem. 'Jij komt er zo bekaaid af, maar ik ga ermee akkoord zolang je dat maar weet.'

'Dat is duidelijk.' Hij glimlachte. 'Ik vind hem gewoon zo fijn. Ik heb er als een blok op geslapen.'

Ik stelde me Kael voor in een slaapzak in een woestijn en dat zijn lichaam zich op sommige nachten aan de extreme weersveranderingen had moeten aanpassen.

Kael keek op zijn telefoon toen ik zei: 'Neem hem dan vooral maar mee.' Ik wachtte even terwijl hij iemand een berichtje stuurde.

Eindelijk keek hij op. 'Laatste kans om mee te gaan naar de babyshower.'

'Hoe jaloers ik ook ben op alle lol die je zult beleven, ik moet nog... Ik heb nog dingen te doen. Dat feestje is toch al bijna voorbij en ik heb niet eens een cadeautje. Ik heb niet eens schoenen aan.'

Leunend tegen zijn nieuwe stoel keek hij me aan. 'Oké,' zei hij met een diepe zucht.

'Oké?' herhaalde ik.

'Ik kan ze de groeten doen.' Hij haalde zijn schouders op.

'Maar dan weten ze dat je me hebt gesproken. Dat wil ik niet, want dan is Elodie misschien teleurgesteld en ik ben moe en ben de hele dag al onderweg en...'

Hij hield zijn hand op. 'Ik begrijp het. Ik zal je naam niet noemen. Ik vind nog steeds dat je eigenlijk zou moeten gaan om ze allemaal een denkbeeldige middelvinger te geven. Ik moet nu vertrekken als ik er nog iets van wil meemaken.'

'Toe maar,' zei ik stilletjes. Mijn nek tintelde. Ik kon niet wachten tot deze verwarrende dag voorbij was.

'Oké?' Hij lachte zacht.

Het was fijn dat hij er geen heel gedoe van maakte, maar ik wilde ergens dat hij in ieder geval een poging zou wagen om me over te halen. God, wat was er mis met mij?

'Ik zal eerst nog even de planten binnen zetten.'

Hij was weer op zijn telefoon bezig. Misschien wilde hij überhaupt niet dat ik zou gaan. Hoelang had hij van de babyshower geweten en zou degene die hem via de telefoon afleidde er zijn en wilde hij of zij mij daar niet bij hebben of zorgde die persoon ervoor dat Kael me er niet wilde hebben? Ik hoorde niet zoals hij bij de groep binnen de eenheid. Of hij nu veel tijd met ze doorbracht of niet, hij zat in ieder geval bij de eenheid en was met veel van de jongens bevriend. Er ontspon zich een complottheorie in mijn gedachten, dat Elodie haar vriendinnen onder de legervrouwen over Kael en mij had verteld en ik kreeg een brandend gevoel in mijn borst.

'Karina? Alles in orde?' vroeg Kael.

Zijn stem bracht me terug naar de realiteit. Mijn gedachten schoten zoals altijd helaas naar de uitersten. 'Ja,' zei ik met benepen stem. Dat zou Kael opvallen. Dat wist ik. En als hij me aankeek, dan zou hij iets zeggen, zouden zijn lippen mijn oor aanraken, net zoals toen hij bij me in bed wakker werd en me vertelde...

'Weet je het heel zeker?' vroeg hij. 'Dan heb ik het niet over in combinatie met mij, maar over jou, gewoon, in het algemeen.' Hij stond roerloos in de deuropening en klemde zijn kaken op elkaar.

Ik knikte. 'Ja. Ik ben alleen moe. Het was een lange dag en ik moet nog douchen en morgenochtend werken. Verder gaat het prima. Echt.'

Kael zuchtte en wreef met zijn vingertoppen over zijn gladde kin. 'Oké. Tot ziens dan maar weer?'

'Tot ziens.'

Hij aarzelde. 'Karina?'

Ik keek hem aan. 'Ja?'

'Je haar ziet er zo heel mooi uit.' Hij wees naar mijn hoofd.

Zelfbewust liet ik mijn handen over mijn lokken glijden.

Hij pakte zijn oude stoel bij een armleuning beet en sloeg zijn andere arm om de rug ervan.

Ik stond daar en wist niet wat ik moest zeggen, behalve een gemompeld: 'Dank je.'

Hij tilde de stoel op en liep zonder om te kijken de woonkamer uit.

Ik liet de deur open zodat hij de planten binnen kon zetten en wachtte in de keuken tot ik de deur weer dicht hoorde gaan. Ik was helemaal van de leg en hij was verwarrender dan ooit. Ik trok nog eens aan de klink en deed beide sloten dicht. Ik zette de tv aan en zette het volume hoog zodat ik Kaels pick-up niet al brullend weg kon horen rijden. Nu ik weer alleen in mijn huisje was, waren de planten minder opwindend dan ze me eerder waren voorgekomen en hadden ze het grootste deel van hun magie verloren.

De stoel was gelukkig nog steeds mooi. Ik ging erop zitten en raakte de stof aan, terwijl ik probeerde te ontspannen en niet aan de babyshower te denken, of aan Kael, en aan hoe verdomde vreemd vandaag was geweest.

17

Kael

Bij de babyshower bleek het meer te gaan om bierflesjes dan om melkflesjes. Het kwam er eigenlijk op neer dat het een barbecue in de achtertuin was met hier en daar wat baby-gerelateerde versieringen. Op zich prima, maar het was wel anders dan het gebruikelijke 'Veel succes!'-thema van een shower.

Toen ik voor het huis tot stilstand kwam wenste ik heel even dat Karina gewoon mee was gegaan. Of dat ik nog wat langer bij haar thuis was gebleven of meer met haar had gepraat, haar meer vragen had gesteld over hoe het met haar ging en wat ze de laatste tijd allemaal had gedaan. Ergens vond ik het fijn om haar voor mezelf te houden, maar de meiden zouden haar instelling op prijs stellen en zouden misschien zelfs geïnspireerd worden door haar onafhankelijkheid. Ik wist dat deze echtgenotes niet haar soort mensen waren, maar zo erg waren ze niet en in ieder geval zouden Mendoza en Gloria er ook zijn. Als Karina ooit de moeite zou doen om met iemand vrienden te worden, dan zou ze Gloria zeker mogen. Hun busje stond ook voor het huis geparkeerd, vlak naast Lawsons groene mustang. Zo'n eikel was Lawson: een lading patriottische legerstickers bedekten zijn achterbumper alsof hij die dingen in een grootverpakking kocht en er bungelde een paar dobbelstenen aan de achteruitkijkspiegel.

Ik belde aan en Toni, de vrouw van Tharpe, deed vrijwel meteen open.

'Martin! Niet te geloven dat je bent gekomen!' Ze omhelsde me.

Ze rook naar een vat bier en de glinsterende bodyspray die mijn veertienjarige zusje vroeger gebruikte. Ik maakte me met een glimlach van haar los. 'Bedankt voor de uitnodiging.'

Toni's ogen waren vrij bloeddoorlopen, net als die van de andere vrouwen op de veranda achter bij Elodie en de rest. Ik liep langs de verschillende groepjes, zwaaide en bleef toen bij Elodie staan om haar op beide wangen een zoen te geven terwijl ze Austin vertelde over haar liefde voor Amerikaanse televisie. Ze voerden het klassieke *Friends* versus *Seinfeld*-debat. Ik schudde Austin de hand, vroeg me af of zijn zus hem zou vertellen dat ik vandaag bij haar was geweest en keek toen de tuin rond. Iedereen stond in verschillende kliekjes bij elkaar op het glooiende gazon. Daar stond de tafel met eten, de barbecue en nog een tafel om aan te zitten. Er waren in totaal zo'n vijftien mensen, al waren dat er meer dan ik op dit tijdstip had verwacht. De tuin rook naar tabak en vet van de barbecue.

'Er is nog genoeg eten over,' meldde Toni. 'En drankjes. Het bier staat daar.' Ze wees naar een blauwe plastic koelbox op de grond.

'Bedankt, maar ik heb al gegeten,' loog ik. Ik had niet veel trek, was verdomme kapot en wilde zo snel mogelijk in bed kruipen. Mijn been bonsde.

'Martin.' Mendoza klopte met zijn goede hand op mijn rug en hield een leeg bierflesje vast.

Hij leunde tegen het houten hek en Gloria zat een stukje verderop op een stoel met een blikje cola in haar hand en hield haar kinderen in de gaten die in de tuin speelden. Ze renden met een stel andere kinderen die ik niet kende rond met van dat bellenblaasspul, door een sproeier. Toen Mendoza's kinderen me zagen, kwamen twee van de drie naar me toe gerend om gedag te zeggen. Viviana, de middelste, sloeg haar armen om mijn benen. Mijn rechterbeen deed zeer toen haar knokige armpje ertegen drukte, maar ik hield mijn mond. Ze was gewoon zo schattig, dus ik glimlachte en probeerde verder niets te laten blijken.

Tot een paar minuten geleden had ik geen pijn gehad, maar toen was de adrenaline van het weerzien met Karina weggezakt en was die meteen teruggekeerd. Het voelde alsof mijn ledemaat in brand stond.

Ik keek op om me op iets anders te concentreren, wat dan ook. Ik had voldoende ervaring met het vermijden van pijn. Daar draaide het bij oorlog om: manieren ontdekken om de pijn die je voelt niet te erkennen.

Je kon je op niets anders concentreren dan op het instinct dat was gevormd door het leger en de gruwelijke kunst van oorlog. Als ik erover nadacht, al was het maar langer dan een paar seconden, en me daadwerkelijk het jonge meisje in haar hijab herinnerde met het lichaam van een dood jongetje in haar armen... zijn gezicht vol vuil en bloed. Er waren elke dag zo veel slachtoffers dat het jochie haar broer had kunnen zijn of dat ze hem gewoon ergens op straat had kunnen vinden. Ik knipperde met mijn ogen om die shit uit mijn hoofd te krijgen. De pijn, het was de pijn die ik met elke oorlogsherinnering associeerde en soms, als ik niet oplette, raakte die me vanuit het niets. De laatste paar dagen kreeg ik steeds meer van die flashbacks. Misschien kwam het door de aanvaring met Karina's vader of was het Mendoza geweest die had geschreeuwd over hoe oneerlijk het allemaal was terwijl hij met zijn vuist door het glas van zijn achterdeur had gestompt.

Het was niet dat ik niet het overweldigende, verpletterende schuldgevoel van de oorlog voelde, maar ik kon mijn keuzes grotendeels rationaliseren. Ik had geen idee hoe het kwam dat ik de mazzel had niet helemaal door het lint te gaan zoals sommige anderen. Ik had geen idee wat ik deed terwijl ik het deed. Dat is wat ik tegen mezelf zei. Ik was weer terug in de tent, kon bijna het zout op mijn bezwete lippen proeven en de dikke rook van de laatste bermbomexplosie in de lucht ruiken. Mijn huid tintelde toen ik heen en weer schoot tussen mijn trauma en de realiteit.

Ik ben hier, in Benning. Thuis. Het is maar een kort ritje naar mijn moeder en zus. Een kort ritje naar Karina. Ik ben niet meer daar.

Ik dacht aan wat ik bij groepstherapie te horen had gekregen, dat ik moest ademen, dat ik moest tellen en ademen en naar mijn voeten moest kijken, die hier op de grond van Fort Benning stonden en niet in Afghanistan.

'Martin! Hoi! We hebben zooo lang op je gewacht! Ze zeiden dat je niet zou komen,' riep Viviana, terwijl ze afkeurend met haar vingertje zwaaide. Ze kwam voor me staan en hief haar armen. Haar gezicht veranderde in dat van het meisje uit mijn herinnering.

Ik moest me vermannen.

Fuck.

'Hallooo! Hoor je me?' riep ze.

Ik hoorde haar stem, maar het klonk alsof die van de andere kant van een tunnel kwam. Ik haalde herinneringen van vandaag op om terug te keren naar de echte wereld. Karina, de uren dat ik hout had geschuurd, hoe Karina eruit had gezien terwijl ze van kraampje naar kraampje was gestruind zonder door te hebben dat ik haar volgde. Ik voelde haar kalmte terwijl ze rondsnuffelde op de markt. Ik miste de energie die ze me bracht.

Het gebeurde niet in een oogwenk, maar snel genoeg. Ik keerde terug naar de achtertuin, terug naar het heden, en probeerde opnieuw over mijn verleden heen te stappen.

‘Hallooo!’ Een ongeduldige Vivi sprong voor me op en neer.

Ik probeerde te doen alsof ik haar als grapje liet wachten terwijl het gevoel terugkeerde naar mijn benen, naar mijn voeten in mijn laarzen waarmee ik stevig op het gras stond.

Ik lachte en keek voor me uit, negeerde haar bewust nog even, en stak toen mijn tong naar haar uit. Ik tilde haar op en verdrong de pijn, was sterker dan die pijn. Dat ik haar nu vasthield was het bewijs daarvan.

Ze sloeg haar benen om mijn middel. Fuck, wat deed het zeer om haar vast te houden, maar ik negeerde het gillen van mijn spieren. Ik wist dat ik die planten en de stoelen niet had moeten tillen, maar het had op dat moment zo goed gevoeld om weer over mijn kracht te beschikken. Ik was nog niet gewend aan dit zwakke lichaam. Ik weigerde om daar ooit volledig aan te wennen.

‘Wie zei dat ik niet zou komen?’ vroeg ik. ‘Ik had je vader verteld dat ik laat zou zijn.’ Ik deed alsof ik haar liet vallen en ze gilde. De pijn bevond zich nu op de achtergrond.

Het jongste jochie, Julian, had al even naar me gezwaaid vanaf het achterste deel van het hek voor dat tot me doordrong. Ik zwaaide terug terwijl zijn zus haar aanval voortzette. Julian leek de bubbelmachine waarmee hij speelde niet achter te willen laten en dat begreep ik. Een nieuwe stoot bellen dreef langs zijn gezicht en er bleven er een paar aan de donkere krullen op zijn voorhoofd hangen. Hij lachte en ik haalde ontspannen adem terwijl ik naar het geluk op hun jonge gezichtjes keek. Toen richtte ik mijn aandacht op Mendoza, hun vader, die nog meer last had van demonen dan ik. Ik wist dat de levens van deze kinderen lang niet altijd gevuld waren met zonlicht en gelach, die bestonden meestal uit donkere, stormachtige nachten, met de stress van onbetaalde rekeningen en de regelmatige afwezigheid van hun vader dankzij het leger.

Als ouders het leven van hun kinderen in en uit wandelden

had dat effect op die kinderen. Ik kende een aantal van de beste, sterkste ouders die al het mogelijke goed deden, en zag dan toch de verandering in hun gezin als ze terugkeerden van een missie. Je paste je aan een bepaalde manier van leven aan en dan kwamen ze terug en verdween de dagelijkse routine en begon er een nieuwe. Hoe blij de familie van de soldaat ook was om hem of haar terug te hebben, die overgang verliep altijd moeizaam en dat was iets waar niemand het echt over had en dat was fucking ingewikkeld. Daar kwam nog eens bij dat dit gezin er nu een totaal ander probleem bij had gekregen in de vorm van zijn PTSS-aanvallen. Zijn ingezwachtelde hand herinnerde ons daar allemaal aan.

'Een van die daar.' Ze wees naar een groep van vijf soldaten die ieder een biertje in de hand hadden en al luidruchtig waren voor de zon zelfs maar onder was gegaan.

Ik was niet graag in de buurt van dat soort klootzakken. Lawson, hij was bijna net zo erg als Jones en de andere aso's in onze eenheid. Ik was een van de twee zwarte jongens, Mendoza was de enige Latino en de rest waren witte gasten uit Boston, Alabama en Kentucky. Sommigen waren ontzettend cool, anderen... niet echt.

Het was grappig dat niet een van hen merkte dat ik naar hen staarde. Ze voelden niet dat er naar ze werd gekeken zoals het een goede soldaat betaamde. Dat instinct zou altijd actief moeten zijn. Dat was in ieder geval mijn mening.

'Ik was aan mijn cadeautje voor de baby aan het werken,' fluisterde ik in haar oor.

'Wat is dat cadeautje?' fluisterde ze niet zo subtiel terug.

'Je mag het aan niemand vertellen, oké?'

Terwijl ik wachtte tot ze ja zei, keken we allebei naar haar oudste broer Manuel of kleine Manny, zoals wij hem noemden. Zoals hij daar stond was hij de tegenpool van zijn kleine zusje met haar lieve, tandeloze glimlach. Hij keek me uitdrukkingsloos aan. Hij mocht me, maar hij toonde zijn genegenheid niet zoals zijn zusje. Mendoza had me zo vaak verteld dat kleine Manny hem het meest miste als hij uitgezonden was. Zelfs meer dan zijn vrouw Gloria.

'Vertel, vertel!' tetterde Viviana uiteindelijk met haar kinderlijke enthousiasme recht in mijn oor.

Godzijdank hoorde ik met mijn rechteroor nauwelijks meer iets. Nacht na nacht van explosies doet dat wel met je.

Kleine Manny kon zijn glimlach niet verbergen terwijl zijn zusje giechelde. Gloria was bij ons komen staan. Ze zag er moe uit, mooi, maar alsof ze nodig een paar uur moest gaan zitten. Ze had zich meer opgetut dan normaal. Ik was eraan gewend Gloria in haar pyjama of loungekleding te zien, in paniek terwijl haar kinderen wakker werden door het gegil van hun vader. In deze zonnige achtertuin droeg ze een spijkerbroek met scheuren erin en een zwart T-shirtje waar ze een knoop in had gelegd om haar taille te benadrukken, met een jasje rond haar middel. Ze had make-up op, veel make-up, alsof ze probeerde haar vermoeidheid te verbergen.

Ze zag er echter zoals altijd in het openbaar goed uit. De helft van de jongens pestten Mendoza met hoe lekker zijn vrouw was en hij niet. Als ze wilden weten hoe hij haar had gekregen, kwam altijd het verhaal naar boven dat ze al op de middelbare school verliefd op elkaar waren geweest en dan knikten mensen gekscherend.

Maar ze hield van hem. Jezus, wat hield ze van hem. Ik wist niet of ik ooit eerder een liefde als die van hen had gezien. Zij waren de definitie van tot de dood ons scheidde.

'Ik maak een bedje voor de baby. Een wieg,' vertelde ik Gloria's mini-me.

Gloria knikte naar me en glimlachte naar haar kinderen. Ze hield Julian in de gaten en sprak in het Spaans.

'Kun je ook iets voor mij maken?' vroeg Viviana.

Haar moeder en ik lachten samen.

'Jij wilt altijd wel iets, kleine meid,' plaagde haar moeder.

'Wat moet ik dan voor je maken?' vroeg ik.

Ze dacht daarover na en maakte zich los uit mijn armen. 'Ik weet het niet. Een bed? Of een prinsessenstoel?'

'Een prinsessenstoel? Afgesproken.'

'Martin! Zorg dat je hier komt! Laat die kinderen met rust en kom een biertje drinken!' riep Mendoza.

Zijn dochter rende naar hem toe en ik volgde haar.

'Hoe is het, gast? Het werd tijd dat je kwam,' zei hij om me te zieken.

'Ik was op de markt.'

De uitdrukking op zijn gezicht veranderde. 'Ga je daar nog steeds heen?'

Ik keek om me heen. De enige die ons eventueel zou kunnen horen was Elodie, maar zij moest eerlijk gezegd aan dit soort shit wennen als haar vent eenmaal naar huis kwam, want hij zou een hele hoop shit met zich meebrengen. Ik zou het niet tegen hem zeggen, maar het was een fucking slecht idee geweest om haar zwanger te maken. Grotendeels voor haar, maar ook voor hem... Hij kon nauwelijks voor zichzelf zorgen, laat staan voor een vrouw en een baby.

Toen Phillip me had verteld dat ze snel waren getrouwd, was ik door het lint gegaan. Ik had gedacht dat het een grap was, dat hij een lekkere Franse meid online had leren kennen en alleen met haar omging voor de seks, zoals het geval was met het meeste onlinedaten dat tijdens een uitzending gebeurde. Het laatste wat ik had verwacht was dat hij haar zwanger zou maken en haar mee terug naar Benning zou nemen.

Ik wilde niet lullig zijn, maar het was veel te vroeg voor hem om een baby te krijgen. Hij was er zelf nog een.

Maar wat ging het mij ook aan? Dus na mijn eerste verrassing hield ik mijn mond.

'Eh, Jerry Seinfeld is een van de beste en meest succesvolle komieken in de Amerikaanse geschiedenis...' hoorde ik Austin tegen Elodie zeggen.

Elodie zag er gelukkig en tevreden uit, totaal anders dan op de spoedeisende hulp. Ik had haar een berichtje gestuurd nadat Karina en Austin waren vertrokken en was even bij haar langsgegaan. Ik had zo graag gewild dat ze in orde was. Ze zou het niet makkelijk krijgen.

'Ik zeg ook niet dat hij niet geweldig is, maar de humor in *Friends* is gewoon de beste. Die wordt nooit saai en met elke aflevering krijg je een verhaal!'

Door haar Franse accent wilde ik het meteen met haar eens zijn, ook al vond ik zelf *Seinfeld* de superieure comedy.

'En Jerry Seinfeld stelt niets voor vergeleken met Adam Sandler. Hij is Amerika's...'

Ik richtte mijn aandacht op Mendoza terwijl zij Austin vermaakte. Hij zag er ongeduldig uit. 'Ja, ik ga er nog steeds heen. Ik blijf normaal gesproken aan de bevoorradingskant, maar vandaag kwam ik Kathy tegen. Ze vroeg naar je.'

Mendoza's ogen waren wazig van de Coors Light in zijn hand. Hij klemde zijn kaken op elkaar.

Of dit was een gevoelig onderwerp of hij zou in ieder geval doen alsof hij het oké vond dat ik nog steeds naar de markt ging ook al kon hij er zelf niet meer heen. Ik wist dat hij om haar gaf.

'Hoe gaat het met haar? Niet te geloven dat Larry me daar niet meer binnenlaat. Ik had verwacht dat hij er nu wel overheen zou zijn.'

'Ja, meestal kun je zoiets als dat iemand door je hek en kraampjes heen rijdt toch wel snel achter je laten,' merkte ik achteloos op, alsof het grappig was.

Toen het gebeurde was het echter doodeng geweest, en Mendoza was zo zat geweest dat ik had gedacht dat hij na het slopen van het hek zo de snelweg op zou rijden. Mendoza had houtgehakt voor Larry en had bijna zijn eigen vingers eraf gehakt, waardoor hij pissig was geworden en had willen vertrekken. Hij schakelde naar de verkeerde versnelling toen hij achteruit had willen rijden en ramde met zijn busje tegen een aantal kraampjes met materialen voor het verbouwen van huizen. Dat was niet het einde ervan geweest. Toen was hij in paniek geraakt, was recht op de bomen af gereden, waarbij hij Larry's auto op een haar na had gemist, en was zo door het hek geknald. Het was een wonder dat de verzekering dat had gedekt. Daar waren een wonder en wat leugens voor nodig geweest.

En dat was gebeurd voor de tweede uitzending naar Afghanistan en alle shit die we daar hadden meegemaakt.

En de shit die we hebben gedaan.

Mendoza nam een flinke slok bier. 'Ja, maar ik had hem verteld dat ik voor niets zou werken om alles daar op te ruimen, dus ik begrijp het niet.'

Ik haalde mijn schouders op. 'Gun hem wat tijd. We zijn pas een paar weken terug.'

18

Een uur later waren nog wat mensen vertrokken van de barbecue vermomd als een babyshower, waardoor we nog maar met een stuk of vijf over waren in Tharpes achtertuin. Alle kinderen waren allang weg, op die van Mendoza na.

Het groepje jonge soldaten dronk om beurten recht uit de fles Maker's Mark. Jack Daniels en Maker's Mark: twee dingen die je altijd zou aantreffen bij een bijeenkomst van soldaten. Het rode wassen zegel was in het gras gegooid. Mendoza's zoontje Julian raapte het op. Gloria, die een slapende Viviana op schoot had, pakte het van hem af voor hij het in zijn mond kon stoppen. Ze deed me aan mijn moeder denken, die ontspande zich ook nooit, zat altijd in de moederstand en deed verschillende dingen tegelijk.

Ik had Gloria een keer in een restaurant haar lunch zien eten terwijl ze haar kind de borst gaf én ze een of andere vent die daarover had geklaagd de les las. Gloria had hem haar ongezouten mening gegeven terwijl ze van haar ijsthee had gedronken én Julian had gevoed. De man was rood aangelopen en had gemaakt dat hij wegkwam voor ze zelfs haar stem maar had verheven. Persoonlijk vond ik het goorder hem zijn rauwe biefstuk naar binnen te zien werken dan haar keurig afgedekte voeding... maar, natuurlijk, ga uw gang, meneer.

'Pas op, lieverd,' zei ze tegen Julian, waarna ze het ding in een kom met voornamelijk gebroken zoutstengels gooide.

Ik zag haar zoeken naar haar man. Ze zuchtte toen ze hem met nog een borrel zag. Hij was overgestapt op cola met whisky en stond te kletsen met de soldaten. Ik wist dat een aantal van hen tankpersoneel bij een andere eenheid binnen de compagnie was, maar ik kende ze niet bij naam. Mendoza was nog lang niet klaar om te gaan, ook al was zijn vrouw uitgeput.

'Gloria.' Ik zwaaide om haar aandacht te trekken. 'Je kunt gaan. Ik zorg er wel voor dat hij thuiskomt. Het is al laat en ik weet dat de kinderen morgen naar school moeten.'

Ze keek van hem naar Julian, die naast haar zat, kleine Manny die vlakbij stond, en Vivi in haar armen. Manny's bijnaam was afkomstig van zijn ouders die hem 'kleine man' noemden en dat was op de een of andere manier veranderd in kleine Manny, wat was blijven plakken, ondanks het feit dat hij de oudste was. Mensen namen aan dat Mendoza Manny heette als ze zijn mini-me ontmoetten.

'Weet je het zeker?'

'Ja. Je weet dat het me wel lukt om hem thuis te krijgen.' Ik glimlachte, al wisten we allebei dat het meestal verre van leuk was als ik hem na een zware nacht thuisbracht.

Tharpes vrouw zat aan tafel en probeerde te voorkomen dat haar man nog een biertje uit de koelbox haalde. Terwijl hij naar voren leunde, boog de plastic stoel door onder zijn gewicht. Zij trok aan zijn shirt om ervoor te zorgen dat hij weer met vier poten op de grond kwam. Ze zuchtte en steunde, maar zei niets. Volgens mij schaamde ze zich behoorlijk voor het gedrag van haar man. Dat zou ik zeker doen.

'Hou je nou op? De kinderen slapen en we zijn thuis. Relax eens een beetje.' Hij sloeg naar de hand waarmee ze zijn shirt vasthield.

Aan de uitdrukking op haar gezicht te zien stond ze op het punt hem een klap in het gezicht te geven, maar ze liet los en stormde het huis in. Ze sloeg de deur achter zich dicht terwijl hij de deksel van de koelbox haalde en zijn hand in het smeltende ijs en ijskoude water stak.

Gloria keek van de achterdeur naar haar man. 'Weet je wat, Martin? Ik neem je aanbod aan.' Ze ging staan en nam haar dochter op haar heup. Vivi werd wakker en sloeg haar armen en benen om Gloria heen.

'Kleine Manny, kun jij me helpen je broer in de auto te krijgen?'

Hij knikte.

'En neem alsjeblieft die tas mee... Manny!' riep ze naar haar man. 'Ik breng de kinderen naar huis.'

'Wat? Nee, blijf! Babyyy...' Hij stak zijn armen naar haar uit.

Ze aarzelde een seconde, maar gaf toe, glimlachend naar haar idiote echtgenoot.

Hij was haar idioot. En de mijne. Hij was een goeie gast.

Ze zette Vivi neer en liep naar hem toe. 'Ik ben moe. Martin brengt je naar huis. Blijf, schat, maar maak het niet te laat.' Ze sloeg haar armen om zijn nek. Hij liet zijn handen naar haar kont glijden en zij likte langs zijn lippen.

Zo waren ze altijd samen. Ze konden ook in het openbaar hun handen niet van elkaar afhouden.

Ik moest aan Karina denken en keek weg.

Hij beet op zijn lip. 'O, ik maak het zeker niet laat.'

Kleine Manny rolde met zijn ogen.

Hij leek zo veel op zijn vader dat het bizar was. Zijn brede neus, de tint van zijn huid, de uitlopende vorm van zijn kaak.

'Ze zijn goor,' zei ik tegen hem.

Hij knikte.

Ook al glimlachte hij niet, ik zag aan de manier waarop zijn mondhoeken trokken dat hij dat wel wilde doen. Hij was soms een koppig rotzakje, net als zijn vader.

Mendoza kuste zijn dochter op haar achterhoofd en keek zijn vrouw na. Hij gaf de jongens in het voorbijgaan een boks.

Hij was zo teder met Vivi, maar stoer met de jongens. Zo was hij opgevoed, net als ik, zelfs met een alleenstaande moeder. Jongens moesten stoer zijn, meisjes waren gevoelig. Je hoorde ze daarnaar te behandelen. Ik wist uit eigen ervaring hoe negatief de opvattingen waren over 'mannelijkheid' en 'een man zijn'. Het kon een man opvreten en had eeuwenlang gezinnen vernietigd. Ik had het vaker meegemaakt dan ik kon tellen en werd er elke dag aan herinnerd op Twitter en op het nieuws. Je hoefde verdomme alleen maar naar de politiek te kijken.

Ik bleef stilletjes zitten, zwaaide Gloria en de kinderen gedag, dronk Sprite uit een blikje en luisterde naar het gesprek van het groepje kerels. De meesten waren vrijgezel en degenen die getrouwd waren werkten op de zenuwen van hun echtgenotes, van wie de meesten al waren vertrokken.

'Ik bedoel, we beginnen een oorlog met Iran. Dat gaat binnen nu en een paar jaar gebeuren, vooral met de huidige regering,' zei een van hen.

Ik nam ze allemaal in me op, wat ze aanhadden, hoe dronken hun lichaamstaal en spraak overkwamen. Op de achtergrond klonk Austins stem, die nog steeds aan het debatteren was met Elodie; hij was maar een klein beetje aangeschoten. Ik luisterde naar hun gesprek, ook al concentreerde ik me op de groep soldaten. Mijn brein was erop getraind om zich bewust te zijn van elk detail van mijn omgeving, of dat nu mijn bedoeling was of niet. Of ik dat wilde of niet.

'Zo mag je niet over je baas praten,' zei een van hen. Hij was uiterlijk de jongste en leek eng veel op het tekenfilmfiguur Ferb met zijn rode haar en een soort driehoekige neus.

'Hij was niet de baas toen ik in dienst ging. Ik wil niets te maken hebben met zijn onzinnige propaganda en bangmakerij,' meldde een ander. Hij was slungelig en had een soort rechthoekige neus. De Phineas ten opzichte van zijn Ferb.

'Bangmakerij? Hij heeft ons de ogen geopend voor alle shit

die de overheid doet! En hij creëert meer banen en beschermt wat dit land hoort te zijn.'

Aaaah, heerlijk, zo'n discussie over de president. Dat was altijd een gevoelige plek voor de soldaten en hun gezinnen. Wettelijk gezien mochten wij vanwege onze contracten met het leger niet eens in het openbaar over de president praten, maar dat weerhield de meeste mensen er meestal niet van om precies dat te doen.

'Bangmakerij? Kom op... dat is een verdomd liberale opvatting. Zelfs voor jou,' zei Ferb.

'Om te beginnen ben ik niet liberaal. Tot deze verkiezingen was ik vrij conservatief, maar deze kerel is een kleuter en dat is fucking gênant. De hele dag die woede-uitbarstingen op Twitter alsof hij niets beters te doen heeft. Die gast is gek, en jij bent ook gek dat je hem verdedigt. Heeft jouw grootvader niet tijdens de Tweede Wereldoorlog gediend?'

De korte knikte.

'Stel je eens voor hoe hij zich zou voelen als hij nog leefde, als hij al die neonazi's door de straten zag marcheren en dat ze ook nog eens werden aangemoedigd door de president? Niet zomaar een president, maar iemand die trots is op hoe hij zich aan de dienstplicht heeft onttrokken? En niet alleen dat, hij heeft John McCain beledigd, een krijgsgevangene. Wat zou hij zeggen, hè?' De ogen van de soldaat hadden een glans die enkel door passie of whisky kon worden veroorzaakt of in zijn geval allebei.

'Hou toch op met dat gezever.' Mendoza bemoeide zich ermee voor ik kon beslissen of ik dat al dan niet wilde doen. Hij liep naar ze toe.

De een keek op zijn telefoon, besteedde nauwelijks aandacht aan wat er om hem heen gebeurde. Deze babyshower zou kunnen uitlopen op een gevecht en het zou hem nauwelijks opvallen. De twee anderen keken naar Ferb.

‘Hij zou niet blij zijn,’ ging de lange verder. ‘Hij zou zich afvragen waar hij zijn leven verdomme voor op het spel had gezet als wij hiermee verdergingen.’

Mendoza bemoeide zich er opnieuw mee voor de andere gast reageerde. ‘Wat heeft het voor zin om de hele dag over deze shit te bekvechten? Jullie gezeik verandert er niets aan. Willen jullie echt iets veranderen? Doe er dan verdomme iets aan in plaats van te zeuren over iets waar wij geen invloed op hebben.’

Ik stond op van de tafel en liep naar de groep toe.

‘We kunnen het veranderen door te stemmen en door deze shit niet te tolereren,’ antwoordde de langere man.

Austin en Elodie waren stilgevallen en keken naar de verhitte discussie.

‘Die shit niet tolereren? Hoe was je van plan dat te doen, hè? Jij bent het eigendom van de overheid. Het is niet aan jou om iets te tolereren of niet. Je doet wat je gezegd wordt, net als de rest van ons.’

‘Waarom vraag je hem anders niet naar de muur? Jij wilt dat die nutteloze muur wordt gebouwd, toch? Zeg dat maar tegen Mendoza. Kijk hem recht in de ogen en vertel hem dat.’

Ik ging tussen de mannen in staan. ‘Oké, oké, jongens.’

Mendoza’s gezicht verstrakte. ‘Ik kom verdomme uit Californië, lul. Mijn familie komt uit Mexico. Jij bent zo dom als het achtereind van een varken. Net als die muur. Pas maar op met wat je zegt.’ Hij rukte de fles whisky uit de handen van een van de soldaten.

Dit kon elk moment enorm uit de klauwen lopen. Ik voelde dat bij iedereen de adrenaline toenam. Ik had er zelf ook last van. Mijn lichaam was hoe langer hoe meer overgeschakeld op gevechtsmodus naarmate de lichaamstaal om me heen was veranderd. Ik probeerde het vuur te doven. Eén bezoekje aan de spoedeisende hulp deze week was meer dan genoeg.

'Jullie worden nog steeds uitgezonden, stelletje klootzakken,' zei ik. 'En dan zitten jullie daar ergens in die godvergeten zandbak nog over dezelfde shit te bekvechten. En wie steunt jullie daar?'

Ze keken elkaar aan.

'Dat zal in ieder geval niet de president zijn of welke andere politicus dan ook. Dit is wat belangrijk is, niet een of andere official die ons alleen bij een nummer kent. Zelfs als je sterft doet het er niet toe wie de president is. Zijn belangrijkste reden om jullie niet dood te willen hebben is omdat het dodental zijn statistieken beïnvloedt gedurende zijn termijn. Niet omdat hij wil dat jullie in leven blijven. En hij is niet de enige. Zo zijn ze allemaal. Wij moeten elkaar steunen, dus hou op met elkaar aan te vallen voordat jullie ons bij de volgende uitzending allemaal de kop kosten.'

'We worden niet uitgezonden,' zei de stille tanksoldaat.

Ik wist het door het symbool op zijn shirt. Er waren jongens die zichzelf als soldaat zagen op elk vlak van hun leven en dat nooit uitschakelden. Ik lachte. 'O, jawel. Misschien niet de komende zes maanden, maar het bevel komt snel genoeg. Stem voor wie je wilt stemmen en maak je sterk voor waar je je sterk voor wilt maken, maar verkloot verdomme haar babyshower niet.' Ik keek de lange jongen specifiek aan. 'Laat jouw politieke opvattingen er niet voor zorgen dat jij je werk niet doet. Wij zijn de troepen ter plekke. Niet zij. Dus sta niet toe dat wij erdoor worden verdeeld en daardoor het loodje leggen, want raad eens?' Ik keek naar deze jongens die zo graag mannen wilden zijn. 'Uiteindelijk zullen mensen gewoon aan de verkeerde kant van de geschiedenis staan.'

Hij was een eikel, dat stond vast, maar ruziemaken over politiek zou hem niet van gedachten doen veranderen. Mensen moesten meestal dingen met hun eigen ogen zien om hun geest open te stellen en zelfs dan veranderden sommigen gewoon niet. Maar één ding stond vast: binnen het leger leverden politieke discussies je alleen maar problemen op en die konden je je carrière kosten.

'Ja, nou, na wat ik heb gehoord zul jij anders ook niet meer worden uitgezonden.' Het joch grijnsde spottend en keek naar mijn been.

Hij keerde zich naar de andere jongens toe en ze glimlachten allemaal. De lange grinnikte zelfs.

Ik balde mijn handen tot vuisten. Dus nu wist iedereen dat ik gehandicapt was. Ze hadden een gerucht gehoord over mijn verwonding en dachten dat ze beter waren dan ik. Ik was niet langer Martin, de eenentwintigjarige E5 die levens redde en sneller dan wie dan ook binnen de compagnie promoties en medailles ontving. Ik was nu de nutteloze veteraan. Een overbodige, gehandicapte, nutteloze zwarte veteraan.

Mendoza pikte het niet en drukte zijn bierflesje tegen de borst van de tanksoldaat.

Mijn geest verkeerde in gevechtsmodus, maar mijn lichaam was roerloos.

'Hou godverdomme je gore bek. Jullie allemaal.' Mendoza's lichaam beefde terwijl hij het flesje aan de kant gooide. Dat versplinterde toen het het beton van de veranda raakte.

Toni was weer naar buiten gekomen en gilde toen de scherven rond haar voeten vlogen.

'Wat de fuck?' Tharpe rende naar Mendoza toe.

Ik ging tussen hen in staan voor Tharpe Mendoza kon aanraken. Tharpe zou me er later voor bedanken. Zijn vrouw ook.

'Jongens, jongens, jongens.' Fischer duwde iedereen aan de kant en greep Tharpes shirtje beet. 'Kom op. Kijk eens naar haar.' Hij knikte naar Elodie. 'Het is haar babyshower. Verkloot die niet.'

Elodie glimlachte, maar ze hield ons bezorgd in de gaten.

'Weten jullie dan niet dat we toch allemaal verdoemd zijn?' ging Fischer verder.

Hij deed me aan zijn zus denken met haar idee dat de verdoemenis om een hoekje loerde. Dat hadden ze blijkbaar allebei opgepikt van hun moeder met haar verhalen vol beloften over hemelse straffen.

'Hou je koest of rot op uit mijn tuin,' zei Tharpe dreigend tegen Mendoza. Het bier had hem extra moed geschonken.

'Hou je fucking vriendjes hier dan in bedwang. Blijkbaar heb je ze niet verteld wie ik ben, want anders zouden ze me niet bedreigen.' Hij hief zijn vuist, nog altijd in verband ingepakt, en sloeg ermee tegen de palm van zijn andere hand. 'Jullie willen geen problemen met mij!' riep hij, terwijl hij dezelfde beweging herhaalde.

Ik pakte zijn arm beet en trok hem mee.

Hij bleef staan, verzette zich niet tegen me, maar was nog steeds honderd procent op de anderen geconcentreerd. Hij keek de jongens recht aan, hief zijn hand en stak twee vingers uit in imitatie van een pistool.

De tanksoldaat kromp ineen toen Mendoza met zijn tong klakte en deed alsof hij de trekker overhaalde.

'Hou op! O mijn god. Hou op!' schreeuwde Toni, die haar man vastpakte die aanstalten maakte naar Mendoza toe te gaan.

Elodie staarde met grote ogen geschokt naar het hele tafereel. Zij had tot nu toe waarschijnlijk alleen de lieve Mendoza gezien, niet deze man die op het randje van geweld balanceerde. Als ze dit al erg vond, was ze er misschien niet klaar voor dat Phillips naar huis kwam.

'Ach, flikker op. Ik ga. Kom op, El,' zei Fischer. 'Jullie zijn allemaal eikels. El, ik ga een Uber regelen en dan zet ik jou thuis af.'

'Waar slaap jij dan?'

'Bij Martin...' Toen leek Fischer pas te beseffen dat ik nog hier was. Hij kwam overweldigd over, maar wilde zich niet in een conflict storten. Dat zou de basistraining er wel uit krijgen. Hopelijk zou hij wat van zijn diplomatie behouden, dat zou hem in de toekomst als leider helpen als hij bij het leger bleef.

'Kom op, we gaan. Ik neem jullie allebei mee. Dit feestje is toch voorbij.' Ik keek om me heen naar de rommel in de tuin: glasscherven, chipszakken en overal papieren bordjes. 'We zullen eerst Mendoza afzetten en dan jou,' zei ik tegen Elodie.

'Laat de cadeautjes maar hier, dan breng ik die later wel langs,' zei Toni, met een gebaar naar de tafel. Er waren niet veel cadeautjes en ze waren ook niet al te groot. Een paar tasjes en een doos ingepakt in stippeltjespapier.

'Die nemen wij wel mee.' Fischer begon ze te verzamelen.

Elodie zweeg terwijl ze Toni omhelsde en twee kleine tasjes pakte om mee te nemen naar de auto.

Toni bood haar verontschuldigingen aan, zei dat ze Elodie wel naar huis had willen brengen, maar dat niet kon omdat de kinderen sliepen... niet omdat ze sinds ik hier was in haar eentje al zeker een fles wijn had leeggedronken.

De jongens gingen al zeikend uit elkaar.

Ik negeerde ze. Ik zou naar hun bevelhebber gaan om hem te vertellen hoe klote zijn soldaten waren. Dat was de manier om echt met ze af te rekenen. Mijn hart bonkte en ik werd me bewust van een onbekend gevoel op mijn borst. Was ik bang voor deze jongens? Zo voelde het wel, maar daar was geen enkele reden voor. Was het schaamte? Fuck.

'Laten we nog drank gaan halen voor de PX dichtgaat,' spraken ze onder elkaar af in het voorbijgaan.

Ik onderdrukte het gejaagde gevoel en staarde ze aan om iets van mijn trots te redden.

'Vuile flikkers. Het spijt me, Toni, maar wat een klootzakken.' Mendoza omhelsde Toni.

Ik volgde de twee naar binnen met Elodie en Fischer op mijn hielen. Ik keek naar Toni; haar make-up was uitgelopen en haar haar stak alle kanten op. Ik had een beetje met de vrouw te doen. Zij probeerde haar rol te vervullen. Haar man interesseerde zich het grootste deel van de tijd niet voor haar en ik wist dat hij tijdens onze laatste uitzending een verpleegkundige had geneukt en dat het niet bij één keer was gebleven. Ze wist ongetwijfeld wat een klootzak haar man was. Het was kristalhelder dat ze eronder leed. Zou hij net als de rest van ons lijden? Zoals zij, zoals Mendoza, zoals ik? Jezus, zoals Fischer, ook al was zijn trauma nog niet afkomstig van het leger. Tharpe was geen engel, maar we waren al twee keer samen naar de hel geweest.

Zijn vrouw stond daar naar hem te staren met half geloken vermoeide ogen. Toni's leven bestond eruit de echtgenote van een militair te zijn, van bijeenkomsten van de familievoorbereidingscursus tot barbecues tot speelafspraken met de andere vrouwen. Ik was een vrijgezelle soldaat en zelfs ik wist dat ze een bemoeial was die van roddelen hield en zich met van alles en nog wat bezighield. Maar ze deed veel voor ons en stuurde altijd zorgpakketjes op en zorgde ervoor dat onze eenheid de beste etentjes en zo had.

Haar man was een grensgevalletje: soms was hij een enorme eikel en soms niet. Hij was niet mijn favoriet, maar hij was ook niet de ergste van het stel. We hadden gedurende onze eerste uitzending samengewoond met zes andere jongens. Ik had niet veel tijd met hem alleen doorgebracht aangezien er niet veel vrije tijd was tijdens een oorlog en hij die van hem had doorgebracht met een groep verpleegkundigen die over het algemeen niet bijzonder mooi waren, maar als je in een woestijn in leven probeerde te blijven waren zij in de ogen van geile mannen opeens de prachtigste vrouwen. Phillips, Mendoza en ik bleven uit de problemen en uit de buurt van die verpleegkundigen. Van mijn jongens was alleen Phillips in Afghanistan achtergebleven. Verdomme. Het was bizar dat hij daar was en met een nieuwe groep mensen werkte, alsof er niets was gebeurd.

De rest was na de laatste missie naar huis gegaan, die ene waarbij niet alleen de helft van onze jongens was gestorven, maar bij de meesten van ons ook onze geest.

En mijn lichaam...

De missie waar we niet aan mochten denken, laat staan erover spreken. Die ene waar Karina nu bij betrokken was, hoe hard ik ook mijn best deed om haar erbuiten te houden. De fouten van haar vader zaten allebei zijn kinderen op de hielen.

'We gaan, de taxi vertrekt!' zei ik, terwijl Elodie Toni voor de derde keer omhelsde.

Fischer volgde Elodie met alle tassen naar buiten. Hij had geen idee van alle shit die zijn vader had gedaan en ik wilde me niet nog meer bemoeien met de familie Fischer. Ik moest maken dat ik hier wegkwam. Ik nam de doos met de stippen onder mijn arm, kon niet wachten om thuis in bed te kruipen. Deze dag had verdomme veel te fucking lang geduurd.

'Tot de volgende keer. Bedankt voor de uitnodiging,' zei ik in het voorbijgaan tegen Toni.

Ze zuchtte. 'Bedankt voor het komen.' Ze hief haar hand half, maar gaf het toen op en liet die langs haar zij zakken.

Het was bijna tien uur en ik had morgenochtend een afspraak. Fischer moest de badkamer aan de andere kant van mijn duplex slopen terwijl ik een ontslagbijeenkomst bijwoonde waar ze een groep soldaten leerden sollicitatiebrieven te schrijven voor vacatures bij winkelketens, in de beveiliging. Dat waren de mogelijkheden die ze me voor mijn toekomst boden. Op slechts eenentwintigjarige leeftijd met een zwaar geval van PTSS stonden de meeste werkgevers niet te springen om de kans om mij aan te nemen, helemaal met mijn waardeloze been.

De achterbak van mijn pick-up was weer deels gevuld, nu met de cadeautjes. Mendoza stond bij de open laadklep. 'Sorry, ik heb mijn handen vol,' zei hij toen hij mij zag.

Hij had een fles Maker's Mark van de tafel gepakt zonder dat ik dat door had gehad en nam een slok.

'Je bergt dat spul op tijdens de rit, anders hoef je niet in te stappen,' waarschuwde ik hem. Ik wilde niet gearresteerd worden door de militaire politie.

Elodie meldde dat ze achterin wilde zitten voor het geval ze misselijk werd, en Mendoza wilde voorin zodat hij niet bij de zwangere vrouw hoefde te zitten die misschien wagenziek zou worden. Fischer nam naast Elodie plaats en binnen de kortste keren bevonden we ons aan de andere kant van de basis, bijna bij waar Mendoza woonde.

'Wat een eikels,' zei hij.

'Op de vloer.' Ik keek naar de fles sterke drank die hij nog steeds in zijn hand had.

Hij kreunde, maar gehoorzaamde. 'Oké. Jezus, je bent erger dan mijn vader.'

'Zo erg waren ze niet. Alleen tegen het eind,' merkte Elodie op.

'Ze mogen van geluk spreken dat ik die fles niet wilde neerzetten.' Mendoza sloeg met een vuist in de lucht.

Elodie giechelde.

'Berg die vuisten maar op voor je vrouw je een pak slaag geeft.' Ik knikte naar zijn huis toen we daar een paar minuten later tot stilstand kwamen.

Gloria, nu in haar pyjama, stapte de veranda af en kwam naar ons toe zodra mijn banden de oprit raakten. Blijkbaar had ze het brommen van mijn uitlaat dichterbij horen komen. Dat was het enige wat me niet beviel aan mijn pick-up. Wat was dat ding fucking luidruchtig.

Ze sloeg haar arm om de rug van haar man terwijl we afscheid namen. Zijn stem klonk nu onduidelijk. Zodra hij de auto uit was gestapt had hij de fles weer aan zijn lippen gezet.

Toen de voordeur dicht was keek Fischer me via de achteruitkijkspiegel aan. ‘Moeten we ons zorgen maken om hem?’ vroeg hij op zachte toon.

Ik zette de pook in zijn achteruit en keek hem aan. ‘Ja.’

Zou ik hier later vannacht weer staan?

19

Karina

"'Zijn zoen was zo zoet dat toen hij me kuste, het zout in het water om ons heen in suiker veranderde,'" las Elodie hardop voor uit het dichtbundeltje dat ik had gekocht toen ik nog in Texas woonde.

Ze had het vanmorgen gevonden toen we onder de kussens hadden gestofzuigd. We hadden de afgelopen dagen de woonkamer opgeruimd, hadden zelfs het meubilair van zijn plek gehaald om grondig te zijn. Natuurlijk verplaatste Elodie omdat ze zwanger was geen zware dingen. In plaats daarvan stofte zij elke centimeter van de kamer en hielp ze door de boeken op de planken onder de tv stuk voor stuk af te nemen en te ordenen. Het voelde goed om schoon te maken, maar het werd al laat op de dag, en ik hoopte dat mijn enthousiasme niet zou opbranden voor ik me klaar moest maken om naar pap te gaan. Ik had het Austin beloofd, ook al had ik er echt geen zin in om tijd door te brengen met pap of Estelle. Totaal niet. Ik ging omdat anderen me een schuldgevoel hadden aangepraat en vanwege het feit dat mijn broer niet meer bij veel van deze etentjes aanwezig zou zijn.

De stiptheid ervan benauwde me. In het verleden had het me altijd dwarsgezeten dat dat niet kon worden verzet, dat ik niet gewoon kon afzeggen, maar ik had er nooit iets aan gedaan. Het was een verplichting geweest die ik had geaccepteerd. Maar dat ik die de afgelopen paar weken had overgeslagen had als een positieve verandering gevoeld, als een verzet tegen mijn vader en de structuur die hij me had opgelegd.

De laatste tijd voelde ik een drang naar verandering. Die had ik nodig. Ik was onrustig en wist dat ik me pas weer op mijn gemak zou voelen als de ruimte om me heen anders was... alsof ik zo de herinnering aan Kael, aan mijn ex Brien, aan alles kon uitwissen. Er moest iets aan de donkere kleuren in mijn woonkamer worden gedaan, een beetje zoals met mijn haarkleur en mijn nieuwe stoel.

Elodie en ik hadden vandaag allebei vrij. Mali had de salon gesloten omdat haar dochter aan het bevallen was. Ik was snel langs de Starbucks gegaan voor een extra gevoel van productiviteit en had een stel foto's op een Pinterestbord gepind zonder te beseffen dat al mijn Facebookvrienden die konden zien. Die leken ze te bevallen en mijn telefoon bleef maar pingen terwijl zij die dingen op hun beurt pinden of bewaarden. Natuurlijk zou met mijn piepkleine budget mijn huis nooit op het Pinterestbord van mijn dromen lijken, maar alles was beter dan het allegaartje aan dingen dat ik door de jaren heen had verzameld. Sommige stukken zouden blijven, maar de meeste moesten gaan.

Ik was aan een nieuwe fase begonnen. Vanaf vandaag zou de nieuwe, onbekommerde, lichte en luchtige Karina die niet piekerde alles op zijn beloop laten en zich op haar eigen leven concentreren. Urenlang op Instagram naar motiverende, zelfhulp- en geestelijke gezondheidsmemes kijken inspireerde me. Dus werden het lichtbruine en -grijze kussens van Target, een betonnen tafelornament (ook al wist ik niet zeker wat het was) en alles wat een coole vibe had (hoe dat dan ook op dat moment aanvoelde).

Ik schilderde een van de wanden in de kleur van crème brûlée met verf uit oude emmers die al onder de wasbak in de keuken hadden gestaan sinds ik mijn huis had gekocht. Het oorspronkelijke plan was om gisteren de hele woonkamer te schilderen, maar ik had in plaats daarvan de hele dag gewerkt. Na bijna twaalf uur was ik uitgeklokt. We waren vanmorgen begonnen en zelfs met maar één wand was er genoeg werk aan de winkel.

Terwijl de verf droogde sleepte ik de bank over de vloer naar de wand die de keuken van de woonkamer scheidde. De afgelopen paar dagen had ik sinds ik de vlooienmarkt was tegengekomen heel subtiel dingen verschoven. Vandaag werd de beloning zichtbaar. We haalden de schilderstape van de plinten en ploften op de schone bank neer. Het was me een paar dagen gelukt niet obsessief bezig te zijn met Kael. Hij kwam en ging in mijn gedachten, maar ik was er bijna klaar mee... hoopte ik.

Na een korte pauze en wat stofzuigen was Elodie het dichtbundeltje tegengekomen en ze had het fascinerend gevonden. Ik had rond mijn achttiende een gedichtenfase meegemaakt en had een hele zomer gedacht dat ik zelf dichter zou worden of er met een zou trouwen.

'"Zij was de elektriciteit die me voortdreef. Maar wat ik niet wist was dat ik haar met hem deelde. Zijn geest eiste meer van haar op dan ik, tot zij samen in het niets opgingen."'

'Wat melodramatisch.' Ik zuchtte, herinnerde me hoe diep ik dat boekje vond toen ik het die zomer keer op keer had herlezen. Het had gevoeld alsof elk gedicht persoonlijk tot me had gesproken. Nu klonk het allemaal zo anders. Ik had er toen mijn eigen betekenis aan verbonden, al leken mijn problemen van toen heel klein vergeleken met die van nu.

'O, kom op, Karina, niet zo negatief.' Ze drukte het boekje tegen haar borst. 'Ze zijn prachtig.'

'Tuurlijk.' Ik snoof. 'Ik vond ze geweldig toen ik ze las, maar in werkelijkheid is niemand zo.'

Elodie rolde met haar prachtige ogen. Door de blauwkatoenen romper die ze droeg kwam de kleur ervan nog feller over dan normaal. 'Nee, echt? Maar we kunnen in ieder geval doen alsof en gedichten lezen en dingen doen die ons ernaar laten verlangen. Romantiek moet ergens bestaan, ook al is het niet in ons leven.' Terwijl ze dat zei schoof ze het boekje op een plank tussen mijn oude studieboek *Handleiding voor het lichaam* en nog een dichtbundel die de laatste keer dat ik die zag onder het stof had gezeten.

'Hoe gaat het met Martin?' Ze stond met haar rug naar me toe en ging met een doek over alle apparatuur heen.

'Hetzelfde als eerst: niet.' Ik gooide de kussens weer op de bank. De woonkamer was bijna klaar en ik moest zo gaan douchen. Ik probeerde niet te denken aan het etentje met de familie tot dat echt noodzakelijk was.

Ze fronste haar wenkbrauwen. 'Zelfs na laatst? Heeft hij je niet gebeld of zo?'

Had ik haar nu maar niet verteld over de middag die we samen hadden doorgebracht. Dit was al de derde keer dat ze me naar hem vroeg.

'Hij is een goede man. Je denkt niet helder na...'

Nu werd ik heel snel defensief. 'Hij mag me niet, oké? Dus, nee, hij heeft niet gebeld of me een berichtje gestuurd en is niet langs geweest en dat gaat ook niet gebeuren.'

Er verscheen een verdrietige uitdrukking op haar gezicht. 'Ik weet zeker dat dat niet de reden is...'

'El, luister, we zijn vrienden. En jij mag dan mijn beste vriendin zijn, maar ik wil het niet over Kael hebben. Niet met jou, met niemand. Hoe vaak moet ik dat nog zeggen?'

Ik kon het met haar over sommige dingen hebben, natuurlijk. Wat persoonlijke shit over mijn vader. Een paar dingen over mijn moeder. Alles met betrekking tot mijn broer. Maar bij het idee dat ze op de hoogte zou zijn van elk vlak van mijn leven kon ik wel kotsen. Ik vond het niet fijn als mensen mijn zwakke plekken kenden, en het beviel me niets dat Elodie me aan Kael herinnerde of glimlachte en me valse hoop schonk terwijl ze naar hem vroeg.

'Het spijt me, maar ik kom er niet overheen als ik erover blijf praten,' vertelde ik haar.

Haar gezicht straalde een en al bezorgdheid om mij uit. Het gevoel dat de rollen waren omgedraaid was een verwarrende ervaring; normaal gesproken was ik degene die me zorgen om haar maakte, niet andersom.

'Met wie praat je er dan wel over? Want je zit of hierbinnen of op het werk en je praat met niemand. Jij moet je inschrijven bij zo'n onlinedatingservice. Of in ieder geval Instagram gebruiken.'

'Ik praat met mensen...' De waarheid was dat ik niemand in mijn leven had die ik wilde lastigvallen met mijn problemen.

'Met wie?' Ze stelde me met een glimlach op de proef.

Ik ging op de bank zitten en liet het middelste kussen tussen ons in vrij. 'Wat maakt het uit? En ik ga niet daten via een app of Instagram.'

Ze rolde met haar ogen. 'Instagram is een app.'

'Sst.' Ik zwaaide met mijn hand. Ik wist dat ik haar iets moest geven. Ze was zo emotioneel, terwijl ik juist mijn gevoelens wilde begraven... Ik moest een balans zien te vinden. Dat had ik met mijn moeder veel gedaan, net zoals met de meeste mensen, op Kael na, maar zijn naam kreeg op het moment te veel macht in mijn huis.

'Ik ben niet echt bezórgd...' Ze viel even stil en keek om zich heen, naar de geschilderde wand, de nieuwe stoel en toen nam ze mij weer in zich op. 'Maar je richt het huis anders in en dan je haar en stijl...'

'Ja? En? Jij krijgt een kindje. Alles verandert.'

'Mhm. Ik wil gewoon dat je gelukkig bent, oké?'

‘Ik ben gelukkig. Ik heb deze week twee nieuwe klanten erbij gekregen en ik heb paarse nagels. Ik ben voorzien.’

‘Paarse nagels? Nu ben je aan het muggenziften.’ Ze keek op haar telefoon en lachte. ‘Je zou online moeten daten. Toni vroeg me of je op Tinder zit.’

‘Waarom heeft Toni het over mijn liefdesleven? Wat de fuck?’ Ik kwam iets omhoog zodat ik op mijn knieën op de bank zat.

Elodie keek beledigd. ‘Het kwam ter sprake. Iemand vroeg of jij vrijgezel was. Het was eigenlijk een compliment. Relax.’

‘Relax jij maar,’ was mijn enige weerwoord. Suf, maar ik verdedigde mezelf. Zij was degene die het over mij had met haar stomme vriendinnen.

Ze haalde haar slanke schouders op. ‘Ik ben relaxed. Ik wil gewoon weten hoe het met je gaat.’ Ze kwam niet boos over. Haar reactie was juist kalm, ook al was die bijzonder brutaal.

‘Nou, met mij gaat het prima, oké? Jij en Toni hoeven je geen zorgen om me te maken. Het gaat prima. Kan zij zich weer bezighouden met het organiseren van babyshowers, etentjes en al haar andere shit?’

Elodies glimlach vervaagde. ‘Je bent veel te hard voor ze. Weet je, ze zei dat ze je voor de babyshower had uitgenodigd via Facebook en dat je haar bericht niet eens hebt gelezen.’

‘Facebook? Ik kijk niet eens naar mijn berichten op Facebook, Elodie.’ Ik gooide mijn handen de lucht in en liet ze toen naast me vallen. ‘Wat is er verdomme mis met de wereld dat Facebook de enige manier is om uitnodigingen te sturen voor babyshowers en Instagram wordt gebruikt om mannen te ontmoeten?’

Het was niet haar schuld dat ze het goede in iedereen zag, zelfs in mij. Ze glimlachte. We hadden bijna nooit ruzie. Het was zelfs zo dat ik me niet kon herinneren dat ik me ooit aan haar had geërgerd. Zij was een van de weinige mensen bij wie ik dat had.

'Ik zeg het alleen maar. Ik heb je ook uitgenodigd. En Toni wil alleen maar dat je haar mag, meer niet.'

'Waarom kan het haar iets schelen of ik haar mag? Ze kent me niet eens.' En ik had ook geen plannen om haar beter te leren kennen. 'Wat is het met die vrouwen?'

'Omdat jij de coole meid bent, daarom wil ze indruk op je maken.'

Ik lachte. 'Ik? De coole meid?'

'Ja. Omdat het jou niet uitmaakt of ze je mogen, willen zij dat jij hen mag. Niet zoals bij mij... Ik wilde dat ze me mochten, dus dat was eerst niet zo. Jij bent helemaal...' Ze bewoog langzaam haar schouderlange haar heen en weer alsof ze in een shampooreclame zat en paste haar stem aan zodat die blijkbaar op de mijne leek. '... zo van: het interesseert me niet.'

Die klonk diep en belachelijk.

'En je kleedt je heel cool en hebt Martins aandacht weten te trekken, van wie iedereen altijd dacht dat hij vrijgezel zou blijven. Hij kijkt niet eens naar de andere meiden.'

'Wat weten ze over mij en Kael? En hoe?'

Gadver, nieuws ging altijd als een lopend vuurtje op een basis. Benning was geen uitzondering. Ik hoopte dat Elodie niet degene was die ze over mijn privéleven vertelde. Ik vertrouwde haar, en het was nooit bij me opgekomen dat ze het met haar nieuwe vrienden over mij zou hebben.

'Alleen dat hij je echt zag zitten en dat jij er een eind aan hebt gemaakt. Niet veel, maar als mensen maar weinig details kennen, verzinnen ze er meestal zelf een vrij fantastisch verhaal bij.'

Dat was zo waar. Mijn moeder had vroeger een vaste uitspraak: De roddelende mond is nooit vol. Of iets dergelijks.

Ik stond op. 'Ja, nou, ze gaan geen details krijgen, want die zijn er niet.'

'Oké.' Elodie hief haar handen en glimlachte verslagen. 'Prima.'

'Dank je.' Ik glimlachte sarcastisch terug, verschoof mijn nieuwe stoel een stukje, maar zette die toen weer terug op de oude plek. Daarna dacht ik na over waar die echt zou moeten staan en negeerde ik mijn goed bedoelende kamergenote half.

'Mag ik dan een Tinderprofiel voor je maken?' vroeg ze.

'Nee, o mijn god.' Ik schudde mijn hoofd. 'Echt niet. Ik wil nu helemaal niet daten.'

Ze trok haar wenkbrauwen op. 'Nu niet? Of nooit?'

'Allebei.' Ik lachte een beetje. Wie had kunnen denken dat mijn datingleven het onderwerp was van ieders fascinatie, inclusief die van Elodie?

'Gadver.' Ze kreunde en gooide een kussen naar me. 'Je maakt me gek.' Een paar tellen later... 'Mensen horen met elkaar verbonden te zijn, vind je ook niet?' Ze stelde de vraag achterstevoren, iets wat ze met sommige zinnen deed.

Ze hield er duidelijk een mening op na over mijn privéleven, ook al had ik aangenomen dat ze het te druk had om daarop te letten.

'Wat bedoel je?' Ik moest het gewoon vragen.

'Nou, mensen horen verliefd te zijn. Daar zijn we voor gemaakt. Vrij letterlijk.' Ze glimlachte. 'We voelen ons goed als we iemand hebben om alles mee te delen. Ik heb het niet alleen over mannen, maar ook over vrienden... familie. Gewoon, mensen in het algemeen. Ik maak me zorgen om je, omdat jij niet zo iemand hebt. Je hebt zelf gezegd dat ik je beste vriendin ben en je vertelt mij nauwelijks iets over je leven. Je broer vertrekt binnenkort en hij zei –'

'Mijn broer?' onderbrak ik haar. 'Dus jouw vrienden en mijn broer en jij zitten allemaal gezellig over mij te praten?'

Ze schudde haar hoofd. 'Nee.'

'Nou, daar lijkt het anders wel op. Niet iedereen vindt het fijn als de hele wereld op de hoogte is van haar privéleven.' Ik sloeg met een hand tegen het kussen op de stoel zodat die beter zou blijven staan. 'Niet iedereen is hetzelfde. Er is veel aan de hand en het laatste wat ik nodig heb is met iemand "verbonden" te zijn. Ik ben met genoeg mensen verbonden die allerlei problemen in mijn leven veroorzaken, dus jij, mijn broer, die vrouwen en Kael kunnen allemaal ophouden met je zorgen om mij te maken voordat ik echt doordraai.'

De waarheid was dat ik nooit het soort meisje was geweest dat omringd moest worden door vrienden of dat móést daten. Kael was een uitzondering, maar ik was nooit degene die de plannen had gemaakt met de weinige vrienden die ik had.

Toen ik naar Elodie keek zag ik dat ze ietwat pruilde.

'Wees gewoon gelukkig, oké?'

'Oké,' zei ik, om haar op te beuren.

Ze zuchtte.

Ik keek op mijn horloge hoe laat het was. Als ik nu niet ging douchen, had ik geen tijd om mijn haar te föhnen en daar zou ik spijt van krijgen zodra ik het huis van mijn vader in liep. Dit was dag vier van de droogshampoo en ik was blij om een goed excuus te hebben om uit het gesprek met Elodie te ontsnappen. 'Ik moet snel gaan douchen. De familie-etentjes op dinsdag zijn weer begonnen.'

Ze keek me aan, hief heel schattig haar schouder om haar glimlach te verbergen, al was ze nog steeds een beetje van streek. 'Als er nog iets lekkers over is, neem je dat dan voor me mee terug?'

Ik knikte en liep met mijn telefoon in mijn hand naar de gang. Bij de deur van de badkamer draaide ik me om naar Elodie, die nog steeds naar me keek. 'Mensen zijn niet zo geweldig als je denkt. Misschien mis ik ook niet zo heel veel?'

Haar mond zakte open van verbazing.

Ik deed de deur dicht voor ze verder iets kon zeggen.

20

Mijn vaders huis was niet veranderd. Dezelfde overdadige tuin met willekeurig geplante boompjes en bloemen die niet bij elkaar pasten, die Estelle er uit verveling had neergezet maar nooit onderhield. Dezelfde vlaggen wapperden hoog aan de mast. Dezelfde oprit die allerlei smoesjes door mijn hoofd liet schieten om op het laatste moment niet naar binnen te hoeven.

Ik wist niet waarom ik had gedacht dat deze ervaring net als alles van de laatste tijd zou zijn veranderd. Ik had in ieder geval gehoopt dat de spanning die ik in de nabijheid van mijn vader voelde zou afnemen, maar dat was totaal niet het geval.

Hoe erg ik ook bleef hameren op verandering, verandering, verandering, daar was ik dan weer, terug op de dinsdagse dinertjes. Binnen zou alles ook hetzelfde zijn. Ook al had Estelle een aantal dingen vervangen om een band met het huis te krijgen en aan haar nieuwe achternaam te wennen, het huis stond grotendeels vol met het meubilair dat mijn ouders gedurende hun leven samen hadden verzameld. Oude fotolijstjes die mijn moeder had gekocht waren nu gevuld met het gezicht van zijn nieuwe vrouw. Ik had er nooit echt bij stilgestaan hoeveel er nog van mijn moeder in dat huis was, maar nu ik uit de auto stapte, vroeg ik me af hoe het voor Estelle was om met haar geest samen te wonen, of ze dat überhaupt op die manier zag.

Alsof ze daadwerkelijk door een geest in beweging werden gebracht gingen de gordijnen open en werd mijn vader zichtbaar. Austin stond naast hem, zijn schaduw veel imposanter dan die van mijn vader. Austin zwaaide en pap zei iets tegen hem, waardoor hij glimlachte. Het was bijna eng om ze bij elkaar te zien, glimlachend door het raam. Austin leek zo erg op mijn vader dat ik mijn blik moest afwenden, anders zou ik naar mijn auto rennen en niet meer terugkomen.

Ik durfde te wedden dat ze gezellig aan het kletsen waren over het feit dat Austin onlangs in dienst was gegaan.

Ik kon wel kokhalzen.

Eenmaal bij de voordeur stond Austin te wachten in een witte hoody van Nike en een joggingbroek. Ik voelde me meteen te netjes gekleed. Ik had gedoucht en had de moeite genomen om te föhnen, mascara aan te brengen en verdomme zelfs een ketting om te doen. Zenuwachtig draaide ik mijn hangertje op zijn plek en ik voelde me dom omdat ik zo veel aandacht had besteed aan mijn outfit. Het was maar een katoenen jurk en een stel laarzen, maar ik wenste dat ik mijn gemakkelijke spijkerbroek met scheuren en T-shirt aanhad. Mijn vader was voor zijn doen ook vrij casual gekleed in een wat wijdere spijkerbroek en een donkeroranje poloshirtje. Was dit de omgekeerde wereld?

'Hé, zus.' Austin sloeg zijn arm om me heen voor een knuffel zodra ik binnenkwam. Hij rook naar bier en eau de cologne.

'Hé.' Ik keek naar mijn vader terwijl ik het zei. Twee vliegen, één klap.

'Karina, wat fijn dat je er bent.' Mijn vader had dezelfde diepe, koele stem als altijd.

'Alsof ik een keus had,' zei ik tegen de hals van mijn broer.

'Gedraag je,' mompelde hij.

Er werd luid gejuicht op tv. Mijn vader draaide zich om en wees, zijn andere hand op de schouder van mijn broer. 'Ah, kijk. Ze hebben gescoord.'

'Sinds wanneer kijk jij weer naar sport?' fluisterde ik tegen mijn broer, die me nog steeds tegen zich aan gedrukt hield.

'Sinds nu.' Hij haalde zijn schouders op. 'Blij dat je er bent.' Hij liet me los.

Ik keek op mijn telefoon hoe laat het was. Er waren pas twee minuten verstreken. Dit zou een lange avond worden. Ik bleef naast de bank staan en staarde afwezig naar de tv.

'Kare, kom zitten,' zei mijn vader. 'Je doet alsof je niet in dit huis bent opgegroeid.'

'Ik ben hier ook niet opgegroeid.' Ik liep echter verder de woonkamer in. Hij gaf geen antwoord, maar ik zag aan de uitdrukking op zijn gezicht dat het hem zwaar viel om niet terug te snauwen.

Ik stond daar alleen, terwijl mijn vader en Austin wel oude vrienden leken. Ik had ze nog nooit zo gezien. Ze hadden meestal ruzie of voerden een ongemakkelijk gesprek over onbelangrijke dingen waar Austin later over klaagde. Geen van beiden had het over het onderwerp dat hen op deze manier bij elkaar moest brengen, namelijk dat mijn broer in zijn voetsporen trad door in dienst te gaan.

Estelle bracht mijn vader een biertje en bleef staan om mij te begroeten. 'Je ziet er prachtig uit. Wat een mooie jurk.'

'Dank je, er zitten zakken in,' vertelde ik, terwijl ik mijn handen erin schoof. Dat was verreweg het beste onderdeel van mijn jurk.

'En je haar is zo ook mooi. Je ogen vallen meer op,' voegde ze eraan toe. Ze stak haar hand uit.

Ik ging instinctief een stapje naar achteren.

Ze keek me geschokt en gekwetst aan.

Ik mompelde zacht een excuus. 'Sorry. Dank je.' Ik likte langs mijn lippen, wist niet wat ik verder moest zeggen. Ik wilde niet dat ze daar zo bleef staan om mij complimentjes te geven. Ik nam haar in me op om te bepalen waar ik haar een compliment over kon geven, gewoon om erbij te horen en haar zich beter te laten voelen, maar ze zag er hetzelfde uit als altijd. Netjes, mooi, en alsof er nog maar één injectie voor nodig was om beweging in haar voorhoofd onmogelijk te maken. Fillers waren 'je van het' in haar vriendengroep. Ze was echter zo mooi, en wie was ik om daar een oordeel over te vellen. Die dingen werkten voor sommige mensen en het ging mij niets aan. Dat zou ik haar kunnen vertellen, dat ze er net zo mooi uitzag als altijd of dat haar donkere haar bijzonder glom vanavond, maar ik had haar liever iets verteld wat meer betekenis had. Ik kreeg haar reactie op mijn afwijzing van haar genegenheid niet uit mijn hoofd. Ik was er nog maar net en had nu al last van faalangst. Geen goed teken.

'Eh, jouw haar zit ook mooi?' perste ik eruit.

Ze glimlachte een beetje.

Daardoor voelde ik me alleen maar slechter op mijn gemak. De lach bereikte haar ogen niet en ze hield hem zo lang vol dat hij wel nep moest zijn. Haar diepliggende ogen verrieden haar. Die waren een van haar mooiste kenmerken. Ze hadden de kleur van warme honing en werden omringd door lange wimpers die langs haar wangen streken. De gore vriendjes van mijn broer zeiden altijd dat ze op Salma Hayek leek. Austin vond de stiefmoedergrapjes verschrikkelijk, maar mijn vader vond het geweldig om een mooie vrouw te hebben. Onze moeder was een oogverblindende, energieke vrouw geweest wier ziel je tegemoet straalde, maar ik had mijn vader nooit met mijn moeder zien paraderen zoals met Estelle in haar kokerrokjes en strakke jurken.

De mannen negeerden me. Ik besloot een poging te wagen om de gespannen stilte tussen Estelle en mij te verbreken en volgde haar de eetkamer in. Mijn vaders huis had vele kamers, maar ze waren allemaal tegen elkaar aan geperst, muur tegen muur, en die hingen vol met medailles, schilderijen van bloemen en lukrake familiekiekjes. Door al die rommel en kunst voelde het alsof de wanden op me afkwamen. De versieringen hadden vooral bruintinten. Er stonden veel prulletjes op de planken, netjes genoeg om het te laten overkomen alsof het zo bedoeld was, maar vol. Ik was geen Joanna Gaines, maar als ik het salaris van mijn vader verdiende, zou ik buiten de basis gaan wonen zodat ik mijn eigen huis kon uitzoeken en het grootste deel van het oude spul weggooien. Zelfs dingen van mijn moeder, zoals het schilderij van een komeet die door een donkere sterrenhemel vloog. Dat had ze op een rommelmarkt gekocht toen ik klein was en in de keuken opgehangen van elk huis waar we ooit in hadden gewoond.

Ik ging aan de keukentafel zitten, ademde diep in en probeerde niet te veel te denken aan de grote ingelijste herinnering aan mijn moeder. In de aangrenzende kamer namen Austin en mijn vader op luide toon de wedstrijd door. Blijkbaar was gedurende de afgelopen paar weken dat ik deze etentjes had overgeslagen de relatie tussen mijn vader en broer veranderd. Misschien was mijn vader eindelijk trots nu mijn broer in dienst was gegaan. Aan de andere kant was onze vader trots geweest als Austin een zesenhalf of zeven had gehaald zolang hij maar football speelde. Dus Austin had met zijn middelmatige cijfers meer lof, schouderklopjes en favoriete maaltijden ontvangen dan ik ooit had gekregen voor mijn betrouwbare achten, negens en tienen. Ik dacht vroeger na over manieren om de aandacht van mijn familie te trekken, zoals weglopen of een gestolen sigaret binnenshuis roken alleen zodat mijn vader het zou merken. Een veeg uit de pan krijgen was beter dan te worden genegeerd. Dat werd alleen maar erger na het vertrek van mam. Zelfs vanuit een andere kamer hoorde en voelde ik een gemak tussen hen die er niet meer was geweest sinds Austin net een puber was geweest wiens lot het was om te sporten op een staatsschool. Mijn moeder had me ooit met de geur van whisky op haar adem verteld dat mijn vader had gewild dat ik een jongen was. Ze had haar hand voor haar mond geslagen en geprobeerd het terug te nemen, maar ik zou me altijd de eerlijke manier herinneren waarop ze me dat had verteld.

Ik overwoog Kael een berichtje te sturen om over hen allemaal te klagen, om te zaniken over Estelles ongemak en over het feit dat mijn broer werkelijk niets deed en toch de favoriet was. Ik herinnerde me nog niet zo heel lang geleden in mijn warme bed te liggen met zijn gloeiendhete lichaam naast me, terwijl ik over de wekelijkse etentjes bij mijn vader had geklaagd. Ik was er nog steeds dankbaar voor dat hij me had overgehaald die een tijdje over te slaan, ook al zat ik hier nu weer. Dat kleine beetje ademruimte had me gegeven wat ik nodig had gehad om te proberen grenzen te creëren tussen mijn vader en zijn gedrag. Ik haalde mijn telefoon uit de zak van mijn jurk en keek erop. Elodie en Kael waren de enige mensen geweest bij wie ik terecht had gekund en Kael had lullige keuzes gemaakt en was uit mijn leven verdwenen. Ik kon hem geen berichtje sturen, dat zou een heel slecht idee zijn. Ik had hem niet meer gesproken sinds die zondag dat hij mijn huis had verlaten om naar de babyshower te gaan. Het zou een heel, heel, heel slecht idee zijn om contact met hem te zoeken. Niet alleen wilde hij niet met me praten, ik was een herboren jonge vrouw die gek was op Instagramcitaten en niet hunkerde naar stomme soldaten die niets dan chaos en gebrek aan vertrouwen in mijn leven brachten. Ik verliet mijn berichten en tikte op de Instagram-app.

Er waren alweer een paar berichten, de foto's van de marktcactus en de paarse stoel waren nog steeds het populairst van mijn bescheiden verzameling.

Austin kwam tegenover me zitten en pap nam zijn gebruikelijke plek aan het hoofd van de tafel in, en ik deed alsof ik luisterde, terwijl ik op mijn foto-icoontje tikte. Ik scrolde door de lijst, wensend dat ik meer foto's nam van mijn ervaringen, niet alleen vanwege Instagram. Het etentje ging van start en om me heen leek het niemand echt iets uit te maken of op te vallen dat ik het grootste deel van de tijd in gedachten afwezig was. De kip smaakte goed, zoals gewoonlijk, en de aardappelpuree was smerig, zoals gewoonlijk. Estelle haatte boter en gebruikte het nooit, waardoor ik haar een beetje haatte. De gedekte tafel was echter perfect, inclusief de servetringen. Ze had bij elke stoel netjes servies, bestek en glaswerk neergezet, ook al waren we maar met zijn vieren.

Pap maakte een bierflesje open. 'En, Austin, vertel ons over je nieuwe baan.'

We hadden Estelles heerlijke maal bijna achter de kiezen, en voor de verandering had mijn vader me niet gebombardeerd met vragen en passief-agressieve beledigingen. Hij was waarschijnlijk heel trots dat zijn favoriete kind er weer was, terug in actie. Een soldaat! Hij moest toch zo blij zijn.

Het laatste waar ik het over wilde hebben was mijn broer en het leger. Pap zou zich daar heel goed bewust van zijn en dat was misschien zelfs wel de reden dat hij erover begon.

'Ik werk op het moment samen met een vriend. We zijn een duplex aan het opknappen, eigenlijk meer aan het renoveren.'

Ik keek Austin aan, in de war omdat hij niet over het leger begon. Ik duwde een half worteltje over mijn bord terwijl Estelle mijn broer meer vragen stelde over zijn werk.

'Ja, mijn vriend Martin is heel handig met onroerend goed en hij staat op het punt om het leger te verlaten.'

Ik verslikte me bijna in mijn eten terwijl ze het zo heel achteloos over hem hadden. Alsof mijn vader en Kael niet slechts een paar weken geleden knallende ruzie hadden gehad in mijn woonkamer.

Ik hield het strakke gezicht van mijn vader scherp in de gaten. Hij knipperde niet met zijn ogen, maar deed alsof hij niet wist dat Kael Martin was, de vriend over wie mijn broer het had. Ik was zo in de war, maar mijn instinct waarschuwde me om me er niet mee te bemoeien dus ik liet ze verdergaan.

Waarom had Austin het nog niet over het leger gehad? Verzweeg hij dat voor mijn vader en Estelle? Het was eng hoe goed mijn vader kon acteren terwijl hij zijn bier dronk en het verder over koetjes en kalfjes had. Alsof hij niet het leven van een groep mannen had verpest, alsof zij hem niet allemaal haatten, alsof zelfs de artsen bij het Martin Hospital geen mysterieuze vendetta's tegen hem hadden. Niet dat ik verwachtte dat hij tijdens het eten over oorlogsmisdaden zou beginnen, maar toch. De gladgestreken uitdrukking op zijn gezicht bezorgde me rillingen. Hij was een meester in doen alsof.

Ik had wat betreft mijn ouders echt de loterij gewonnen, hè? Een afwezige moeder, een vader die aan alle touwtjes trok.

Ik pakte de fles witte wijn en schonk mijn glas vol. Ik bedoel, Estelle had die daar neergezet, dus dan kon ik die net zo goed gebruiken. Pap keek me vragend aan, maar zei niets. Ik wierp hem een uitdagende blik toe, aangezien Austin met zijn derde biertje bezig was en pap hem twee ervan eigenhandig had aangereikt. Trouwens, over een paar dagen werd ik eenentwintig.

Ik hield Estelle in de gaten, die nog een stuk kip op het bord van mijn vader legde. Hij keek niet eens naar haar, maar praatte met Austin over een explosie van afgelopen weekend op een industrieterrein in het Midden-Westen. Estelle schoof mijn vaders bord zo onder zijn arm door zonder dat hij zich bewoog, als een goed gechoreografeerde dans. Toen pakte ze zijn bierflesje en schudde er zacht mee, hield het tegen licht om te zien hoeveel er nog in zat. Na vast te hebben gesteld dat haar volwassen kind in orde was, leunde ze met haar kin op de muis van haar hand en staarde ze om zich heen, zonder dat het haar opviel dat ik naar haar staarde. Waar zou ze aan denken? Aan weglopen, zoals mijn moeder, of aan hoe blij ze was om mijn vader te dienen?

Het was niet dat ik er een probleem mee had dat zij zo huiselijk was, maar ik wist hoe weinig mijn vader in ruil daarvoor teruggaf. Ja, hij betaalde de rekeningen, dus daarmee scoorde hij heel wat punten, maar ik had hem nooit iets tegen haar horen zeggen wat dieper ging dan het oppervlakkige. Hij had nooit iets van waardering laten blijken voor het feit dat ze altijd zijn maaltijd voor hem opschepte en alles voor hem afwaste. Ik had soms medelijden met haar en vroeg me af of ze ooit had overwogen, net als mijn moeder, weg te gaan. Ik liet mijn blik langs de hartvormige diamant glijden die op haar borstbeen rustte naar de armbanden om haar polsen en besloot dat ze het prima vond als gevangene.

Het was alsof mijn broer, vader en Estelle waren vervangen door Sims-versies van zichzelf die een gelukkig gezin naspeelden. Zelfs ik speelde vandaag een rol en ik kwam met een glimlach de maaltijd door, ook al droeg ik niets bij aan het gesprek. Austin probeerde me er af en toe bij te betrekken. Het gesprek keerde terug naar zijn nieuwe werk. Als ik niet beter wist had ik gedacht dat pap Austin zover probeerde te krijgen dat hij over het leger zou praten.

Mijn vader vroeg me hoe het met mijn werk ging.

'Goed,' zei ik.

Hij richtte zijn aandacht opnieuw op mijn broer en ik de mijne op mijn telefoon. Ik stuurde mijn broer een berichtje met de vraag waarom hij het niet over het leger had, maar het piepje van zijn telefoon kwam vanuit de woonkamer, dus dat was nutteloos.

Mijn broer vertelde verder. 'Het is best een goede baan. Ik heb een dak boven mijn hoofd.' Hij keek mijn vader aan.

'Een dak?'

'Ja, ik mag bij Martin logeren, aangezien ik nog geen eigen stek heb.' Austin zou normaal gesproken een scherpe opmerking hebben gemaakt over dat zijn pech in het leven aan pa te wijten was, maar dat deed hij nu niet.

'Is dat zo? Nou...' Mijn vader klonk een beetje schor. 'Dat is aardig van hem.'

Austin knikte en nam een slokje bier. 'Ja. Hij is een goede vent.' Zijn bord was vrijwel leeg op een botje van de kip na. 'Maar goed, we zijn gipsplaten aan het aanbrengen en dat soort shit... Ik bedoel, díngen. Het is behoorlijk cool om te zien hoe alles bij elkaar komt. En het houdt me van de straat.'

'Waar heb je dat allemaal geleerd?' vroeg pap.

'Ik ben niet helemaal nutteloos,' plaagde Austin. 'Ik leer snel.'

Ik zag dat pap daar bijna op reageerde. Met veel wilskracht lukte het hem zich in te houden. Óf hij leerde zijn zoon als een volwassene te behandelen en hem niet aan elke vergissing te herinneren die hij maakte, óf hij was iets van plan. Natuurlijk ging ik van dat laatste uit.

'Als er iets moet worden gerepareerd of verbouwd, dan moet je hem bellen. Ik ben best goed in sommige dingen, maar hij is eerlijk gezegd een expert.'

'Juist.' Mijn vader keek naar Estelle en toen naar mij.

Het gebeurde heel snel, maar het viel me op.

'Dat zal ik onthouden.' Hij stapte over op een ander onderwerp en vroeg Austin: 'Heb je van je oom gehoord?'

Austin en mijn vader spraken verder, terwijl Estelle afwezig voor zich uitstaarde.

Ik voelde me egoïstisch en was een beetje jaloers terwijl ik naar ze keek, maar ik was vooral echt blij dat mijn broer een manier had gevonden om met onze vader om te gaan. Voor mijn gevoel konden ze het al jaren niet met elkaar vinden en lange tijd konden ze niet eens samen in één kamer zijn, dus op een zekere manier was dit een opluchting.

Als mijn broer pap uiteindelijk over zijn indiensttreding vertelde konden er twee dingen gebeuren. En wie wist welke van de twee het zou zijn?

21

Uiteindelijk zei mijn vader mijn naam en onderbrak hij zo het spel dat ik had bedacht: tellen hoe vaak Estelle lachte om iets wat de mannen zeiden en hoe vaak ze met een glimlachje voor zich uitstaarde. Daardoor vroeg ik me nog meer af wat zich daarbinnen afspeelde.

'Karina, hoe gaat het met Eloise? Je vriendin uit Frankrijk?'

Dus nu wilde hij mijn bestaan erkennen? In ieder geval koos hij een onderwerp waar ik echt iets om gaf.

'Elodie,' corrigeerde Austin hem voor ik dat kon doen. Mijn broer glimlachte naar me en trok een gezicht naar mijn vader toen hij even niet oplette.

'Prima. Ze is nog steeds zwanger.' Ik wist niet wat ik verder over haar moest zeggen. Het voelde alsof ik haar tegen hem moest beschermen ook al was ze er niet bij.

'Wat een mooi meisje. Wow. Ze is echt oogverblindend,' zei Estelle.

Austin knikte.

Mijn vader ook.

'Ja, ze is echt prachtig.' Austin hief zijn biertje en nam een slok.

'Ja, dat is ze,' beaamde ik.

'Haar man komt toch binnenkort terug?' vroeg Estelle.

Mijn vader keek abrupt haar kant op.

Ze zette even grote ogen naar hem op en haalde haar schouders op.

‘Wat?’ vroeg Austin, aangezien ik dat niet durfde.

‘Ik hoop dat hij snel naar huis komt,’ merkte Estelle op.

Ik haalde mijn schouders op. ‘Volgens mij komt hij over een paar maanden. Hij was eigenlijk tegelijkertijd met Martin, of Kael zoals jullie hem kennen, uitgezonden.’ Ik leunde met mijn ellebogen op tafel.

Mijn vader staarde me recht aan.

‘Maar Mendoza en Martin...’ Wat voelde het raar om hem zo te noemen. ‘... zijn eerder teruggekomen en Phillip is er nog.’

Mijn vaders gezicht liep wat rood aan.

Mijn verbeelding schoot sneller door theorieën heen dan ik kon bijhouden. Ik pakte mijn glas wijn en dronk het leeg.

‘Nou, we hopen dat hij veilig bij zijn vrouw terugkeert,’ merkte Estelle gemeend op.

‘Zeker,’ mompelde Austin in zijn bierflesje.

Estelle begon de borden af te ruimen.

Mijn vader veranderde opnieuw van onderwerp. ‘Maar goed, ik ben blij dat je een baan hebt bij je vriend. Misschien ga je hierna naar een auto kijken?’

Ik wist niet of Austin iets wist over de betrokkenheid van onze vader bij wat er dan ook tijdens Kaels uitzending en ontslag uit het leger was gebeurd, maar hij ging de rest van de avond mee met paps gesprek.

Uiteindelijk stonden mijn vader en Estelle op. Estelle ging naar de keuken, onderweg trekkend aan haar kokerrok. Mijn vader gaf geen verklaring, maar liep de trap op. Ik was blij dat we een momentje alleen kregen en wachtte tot de vloer boven kraakte voor ik mijn mond opendeed.

‘Waarom heb je hem niet verteld dat je in dienst bent gegaan?’ Ik fluisterde zodat pap en Estelle me niet zouden horen.

Hij haalde zijn schouders op. ‘Ik wacht.’

‘Waarop?’ Ik hield mijn hand vragend op.

‘Geen idee. Ik heb er gewoon geen zin in om dat nu te doen.’

Ik knikte. Dat hij het pap niet wilde vertellen zorgde ervoor dat ik iets minder kwaad was omdat hij het voor mij verborgen had gehouden. 'Sinds wanneer zijn jij en pap zo close? Ik schrok me kapot.' Ik gaf hem een zetje tegen zijn schouder.

Er zat een lichtbruin plekje bij de hals van zijn witte hoody dat make-up leek te zijn. Ik hoopte maar dat hij niet weer iets met die Katie had. Zij en haar vele neukmaatjes zorgden alleen maar voor problemen... Waar haalde ze trouwens in vredesnaam de tijd vandaan?

'Ik weet het niet.' Mijn broer keek achter me om te controleren dat mijn vader en Estelle niet in de buurt waren. 'Hij is de laatste tijd aardig. Heel aardig. Misschien is hij wel ziek.'

Ik bestudeerde zijn gezicht om vast te stellen of hij een grap maakte of niet.

Hij lachte. 'Nee, maar serieus, ik heb geen idee waarom hij de laatste tijd zo relaxed is ten opzichte van mij.'

Ik knikte. 'Tja, hij is in ieder geval aardig?' Ik probeerde uiterlijk zo positief over te komen als ik inwendig wenste dat ik was.

'Nogmaals sorry dat ik het je niet heb verteld. Dat meen ik,' zei hij, net toen de anderen de eetkamer weer binnenkwamen.

Estelle had haar handen vol en mijn vader glimlachte zacht achter haar.

'We hebben iets voor jullie verjaardag. Niets bijzonders. Gewoon taart en ijs.'

De gloed van de kaarsjes verlichtte het gezicht van mijn stiefmoeder terwijl ze 'Wel gefeliciteerd' voor ons begon te zingen. De ronde taart was bedekt met chocoladeglazuur en was onderaan rondom versierd met witte balletjes glazuur.

Austin was blij. Hij zong glimlachend mee.

Ik deed uit beleefdheid alsof. De taart leek iedereen in de kamer blij te maken, op mij na. Ik glimlachte toen het liedje afgelopen was en pap zowel Austin als mij een schouderklopje gaf.

Estelle glimlachte, trots op hoe blij ze iedereen maakte. Zelfs mijn vader leek het naar zijn zin te hebben. Ze deed echt haar best en soms was ze ook best lief. Ik wilde geen gigantisch kreng tegen haar zijn omdat mijn leven op het moment een puinhoop was en haar aanwezigheid alles nog rommeliger maakte, dus ik bedankte haar met een glimlach.

Austin verrichtte de eer van het uitblazen van de 2- en de 1-kaarsjes die in de mooie taart waren gestoken.

Ik staarde ernaar toen ze die op tafel zette.

'Gefeliciteerd,' zei pap. 'Niet te geloven dat jullie al eenentwintig worden. Man, ik kan me de dag nog herinneren dat ik jullie thuisbracht. De eerste paar dagen haalden we jullie steeds door elkaar.'

Dat was een leuke herinnering, maar ik keek op van mijn vaders verspreking. Dat 'we' was iets waar hij normaal gesproken heel goed op lette, omdat hij het bestaan van mijn moeder liever negeerde.

'De tijd vliegt echt.' Estelle wierp een blik op mijn vader.

'Ik heb om een vriendin gewenst,' grapte Austin, terwijl hij zijn vinger in het glazuur stak, zoals hij bijna elk jaar deed. 'En wereldvrede.'

Ik rolde met mijn ogen, terwijl Estelle de taart aansneed. Ik zag vanuit mijn ooghoek dat mijn vader naar mij keek. Ik negeerde hem. Ik zou aardig doen, maar ik wilde hier niet heel veel langer meer blijven en we hadden veel op te lossen voor we daadwerkelijk een goede relatie konden hebben. Er waren wel een miljoen redenen om kwaad te zijn op mijn vader en ik had jarenlange ervaring met mooi weer spelen. Ik probeerde naarmate ik ouder werd inwendig mijn woede jegens hem te verwerken, maar hij bleef me steeds meer redenen geven om hem te haten.

Soms ging ik met hem in discussie, bijvoorbeeld over Kael, of als mijn broer onvermijdelijk een lichtere straf kreeg dan ik omdat hij het had verkloot. Maar de afgelopen jaren was ik een plichtsgetrouwe dochter geweest, was ik elke dinsdag op komen dagen voor dat etentje. Tot een paar weken geleden, toen Kael me had aangemoedigd om mijn vader grenzen te stellen.

'Heb jij deze taart gemaakt?' vroeg Austin aan Estelle. Hij nam een enorme hap en kruimels rolden langs zijn lippen.

'Als dat eens kon!' Met een lach gaf ze mij een bordje. 'Die komt van een bakkerij net buiten de basis. De eigenaresse is een legervrouw. Alles daar is zo lekker.'

'Ja, dit is heerlijk,' bevestigde hij.

In de andere kamer ging zijn telefoon af. Hij schoot overeind om die te halen en op te nemen. 'Hé, ik ben bijna klaar. O ja, tuurlijk. Ik ben hier. Je kunt wel even binnenkomen, ik zit een stuk van mijn verjaardagstaart te eten...'

Hij keek naar mij toen hij de telefoon neerlegde en weer aan tafel kwam zitten.

Op de een of andere manier wist ik al om wie het ging voor hij het zei.

'Dat was Martin.'

Ik keek naar pap, maar er was niets van zijn gezicht af te lezen. Ik dacht aan pap en Kael die tegen elkaar stonden te schreeuwen in mijn huis. Hun woorden zongen rond in mijn hoofd en ik keek naar Austin, die blijkbaar wachtte tot ik iets zou zeggen. Opnieuw vroeg ik me af hoeveel hij wist over het verleden van Kael en pap, maar blijkbaar zou ik daar zo achter komen.

Pap kwam onbewogen over, maar ik vroeg me af hoe hij zou reageren als Kael daadwerkelijk binnen zou komen. Onbekommerd, een ervaren generaal die aan het hoofd van een grote tafel zat? Maar in plaats van te bespreken wat er met honderden soldaten moest gebeuren die voor hem niets dan speelgoed waren, zou hij zich volvreten met verjaardagstaart. Hij duwde zijn zilveren vork in zijn punt alsof er niets aan de hand was, alsof Kael een familievriend was. Hij was een echte sociopaat.

Het ontging me niet dat hij het stuk at waar toevallig in groen glazuur mijn naam op stond. Hij kauwde met zijn mond half open. Kruimels vielen onsmakelijk van zijn dunne lippen op zijn oranje polo. Kaels naderende komst had een effect op hoe mijn vader voor mij aanvoelde. Zijn aanwezigheid in de kamer nam af.

En terwijl Kael mijn verbeelding overnam, onderbrak een brullend geluid de stilte in de kamer. Iedereen keek door het raam van de woonkamer naar buiten, waar Kaels rommelende Bronco tot stilstand kwam.

'Hij komt even binnen. Dat is toch geen probleem?' Austin keek mij aan.

Mijn blik ging naar pap, die nog steeds niets liet blijken. 'Ja. Ik zou niet weten waarom niet, wat jij, pap?'

De uitdrukking 'als blikken konden doden' was de enige manier om te beschrijven hoe mijn vader naar me keek.

Hij veegde zijn mond af met zijn servet, maar miste een veeg glazuur vlak onder zijn lippen. Zonder zijn blik af te wenden zei hij: 'Ik zou niet weten waarom niet.'

22

Kael

'Fuck.' Ik gooide mijn telefoon op het leer van de lege passagiersstoel.

Waarom was Fischer niet gewoon klaar om naar buiten te komen? Hij wist dat ik hem om negen uur zou komen ophalen en we hadden afgesproken dat hij voor het huis zou wachten, niet dat ik me bij het verjaardagsetentje van zijn slecht functionerende familie zou aansluiten. Hij was degene geweest die had gezegd dat hij daar zo vroeg mogelijk weg wilde en me een berichtje had gestuurd om te kijken waar ik bleef. Eén ding aan Fischer waarvan ik hoopte dat het leger het uit hem zou krijgen was zijn gebrek aan respect voor anderen. Ik was er helemaal voor dat je van jezelf een prioriteit maakte, maar er moest een balans zijn en bij hem was die ver te zoeken.

Ik parkeerde op straat, vlak achter Karina's auto, en bonkte met mijn voorhoofd tegen het stuur. Het was fucking ongelooflijk dat ik bij het huis van deze man stond. Laat staan dat ik tijd doorbracht met zijn zoon of een relatie had met zijn dochter... Waar zat ik verdomme met mijn hoofd? Ik had tegen Fischer moeten zeggen dat hij als de sodemieter naar buiten moest komen, zodat we meteen konden gaan.

Ik pakte mijn telefoon en keek op het schermpje terwijl ik uitstapte. Een berichtje van Elodie. Ik bleef staan om dat te lezen, was tijd aan het rekken omdat Karina binnen was. Ik sloot de chat met Elodie en typte een K in. Het leek me wel zo netjes om Karina een berichtje te sturen om de spanning te verbreken voor ik überhaupt binnenkwam. Mijn vingertoppen zweefden boven haar naam, slechts een tikje of twee bij het scherm vandaan, maar ik kon het niet doen. Ik schoof mijn telefoon weer in de zak van mijn jogger en stapte de veranda op.

De officiershuizen waren zwaar overdreven. Het leken wel plantagehuizen, maar dan zonder de bijbehorende hoeveelheid grond, opgesteld in rijen of tegenover elkaar op doodlopende straten om de soldaten te belonen die een hoge rang hadden bereikt en gingen studeren als beloning voor hun goede daden voor hun land.

Ze verdienden het – en nog veel meer – al bleef het besef dat zo veel van het geld afkomstig was van bloedbaden en onnodige oorlogen soms moeilijk te slikken. De Verenigde Staten waren opgebouwd op oorlog, en mannen als de vader van Karina profiteerden van een systeem dat was ontstaan als iets om trots op te zijn. Het probleem was alleen dat het nu het leven van zo veel mensen had verpest en het een excuus werd voor een heleboel klootzakken om een heleboel fucking geld te verdienen. Tijdens mijn jeugd had ik altijd soldaat willen worden, maar ik had aan niets van dat alles gedacht. Ik had alleen geweten dat ik iets wilde doen waar ik trots op zou zijn, iets waar mijn zusje en moeder trots op konden zijn. Ik had het Amerikaanse volk willen helpen zich veilig te voelen, terwijl ik een vast salaris verdiende en een zorgverzekering had. Dat was mijn publieke antwoord, maar diep vanbinnen was de belangrijkste reden dat ik als de sodemieter weg had willen komen uit Riverdale voor ik op het verkeerde moment op de verkeerde plek belandde, zoals veel jongens van mijn leeftijd overkwam.

Karina's vader zat de rest van zijn leven gebakken... in tegenstelling tot ik met mijn kapotte lichaam en geest. Op dit moment zag het ernaar uit dat ik waarschijnlijk ergens begin volgend jaar uit het leger zou worden ontslagen, maar hij stond op het punt een complete pensioensregeling mee te krijgen. Hij zou de rest van zijn leven vrijwel zorgeloos door kunnen brengen, terwijl duizenden mannen en vrouwen zouden blijven dienen en zouden worstelen om de eindjes aan elkaar te kunnen knopen. Ik was het er helemaal mee eens dat soldaten een goed pensioen verdienden, maar slechte mannen niet en voor mij stond vast in welke categorie deze man viel.

Ik liet mijn hoofd iets naar achteren zakken, deed mijn ogen dicht en probeerde mezelf eraan te herinneren dat ik in niets op hem leek. Ik deed mijn fucking best. De meeste mensen die ik kende waren niet als hij. Het systeem was nog altijd grotendeels intact wat betreft de strijd tussen goed en kwaad binnen het leger. Haar vader kon zijn nieuwe truck op de oprit houden, zijn bejubelde prestaties en zijn zogenaamde eer, zolang hij zijn laarzen maar hier aan de grond hield en verder niemand iets aandeed. Daar kon ik mee leven. Het leek me niet dat er ooit ware gerechtigheid zou komen.

Jezus, ik stond op het punt om zijn huis in te gaan, waar zijn hele familie aanwezig was.

En Karina, natuurlijk was zij er ook. Het maakte me pissig dat het hem was gelukt haar weer zover te krijgen dat ze op bezoek kwam. Hij zou haar met rust moeten laten zodat ze gewoon haar eigen leven kon leiden.

Ik vond het verschrikkelijk dat ze familie van hém was. Hoe was dat mogelijk? Het was niet eerlijk dat ze geen goede vader had. Zij was zo puur, afgestompter dan iedereen die ik ooit had ontmoet, maar met een puur hart en diep vanbinnen wilde ze wanhopig graag zijn goedkeuring hebben, ook al was ze te koppig om dat ooit hardop te zeggen. Ik had gedacht dat ík genaaid was wat betreft mijn vader, maar ik nam liever genoegen met een geest dan met een demon.

Ik keek opnieuw naar het huis. 'Jezus...'

Er kwam een donkergele gloed door het raam, alsof het verdomme een spookhuis was... een waarschuwing waaraan ik waarschijnlijk gehoor zou moeten geven. Waarom kon ik niet gewoon weglopen bij deze hele familie? Of nog beter: waarom hoorde zij niet bij een andere? Ik zou liever ertoe veroordeeld worden om met de oudste Fischer om te gaan dan met haar. Ik was behoorlijk geschokt en verrast dat Karina weer bij haar vader was na alles wat er was gebeurd. En nog wel samen met haar broer, waarbij ze allebei de routine voortzetten die ze haatten.

Te gaan of om niet te gaan...

Fuck it. Ik moest naar binnen nu ik hier was. Ik belde aan. Al snel werd de knip van de deur gehaald en daar stond Karina's stiefmoeder, die meer weghad van een rondleidster in een museum dan van iemand die de deur van haar huis opendeed. Haar ogen stonden opgewekt en haar donkere haar was langer dan ik me herinnerde. Ik kon me haar gezicht nooit echt voor de geest halen. Ze leek veel op andere officiersvrouwen die ik kende. Dat deed me denken aan toen ik zes maanden aan de grens van de Korea's had doorgebracht en veel over Noord-Korea te weten was gekomen, waar alle officiersvrouwen hetzelfde kapsel en dezelfde kleren hadden, afkomstig uit dezelfde winkel. Er was een bordje geweest met daarop de mogelijkheden voor een kapsel. Karina's stiefmoeder zou daar zo bij hebben gepast gezien de manier waarop ze zonder aarzeling de regels van haar man leek te volgen.

'Martin, hoi, kom binnen.' Ze glimlachte verwelkomend.

'Bedankt.' Ik knikte, een beetje onzeker over wat ik moest doen.

'Ze zitten allemaal binnen aan tafel taart te eten. We zijn blij dat je er bent.'

'Dat geloof ik graag.' Ik glimlachte naar haar terwijl ik het liefst van de veranda af wilde springen om weg te rennen. Een flits zwartgallige humor herinnerde me eraan dat ik waarschijnlijk niet eens zou kunnen rennen als ik dat probeerde.

'Jawel. In ieder geval twee van ons.'

Haar eerlijkheid deed me lachen. Ik was er niet uit of ze naïef was of waanvoorstellingen koesterde. Er was vaak een verband en een fijne grens tussen de twee.

'Kom binnen.' Ze deed een stap opzij zodat ik langs haar heen kon lopen.

Ze ging me voor terwijl ik nog de deur dichtdeed en die, uit gewoonte, op slot deed, alvorens haar door de woonkamer naar de eetkamer te volgen.

Daar zat Karina, haar armen voor zich uitgestrekt op de eettafel. Ze fronste, terwijl ze naar een half verorberd stuk taart staarde... en toen keek ze mij aan.

Het oogcontact duurde niet lang en ze streek nerveus haar haar achter haar oor. Ze zag er zo goed uit.... Waarom moest ze er zo fucking goed uitzien? Zij was de enige vrouw die ik ooit had ontmoet die een gloed om zich heen had als de fucking zon en ik kon niet wegkijken. Ook niet toen die me verblindde.

De hele week had ik aan haar gedacht en ik had geprobeerd me te herinneren hoe ze er die laatste keer precies had uitgezien. Haar haar geverfd, kapotte pyjama en blote voeten. Ze had er zo lekker uitgezien. Man, ze was nu ze mij hier zo zat te negeren nog lekkerder. Daardoor wilde ik nog meer haar aandacht trekken. Karina had altijd manieren gevonden om zich via haar uiterlijk of uitstraling te uiten. Ik droeg elke dag hetzelfde uniform, vanbinnen en vanbuiten.

Het licht viel op haar ketting toen ik dichterbij kwam. Het was een elegant hangertje in de vorm van een halvemaan dat vlak onder haar hals rustte. Ze had make-up op en omdat ik haar kende was het me duidelijk dat ze zich had opgetut. De roze jurk was bedrukt met piepkleine witte bloempjes en was erg laag uitgesneden. Ik probeerde niet te staren toen ze haar hoofd hief en naar haar broer naast haar keek. Ze richtte haar aandacht verder niet op mij. Ik voelde haar woede in dat afwijzende gebaar. Ze zou me negeren om een punt te maken. Zo was ze nu eenmaal. Ik was de sukkel die verslaafd was aan haar spelletjes.

'Hoe gaat-ie?' riep Fischer naar me, en hij stak zijn handen in de lucht.

'Ik haat je,' zei ze geluidloos tegen hem en ze rolde met haar ogen. Ze keek nog steeds niet naar mij, maar friemelde aan haar kettinkje. Misschien had ze die mouwloze jurk met spaghettibandjes speciaal aangetrokken om mij dwars te zitten. Als Fischer haar had verteld dat ik kwam, ook al had ik hem twee keer gevraagd dat niet te doen, zou ik hem verdomme vermoorden.

'Ga je hem niet begroeten?' Fischer gaf zijn zus een zetje tegen haar schouder.

Ik zei bijna tegen hem dat hij haar met rust moest laten, maar bedacht toen dat ik een paar minuten zou wachten alvorens hun verjaardagsetentje te verpesten.

Na de vraag van haar broer wendde ze haar blik verder af. Alle anderen staarden me aan alsof ik het verkeerde huis in was gelopen. Ik wist dat Karina zou proberen me te negeren gedurende de korte tijd dat ik hier zou zijn. Als dit langer dan vijf minuten duurde zou ik buiten in de auto wel op Fischer wachten, zoals ik hem eerder aan de telefoon al had verteld.

Fischer lachte. 'Ga zitten. Ik ben van mijn taart aan het genieten.'

Luitenant-generaal Fischer kwam de kamer binnen met een biertje in zijn hand.

Zo was ik ingesloten door drie Fischers, vier, als ik de vrouw meetelde die niet snel genoeg naar de keuken had kunnen verdwijnen.

Meneer de Militair ging aan het hoofd van de tafel zitten en dat zat me dwars op een manier die ik moeilijk te erkennen vond. Ik had de oude man nauwelijks aangekeken toen ik de kamer in kwam, maar zorgde ervoor dat ik mijn rug rechthield en niet al te geïntimideerd keek of iets van mijn angst liet blijken. Dat was waar eikels als hij op kickten.

'Neem ook taart, Martin. Hij is echt lekker. De botercrème is fantastisch,' zei Fischer.

Karina leek niet te staan trappelen bij het idee dat ik haar verjaardagstaart zou eten waar haar naam niet eens meer op stond.

De tekst las nu: VAN HARTE GEFELICITEERD AUSTIN &

Haar naam was opgegeten. Ik keek naar haar bordje, maar daar was niets te zien van groen glazuur. Het bordje van haar vader zat echter onder dat spul.

'Eh, nee, dank je, ik heb net gegeten,' loog ik.

Austin wees ernaar. 'Kom op, neem wat taart.' Hij nam nog een hap en spoelde die weg met een slok bier.

Niet te geloven dat ze bijna jarig was, of liever: dat ze allebei bijna jarig waren. Ik moest er even over nadenken. Ik was er vrij zeker van dat dat vrijdag was. Ze had me nooit de precieze datum verteld, maar ik had naar voldoende details over haar herinneringen geluisterd om die puzzelstukjes bij elkaar te leggen. Ik was vrij zeker van de datum, maar ik wist dat ze het niet leuk zou vinden als ik er in het bijzijn van iedereen naar vroeg. Ik zou het dadelijk in de auto aan Fischer vragen.

Hij leek behoorlijk van zijn vroege verjaardag te genieten terwijl Karina haar stukje taart over het bord schoof. Ik wist dat ze niet dol was op feestdagen, zelfs niet op haar eigen verjaardag. Met mij had ze het heden genegeerd en het veel over het verleden gehad, over hoe haar moeder hun verjaardagen in een feest van een week had omgetoverd.

De vrouw van hun vader kwam weer binnen, sneed in een

soepele beweging een stuk taart af, legde het op een bordje en zette het bij me in de buurt op tafel. 'Hier, alsjeblieft,' zei ze heel vriendelijk.

'Mijn god! Hij wil die verrekte taart niet!' zei Karina verongelijkt.

Iedereen, inclusief ik, keek haar aan. Haar broer lachte om er een grapje van te maken, en ik besloot de taart maar op te eten aangezien niemand me zou laten ontsnappen voor ik dat deed en het heel duidelijk was dat hun gastvrijheid Karina boos maakte.

Fischer klopte op de stoel aan zijn andere kant en zei dat ik moest gaan zitten.

Ik zou het spul op mijn lege maag naar binnen moeten schuiven, maar dat was beter dan hier te lang te moeten blijven, want dan werd de kans dat de hel losbrak ook steeds groter. Als Fischer wist wat er allemaal tussen mij en zijn vader was gebeurd, zou hij niet hebben kunnen voorstellen dat ik hier taart zou eten met die klootzak. Ik schommelde heen en weer tussen of ik het hem moest vertellen of niet en het verraste me een beetje dat Karina dat niet had gedaan, al was het maar om haar vader een hak te zetten. Hij verdiende het dat zijn zoon net zo van hem walgde als ik, als iedereen die ik kende. De enige reden dat ik mijn mond had gehouden was omdat ik haar niet nog meer redenen had willen geven om me te haten en ik wilde me niet bemoeien met de problemen binnen hun familie. Ik had al genoeg shit op mijn bordje en kon nauwelijks de afspraken van mijn moeder en die van mezelf bijbenen.

Zo op het eerste gezicht leek de familie Fischer perfect... Een perfect voorbeeld dat uiterlijke schijn bedroog.

'Biertje?' bood Fischer aan.

'Ik moet nog rijden.' Ik haalde mijn autosleutels tevoorschijn en liet die aan mijn wijsvinger bungelen.

Hij knikte. 'Ik heb mijn vader net nog verteld hoe goed je voor me bent geweest,' zei hij, net toen ik een hap zachte taart nam.

'Is dat zo?' vroeg ik met volle mond. Ik hoefde hier niet op mijn best te zijn en Karina zou ervan genieten als ik geen manieren had aan de eettafel van haar vader.

'Jep. En dat jij de man bent om te bellen als er iets in huis moet worden gedaan.' Fischer was trots op zijn opschepperij. Mijn god, de ironie was pijnlijk.

Karina staarde me aan, in afwachting van mijn reactie.

Dat genoegen wilde ik niemand schenken. 'Bedankt. Ja, het was fijn om twee extra handen erbij te hebben. Ik zal hem flink laten werken tot hij vertrekt.'

'Vertrekt?' vroeg generaal Fischer. 'Waar ga je heen?' Hij keek zijn enige zoon aan.

Er viel een beladen stilte en ik besefte dat ik net een gigantische bom had laten ontploffen.

23

Karina

'Wat bedoel je met "vertrekt"?' vroeg Estelle.

Mijn mond viel open.

Jezus.

Austin werd rood.

Mijn vader begon bizar snel met zijn ogen te knipperen.

'Hij bedoelt...' Ik probeerde de situatie te redden. Dit was een uitslaande brand, maar ik wist echt niet wat ik anders moest doen. Er was geen enkele andere uitweg, behalve als Austin keihard tegen pap loog, maar misschien had hij dat toch in zich, want hij had het de hele avond al gedaan...

'Ik, eh... ik ben in dienst gegaan.'

Er viel een doodse stilte.

Mijn vader zette grote ogen op en Estelle maakte aan de andere kant van de tafel een jammerend geluidje.

Mijn vader schraapte zijn keel. 'Wát heb je gedaan?'

Austin zuchtte en schoof zijn bord van zich af.

Ik keek Kael aan, die naar mij staarde. Ik zag aan zijn gezichtsuitdrukking dat hij niet wist dat mijn broer dit geheim had gehouden voor onze vader.

'Ik ben in dienst gegaan. Ik heb de laatste tijd met een recruiter gewerkt. Ik wilde het je vertellen...'

Pap ging staan. 'Wanneer? Wanneer wilde je me dat vertellen? Want we hebben net een hele maaltijd samen gegeten in mijn huis en je hebt er met geen woord over gerept.' Hij sloeg met zijn vuist op tafel. De bordjes beefden en zijn bierflesje schommelde heen en weer, viel bijna om.

Estelle sprong overeind. 'Lieverd,' zei ze op waarschuwende toon, terwijl ze naar Kael en toen naar mijn broer keek.

Austin zweeg. De puntjes van zijn oren zagen felrood.

'Zeg me wanneer!' brulde pap. Hij liep naar Austin toe, maar voor hij daar was ging Kael tussen hen in staan en hij plaatste zijn handen tegen zijn borst.

Mijn hart stond stil.

'Rustig aan, meneer. U moet bedaren,' zei Kael tegen hem. 'Nu.'

Ik had verwacht dat pap om Kael zou lachen, dat hij hem aan de kant zou duwen, misschien zelfs zou slaan, maar dat deed hij niet. Zijn rode waas leek langzaam op te trekken terwijl Kael daar stond en hem uitdaagde. Dit was Martin, de soldaat die mijn vader kende.

Pap ademde zwaar, als een kwade, maar verslagen draak. Misschien overwoog hij of Austin over zijn verleden met Kael moest weten, of misschien herpakte hij zich alvorens Kael het huis uit te zetten en zich helemaal op Austin te richten?

Hoe dan ook, dat was de eerste goede keus die hij in tijden had gemaakt.

'Dit gaat jou niets aan. Bedankt voor je bezorgdheid, sergeant Martin, maar bemoei je niet met mijn familie,' zei pap uiteindelijk tegen hem.

Dat klonk als een dreigement, maar als Kael mijn vader niet had gekend, had het makkelijk als iets minder sinisters kunnen worden opgevat.

Toen keek hij naar Austin. 'Hoe haal je het verdomme in je hoofd? Bij het leger gaan zonder er zelfs met mij over te praten? Ik ben je vader.' Hij sloeg als een opgeruid gekooid dier op zijn borst, probeerde dominant over te komen.

Austin ging staan. 'Ik dacht dat je trots op me zou zijn!' zei hij op luide toon. 'Ik had het je nog niet verteld omdat ik geen gedoe wilde. Het stelt verdomme niets voor.' Hij paste zijn taalgebruik niet aan zoals normaal hier in huis.

'Je had het me moeten vertellen! Weet je eigenlijk wel wat dit betekent? Heb je hier überhaupt over nagedacht?' brulde pap.

Kael liep langzaam naar hem toe.

Het viel pap niet op dat hij werd beslopen als was hij een prooi. Hij had het te druk met weer met zijn vuist op tafel slaan. Austin zweeg, net als de rest van ons.

'Weet je hoeveel vijanden wij hebben? Hè? Weet jij dat, jongen?'

Er trok een schok door ons heen.

Vijanden?

Ik dacht opnieuw aan de arts die mijn broer naar onze vader vroeg. Ik dacht aan alle mensen die betrokken waren bij het incident in Afghanistan en hoeveel mensen mijn vader ten onder wilden zien gaan. Ik kreeg het ijskoud.

'Jíj hebt misschien vijanden, maar ik niet! Niet alles in mijn leven hoeft verdomme om jou te gaan!' Austin griste zijn bierflesje van tafel en keek Kael aan. 'Laten we maken dat we hier wegkomen.'

Austin liep stampvoetend door de eetkamer terwijl iedereen, behalve Kael, verdwaasd bleef staan, onzeker over wat er moest gebeuren. Kael keek me heel even aan, maar volgde toen mijn broer naar buiten. Ik overwoog hetzelfde te doen, maar kon me niet bewegen.

De voordeur sloeg dicht en Estelle schrok op.

'Wist jij hiervan?' Pap richtte zijn aandacht op mij.

Ik schudde mijn hoofd. 'Pas nadat hij het had gedaan.'

Hij keek me aan alsof hij overwoog of ik loog, zoals hijzelf en zijn zoon, of niet.

Hij maakte zijn beslissing niet in mijn bijzijn. In plaats daarvan liep hij zonder iets te zeggen weg en verdween naar boven.

24

Ik zat al een tijdje op de veranda toen de deur openging en er iemand naar buiten kwam.

Tot mijn verrassing was het Estelle.

Ze had zich omgekleed en droeg een sweatshirt met de cursieve tekst: LOVE TO THE FULLEST. Ik kon wel kotsen. Ze had haar make-up van haar gezicht gehaald en droeg haar donkere haar in een lage paardenstaart.

'Hé.' Ze kwam iets dichter naar de schommel toe waar ik op zat.

'Hé.' Ik keek nauwelijks naar haar.

'Mag ik even bij je komen zitten?' vroeg ze met zachte stem.

Ik knikte. Het had geen zin om nee te zeggen. Naderhand zou ik me dan kut voelen en eerlijk gezegd wilde ik eigenlijk wel met iemand praten aangezien mijn broer nog steeds zijn telefoon niet opnam.

Toen Estelle ging zitten, kraakte de schommel onder haar gewicht. Ik dacht aan mam en alle keren dat we op onze oude schommelbank hadden gezeten. Het voelde bijna als verraad dat ik deze vrouw hier bij me liet zitten. Mijn jurk zwierde iets mee terwijl we op de schommel bewogen.

Ze ademde diep in voor ze sprak. 'Ik vind het erg dat jullie vader zo reageerde. Hij was alleen zo geschokt en gekwetst dat niemand het hem had verteld.'

Ik besloot vanaf nu eerlijk tegen haar te zijn, of dat keihard was of niet. 'Waarom verzin je smoesjes voor hem?'

Er verscheen een verdrietige uitdrukking op Estelles gezicht. 'Omdat ik weet dat het hem spijt?'

'Maar is dat zo? En wat spijt hem? Hij viel uit tegen Austin, niet tegen mij. Heeft hij gezegd dat jij naar buiten moest gaan om excuses aan te bieden ook al heb ik niets te maken met wat Austin heeft gedaan?'

Ze schudde haar hoofd. 'Nee. Volgens mij weet hij niet eens dat je hier zit. Niet dat dat het er beter op maakt, maar ik weet dat hij er spijt van zal hebben dat hij zo heeft gereageerd. Er is veel wat jullie niet weten, jij en je broer...'

'Ik weet genoeg.' Ik wilde opstaan en zeggen dat ze moest oprotten, maar haar droevige blik hield me op mijn plek.

'Luister, ik weet dat hij niet altijd de beste vader is geweest en dat hij niet altijd de juiste keuzes maakt, maar hij heeft de laatste tijd veel meegemaakt en hij wil heel graag een relatie met jullie twee hebben.'

Ik moest me inhouden om niet te lachen. Meende ze dat nu? Dat leek wel zo te zijn, maar haar woorden klonken absurd. 'Dus je biedt niet alleen je excuses namens hem aan, maar spreekt nu ook voor hem? Luister, Estelle...' Ik deed haar minachtende toon na. '... dat is misschien waar met betrekking tot mijn broer, maar ik kan je verzekeren dat mijn vader helemaal niets geeft om een goede band met mij. Hij wil gewoon dat ik me netjes gedraag, net als zijn andere soldaten. Hij kent me niet eens, en ik ben er vrij zeker van dat als hij me wel kende, hij me nog minder zou mogen.'

Ze stak haar hand naar me uit toen ik aanstalten maakte om op te staan, maar liet die vallen voor ze me daadwerkelijk aanraakte. 'Ik vind het vreselijk dat je dat zo voelt. Ik had geen goede band met mijn vader en ik weet hoezeer dat belangrijke keuzes in je leven beïnvloedt en wie wij worden als vrouw. Mijn eigen vader is gestorven voor we iets konden doen om die band te herstellen.'

Ik keerde me om en keek haar aan.

'Ik weet dat je boos bent en dat recht heb je ook,' ging ze verder. 'Ik begrijp het: het leven is niet eerlijk en je zou andere ouders willen hebben. Ik vind het zo erg van je moeder, en voor je tegen mij gaat schreeuwen wil ik zeggen dat ik verder niets over haar ga zeggen behalve dan dat ik het jammer vind dat ze er niet is om de vrouw te zien die je bent.'

Ik vond het vreselijk om het toe te geven, maar haar woorden raakten me. Ik vond het ook jammer dat mijn moeder haar gezin had moeten verlaten om vrede te vinden. Ik kon niet vergeten dat mijn vader daar een belangrijke reden voor was.

Ik ging weer naast haar zitten. De schommelbank bewoog langzaam heen en weer.

'Ik weet dat we niet veel met elkaar praten en dat is oké, maar ik wil dat je weet dat ik dat graag anders zou zien.'

Ik hield me stil.

'Toen ik je vader voor het eerst ontmoette en hij zei dat hij twee tieners had, had ik een totaal ander plaatje van ons leven in mijn hoofd.' Ze sloeg haar hand voor haar mond en lachte een beetje om wat ze zei. 'Het was meer een fantasie, maar ik weet nog dat ik toen aan een tafeltje zat met mijn beste vriendin op een steiger met uitzicht over het meer. Ik had het zo geweldig gevonden dat hij kinderen had, was er totaal niet bang voor geweest, en ik had mijn vriendin verteld dat ik niet kon wachten om samen met jou onze nagels te laten doen.' Haar stem veranderde iets.

Ik hoorde de tranen erin doorklinken. Ik voelde dat er iets in haar omschakelde terwijl ze sprak, voelde mijn standpunt veranderen toen ze verderging en ze haar tranen weg probeerde te knipperen. Ik waardeerde het dat ze probeerde niet te huilen, wat betekende dat dit geen gemaakte hysterische smeekbede was om mij over mijn problemen met mijn vader heen te helpen.

'Ik dacht aan dingen als een galajurk of een trouwjurk uitzoeken en hoe ik je door liefdesverdriet heen kon loodsen en het met je over jongens kon hebben. Want daar heb ik behoorlijk wat ervaring mee.' Ze lachte.

'Ik had verwacht dat je broer waarschijnlijk iets meer naar je vader toe zou trekken, maar ik zou toch proberen een band met hem te krijgen dankzij sport of door al zijn lievelingseten voor hem te maken. Maar jíj...' Ze wees naar me en schudde haar vinger. Ze kwam levendiger over dan ik haar ooit had meegemaakt. Ze leek wel een andere vrouw. 'Ik had een hele fantasie waarin ik een soort moeder voor je mocht zijn en met elke maand die verstreek probeerde ik mezelf wijs te maken dat je wel bij zou trekken en dat ik gewoon harder mijn best moest doen.'

Ze huilde nu echt en ik besefte dat bij mij de tranen ook in de ogen schoten.

'Ik had allerlei scenario's doorlopen, maar had niet één keer gedacht dat het zo zou zijn. Ik zie je nauwelijks en ken je niet, en je broer en je vader vliegen elkaar constant in de haren.'

Ik zag iets in haar, iets droevigs en hopeloos, maar nog steeds levend. Ik had het idee in mijn hoofd gehad dat zij de schurk was, dat zij de reden was dat mam bij ons was weggegaan en dat zij alleen maar probeerde een enorm gat in ons leven te vullen dat nooit gevuld kon worden. Het had niet uitgemaakt hoeveel etentjes ze er bij ons in had gepropt, ze had niet bij ons gehoord. Niemand paste bij ons... want onze vader verdiende het alleen te zijn in zijn grote, ellendige huis.

'Ik ben er nu grotendeels aan gewend, en ik besef dat ik niet alles zal hebben waar ik op had gehoopt, maar het is moeilijk om je dit helemaal in je eentje te zien meemaken. Was je moeder maar hier om je ermee te helpen. Of konden jij en je vader het er maar over hebben.'

Het was buiten zo stil dat het leek alsof zelfs de krekels niet meer zongen omdat ze naar ons wilden luisteren.

'Ik weet dat het stom is en dat je waarschijnlijk boos zult zijn en je hier na vandaag een tijdje niet zult komen, maar voor mijn gevoel moest ik je vertellen hoe erg ik het vind wat er daarbinnen is gebeurd. En dat als je wilt dat ik me nog minder met je leven bemoei, ik dat kan doen.' Ze veegde haar tranen weg en staarde voor zich uit. 'Ik had alleen graag gezien dat alles anders was.'

'Ik ook.' Dat meende ik oprecht, van hoe slecht ik Estelle kende tot aan hoe erg ik mijn moeder miste en wilde dat ze op een dag terug zou komen. 'Ik heb er nooit bij stilgestaan dat jij je zo voelde. Ik dacht dat ik gewoon de boze tienerdochter was die je nooit had willen hebben, maar met wie je opgescheept zat.'

Ze glimlachte. 'Je hebt geen idee hoe graag en hoelang ik een boze tienerdochter heb willen hebben.'

Mijn telefoon trilde en onderbrak zo ons gesprek. Ik haalde hem uit mijn zak en zag Kaels naam, gevolgd door die van Austin.

Ik breng je broer naar je toe. Hij is behoorlijk zat. Kunnen we proberen dit zonder problemen te doen?

Ik las Kaels boodschap twee keer door voor ik die van Austin opende.

Kom eraan. Hou van je.

Ik legde mijn telefoon neer en keek naar de vrouw van mijn vader die zich net voor het eerst voor me had opengesteld. Ik moest gaan, maar ergens wilde ik blijven om het allemaal met haar uit te praten. Of om elkaar in ieder geval een beetje beter te begrijpen.

'Je hoeft niets te zeggen. Ik wilde alleen maar even mijn hart luchten. Ga maar voor je broer zorgen en dan zorg ik voor je vader.' Ze stond op.

Ik wachtte tot ze bijna binnen was voor ik haar riep. 'Estelle?'

Ze keek om.

'Bedankt dat je me dat allemaal hebt verteld. Ik ben het aan het verwerken en ik wil nu niet op de verkeerde manier reageren, maar ik stel het echt op prijs,' zei ik zo oprecht mogelijk. Dat was de waarheid. Ze verdiende de geforceerde reactie niet die ik eruit zou flappen als ik hier en nu zou proberen alles op een rijtje te zetten.

Ze knikte. 'Daar ben ik blij om.' Met een glimlach liep ze het huis in.

25

Kael

Ik kwam met een knoop in mijn maag voor Karina's huis tot stilstand.

'Ik vraag me af wat hij heeft gezegd toen ik er niet meer was. Die klootzak.' Fischer was nog steeds kwaad vanwege zijn vaders reactie op het nieuws en had bij mij thuis twee biertjes gedronken, boven op wat hij bij zijn vader had gehad, waarna hij me had gesmeekt hem naar zijn zus te brengen.

Ik wist dat zij blij zou zijn dat hij naar haar toe kwam nu hij iemand nodig had, dus ik was opgestaan van de bank en had hem een lift gegeven. Het afgelopen uur had ik mijn excuses aangeboden omdat ik zijn geheim had verklapt, maar hij had gezegd dat ik me er niet druk om moest maken.

'Laten we naar binnen gaan. Je zus wacht op je.'

Ik zag haar in de deuropening staan met haar handen op haar heupen.

'Sinds wanneer ben jij de redder in nood van mijn familie?' vroeg Fischer onduidelijk, terwijl hij aan de passagierskant uitstapte. 'Je had pap me moeten laten slaan. Ik had hem er flink van langs gegeven.'

Ik stapte ook uit en grinnikte een beetje toen we over het gras liepen. Karina's silhouet was een zandloper die aftelde naar een moment dat ik niet meer zou meemaken. Die gedachte liet me niet los, vooral met het jurkje dat ze aanhad, vooral omdat ik wist dat als ik haar aanraakte, al deze woede en chaos zou verdwijnen. Ik miste haar opnieuw verschrikkelijk, vooral vanavond. Natuurlijk stond ik hier dus weer.

'Wat heb je gedronken?' vroeg Karina aan haar broer toen we langs haar heen haar woonkamer in liepen.

Fischer ging recht naar haar keuken toe.

'Alleen bier.' Ik haalde mijn schouders op.

Ze nam me achterdochtig in zich op. 'Bedankt dat je hem hebt gebracht.'

'Ik weet dat je je zorgen om hem maakt, ook al moet je dat niet doen. Die stoel ziet er goed uit.' Ik wees naar de fauteuil die ons de vorige keer dat ik haar zag bij elkaar had gebracht.

Ze pulkte aan haar nagels. De paarse lak was verdwenen, wat betekende dat ze eraan had zitten krabben sinds ze thuis was. Aan de manier waarop ze naar me keek zag ik dat er wel een miljoen dingen waren die ze wilde zeggen. Maar toen ik haar wat beter bestudeerde leek het alsof ze had gehuild. De make-up was wat uitgelopen om haar ogen en haar volle lippen waren ietwat opgezet en roze, alsof ze erop had zitten bijten zoals ze dat deed als ze van streek was.

'Nogmaals bedankt.' Haar stem klonk zo zacht dat haar broer het niet kon horen.

'Ja, geen probleem.' Ik schommelde naar voren en naar achteren op mijn voeten, onzeker over wat ik moest zeggen of doen.

Ik hoorde de koelkast opengaan en wist dat er niet veel tijd was voor Fischer de kamer weer in zou komen. 'Ik hoop dat je weet dat het niet mijn bedoeling was om je vader dat te vertellen. Ik dacht dat hij het wist, anders had ik mijn mond gehouden.' Ik verwachtte niet dat ze me zou geloven, al hoopte ik daar wel op.

Karina nam me met haar groene ogen in zich op. 'Ik geloof

je. Ik weet niet zeker waarom dat belangrijk is, maar het is wel zo. Ga zitten.' Ze gebaarde naar de bank.

Ik nam op de andere kant ervan plaats, probeerde zo veel mogelijk ruimte tussen ons te creëren. Niet omdat ik dat wilde, maar omdat zij dat wilde. Ze pakte de afstandsbediening die tussen ons in lag.

'Je kijkt *Twilight*. Alweer?' vroeg ik.

'Ja. Dat is mijn geluksmomentje,' legde ze uit.

Ik lachte. 'Aha.'

Haar broer liet zich tussen ons in op de bank vallen. 'O god, niet weer die film,' kreunde hij, terwijl hij het lipje van een blikje bier opende.

'Bek dicht. Jullie hebben allebei geen smaak,' besloot zijn zus.

'Hé, ik heb nooit gezegd dat ik het geen leuke film vond,' verdedigde ik mezelf. 'Ik heb die met jou gekeken, zo...' Ik hield mijn mond.

Austin zuchtte. 'Kunnen jullie tortelduifjes er even mee ophouden? Dit is mijn zwelgpartijtje, niet dat van jullie. En...' Hij legde zijn hand op de hare.

Ik probeerde mijn jaloezie te negeren, want die was onredelijk.

'... op mijn feestje kijken we niet naar *Twilight*.' Hij maakte haar heel behendig de afstandsbediening afhandig en zette de film af.

'Je bent ook zo'n sukkel,' klaagde ze, maar ze hield hem niet tegen toen hij de tv met zijn Spotify verbond.

'Geen clubmuziek,' zei ze, terwijl hij scrolde.

'Sst. Ik ga niet Shawn Mendes afspelen.'

'Kappen.' Ze sloeg hem zacht met het kussen op haar schoot.

Uiteindelijk werd het een nummer van Post Malone waar we het allemaal mee eens waren.

'Weet je wat? Pap kan de pot op. Ja, toch? Hij heeft niet het recht om mij te vertellen wat ik wel of niet mag doen. Hij speelt verdomme nauwelijks een rol in mijn leven.'

Karina ging dichter bij haar broer zitten en trok haar benen onder zich op, schoof haar jurk omlaag zodat die de bovenkant van haar dijen bedekte. Ik wendde mijn blik af en zocht naar een andere plek om te gaan zitten. Ik koos de nieuwe stoel, waar ik nog wat geld af had kunnen krijgen dankzij de medewerking van mevrouw Rosa.

'Zijn reactie was verrassend,' zei Karina. 'Ik had eerlijk gezegd verwacht dat hij dolblij zou zijn. Ik had gedacht dat hij je zou omhelzen en de champagne open zou trekken. Ik snap niet waarom hij zo reageerde.'

'Omdat hij me wil beheersen. Ons allebei, maar ik laat hem dat meestal doen en jij niet. Dit keer heb ik zelf de beslissing genomen en dat bevalt hem niet. Hij kan de kolere krijgen.' Fischer nam een slok wijn zo uit de fles die op de koffietafel had gestaan.

'Hé! Die is van mij!' Karina pakte die van hem af en keek naar het etiket.

'Ik zal je het geld terugbetalen.'

'Jij hebt geen geld,' zei ze ter herinnering, en ze nam er zelf ook een flinke slok uit.

Ik probeerde niet naar ze te kijken, ze privacy te gunnen en ze hun band te laten herstellen, maar iets in mij werd naar haar toe getrokken en dat kon ik niet langer negeren. Ik had vanavond gewoon niet de energie om me ertegen te verzetten. Hier zijn kon het allemaal niet veel erger maken en tot nu toe voelde ik me juist al veel kalmer door bij haar in de buurt te zijn. Dat had ik gemist. Echt fucking erg.

Austin keek om zich heen. 'Waar is Elodie?'

'In mijn kamer. Ze lag eerst hier te slapen, maar ik heb gezegd dat ze beter kon verhuizen omdat jullie haar anders wakker zouden houden.'

Hij keek naar de gang en zuchtte klagelijk, deed zijn ogen dicht. 'Maar goed, pap is een eikel en ik hoop dat ik word uitgezonden en dat hij kwaad wordt.'

Karina's gezicht vertrok.

Ik had wel door wat voor een effect zijn achteloze woorden op haar hadden. Ik kon er niets aan doen. Het was ook zo'n achterlijke uitspraak. 'Dat zeg je nu, maar je piept wel anders als je verrekt van de honger en je je verbergt in kapotte auto's die midden in een oorlogsgebied langs de kant van de weg staan, terwijl je bidt dat er geen explosieven in zitten waardoor je in ontelbare stukjes uit elkaar kunt spatten. Ik denk niet dat je dan nog veel lacht.'

Karina hield de wijnfles stil en haar mond viel open.

Het beviel me wel dat ik haar stil had weten te krijgen en dat ze me verrast aanstaarde.

'Gast, minder details,' kreunde Fischer, die zijn hoofd naar achteren liet zakken.

Hij was er duidelijk erger aan toe dan ik had verwacht.

'Heeft hij nog iets gezegd na mijn vertrek?' vroeg hij zijn zus met gesloten ogen.

Ze schudde haar hoofd. 'Nee, hij ging naar boven en is niet meer naar beneden gekomen. De lafaard. Maar...' Ze hield even in en keek mij aan. 'Ik heb wel een momentje met Estelle gehad dat best fijn was. Verwarrend, maar fijn.'

Ik wilde elk detail over haar en Estelle en over wat er was gezegd horen. Ik wist welke gevoelens Karina voor haar stiefmoeder koesterde en ik wist zeker dat zij nooit eerder een momentje of iets anders hadden gehad zoals ze dat nu beschreef.

'Zij kan ook de kolere krijgen.' Austin was totaal niet geïnteresseerd in wat er was gebeurd.

Jezus, dat joch was soms fucking nutteloos.

Karina zuchtte, maar reageerde niet.

Er kwam een liedje op de tv, een nieuwe van die meid Billie met het groene haar en de bakken talent. Ik zag Karina haar ogen sluiten en haar hoofd tegen de rugleuning leggen. Zou het haar opvallen dat de tekst precies vertelde wat wij nu meemaakten? Zag ze mij achter haar oogleden? Het was ongelooflijk egoïstisch van me om te verlangen, om aan te nemen dat ze überhaupt aan mij zou denken gezien de klotesituatie waarin haar familie verkeerde, maar ik kon er niets aan doen. We zaten daar maar en worstelden in stilte met onze eigen demonen. Ik wilde haar vragen hoe het met haar ging. Ik wilde dat ze uren de tijd nam om over elk klein detail te vertellen van wat ze voelde. Ik wilde niet het antwoord horen dat ze in het bijzijn van haar broer zou geven, maar de rauwe, eerlijke gedachten die rondspookten in haar hoofd.

'Nou, jullie zijn echt gezellig,' mopperde Fischer, die achterwaarts tegen de bank leunde.

'Ik ben hier niet om iemand te vermaken.' Karina keek ons allebei aan.

Uiteindelijk haalde Fischer zijn telefoon tevoorschijn en niemand van ons sprak terwijl het volgende liedje speelde en het volgende en het volgende. Binnen een paar minuten lag Austin tussen ons in te snurken. Ik keek naar Karina en zij naar mij. Haar handen lagen op haar schoot, om de wijnfles geklemd.

'Hij is zo irritant als hij drinkt.' Met die mededeling zette ze de tv weer aan.

Ik pakte het boek van de koffietafel. Het was een dichtbundel. Ik bladerde erdoorheen, wachtend tot ze verder zou praten. 'Ik vind het nog steeds verwarrend dat je de meest sceptische persoon bent die ik ooit heb ontmoet, maar dat je van gedichten en sprookjes houdt.'

Dit gedicht ging over een verraderlijke geliefde. Ik sloeg de bladzijde om. Het volgende ging over onbeantwoorde liefde.

Stom boek, dacht ik, en ik gooide het terug op tafel.

'Ik heb nooit gezegd dat ik van sprookjes hou,' corrigeerde ze me.

'Jawel, hoor. Niet alleen dat, je vertelt ze ook de hele tijd.'

Ze keerde zich naar me toe. 'Is dat een klacht?'

Door het glimlachje op haar gezicht vroeg ik me af of ze net als haar broer dronken was. 'Nee, mevrouw, dat is geen klacht.'

Ze lachte en hief de fles tot boven haar ogen om te kijken hoeveel wijn er nog over was. Toen ze naar mij keek, staarde ik naar haar mond. Ze had me betrapt.

'Mooi.' Haar glimlach werd breder. Ze was duidelijk behoorlijk aangeschoten. 'Wil jij iets drinken?' vroeg ze, terwijl ze me de bijna lege fles toestak. 'Ik heb ook water, en Coca-Cola of Pepsi, afhankelijk van op welke van de twee Elodie gek is.'

Ik schudde mijn hoofd. 'Ik hoef niets, maar dank je.'

'Oké.'

Het was zo fucking ongemakkelijk, maar ik wilde niet vertrekken. Ook al zat haar broer tussen ons in.

Toen spraken we op hetzelfde moment.

'Karina...'

'Kael...'

We vielen allebei stil en wachtten tot de ander het woord zou nemen.

'Wil jij eerst?' bood ze aan.

'Ik heb liever dat jij als eerste gaat.' Ik likte langs mijn lippen in afwachting van wat ze zou zeggen.

'Ik zou willen dat alles weer kon worden zoals eerst. Ik wens steeds dat ik met je zou kunnen praten. Ik weet niet waarom, maar ik kan er niets aan doen. Ik ben doodmoe en heb het vandaag helemaal gehad. Kunnen we niet gewoon een wapenstilstand uitroepen? Ook al is het voor vanavond, kunnen we niet doen alsof we vrienden zijn? Ben je er niet moe van?'

'Zo fucking moe,' gaf ik toe. Niets van wat ze zei had ik verwacht.

Ze hield haar hand op. 'We gaan het niet over ons hebben. Wees gewoon mijn vriend, oké?'

Bij het horen van de eenzaamheid in haar stem wilde ik haar aanraken, en als ze achteruit zou deinzen, dan zou ik die afwijzing graag op de koop toenemen omdat ze dan in ieder geval zou weten dat ik probeerde er voor haar te zijn.

'Dan zijn we vrienden.'

We keken allebei naar haar slapende broer tussen ons in.

'Zullen we naar de veranda gaan?' vroeg ik, al was ik een beetje bang dat ze iets naar me zou gooien.

In plaats daarvan straalde ze en knikte ze. Ze pakte haar wijn en stond op.

26

Ze ging op het cement zitten en kruiste haar benen weer. Er was niet veel ruimte, maar ik wilde die haar wel een beetje geven omdat we elkaar in geen weken hadden gesproken en ze ongetwijfeld heel boos op me was.

'Zo, laten we het over de regels hebben. De regels van déze vriendschap zijn dat jij gewoon luistert en dat ik praat. Geen zoete woordjes en niet van die blikken.' Ze raakte het puntje van mijn neus aan.

'Niet aanraken?' stelde ik plagend voor.

Ze liet haar vinger zakken en schoof haar handen onder haar dijen. 'Er wordt absoluut niet aangeraakt. Hebben we een deal?'

Ze haalde een hand tevoorschijn zodat ik die kon schudden, wat best wel hilarisch was, dus ik deed alsof ik iets naar achteren sprong.

Ze glimlachte licht.

'Ik dacht dat je zei dat er niet werd aangeraakt?'

'Ha. Ha.' Ze gaf een speels tikje op mijn hand.

We bevestigden onze deal met een knikje en daar leek ze tevreden mee te zijn. Ze kwam in ieder geval over alsof ze zich op haar gemak voelde. Ik ontleende er een beetje vreugde aan dat ze me miste, of ze dat nu wilde toegeven of niet.

'Dus, vriend.' Ze grijnsde, trots op hoe ver ze hiermee was gekomen. 'Vanavond was klote. Ik zou dit nooit tegen mijn broer zeggen, maar ik ben eigenlijk een beetje blij dat je het pap hebt verteld. Ik weet dat het egoïstisch is, maar het voelde goed om een keer niet de teleurstelling te zijn of degene die hem kwaad maakt. Austin had een pauze gekregen door bij onze oom te logeren. Ik niet.'

'Dat is niet egoïstisch, maar eerlijk.'

'Niet praten, weet je nog wel?' Ze stak haar tong naar me uit. 'O, en moet je horen. Estelle en ik hadden een heel raar moment op de veranda, waar ze me vertelde dat ze had gedroomd dat wij hecht zouden zijn voor ze me had ontmoet en volgens mij meende ze dat? Het is verwarrend en ik weet nog steeds niet wat ik er precies van moet maken. Maar daardoor vraag ik me wel af hoe erg ik ernaast zat met betrekking tot haar en ik ben verschrikkelijk tegen haar geweest. Het is eigenlijk de schuld van mijn vader, niet die van haar. Ze is alleen met hem getrouwd, wat blijkbaar al voldoende voor me was om een oordeel over haar te vellen.'

Ze glimlachte. 'Ze was een totaal andere vrouw zoals ze me daar over haar gevoelens vertelde. Daardoor wilde ik een poging wagen met haar. Ik bedoel, we zullen duidelijk geen beste vriendinnen worden, maar als ze zich meer gedraagt als vanavond en minder als de robotvrouw van mijn vader, dan denk ik dat ik haar zelfs mag. Het is in ieder geval een poging waard om haar te leren kennen.'

Ik werd er blij van dat ze dit zo voelde, ook al mocht ik Estelle niet en vond ik Karina veel te goed voor haar hele familie, op haar broer na, en dat was maar net op het nippertje.

Karina keek me aan alsof ze een reactie van me wilde hebben. Ik nam mijn lippen tussen mijn tanden om haar eraan te herinneren dat ik had beloofd niets te zeggen.

'O ja. Je mag niet praten.' Ze giechelde.

Ik voelde de warmte van haar lichaam langs me heen strijken toen ze op haar rug ging liggen om naar de lucht te kijken.

'Het ergste daaraan is dat ik mam daardoor nog meer mis. Ik weet niet wat er de laatste tijd met me aan de hand is, maar mijn gedachten schieten alle kanten op. Ik mis haar meer dan ooit, maar ik begin manisch te worden en daardoor maak ik me zorgen dat ik net als zij word. Ze was op zo veel manieren geweldig...'

Het was alsof ik haar woorden tussen ons in zag zweven. Ik ging naast haar liggen en liet mijn voeten over de rand van haar veranda bungelen.

'Maar ze was ook op zo veel manieren verziekt. Hoe meer ik erover nadenk, hoe gekker ik me voel. Op sommige dagen voelt het alsof ik ook gek word. Ik heb gewoon een uur in mijn keuken zitten huilen. Zelfs Elodie heeft gezegd dat er iets met me aan de hand is. Ze heeft gelijk dat ik geen vrienden heb. Kael, op haar na heb ik die ook niet, en daar komt een eind aan als de baby er eenmaal is of als Phillip terugkomt, want dan is zij niet meer hier. Wat moet ik dan doen? Austin zal ook weg zijn, en ik ben dan alleen hier in dit huis en heb niemand. Dan ga ik naar het werk en kom ik thuis in een leeg huis. Ik word net als mijn vader, maar zonder Estelle en zonder kinderen die me haten.'

Ik verzette me tegen de neiging om haar hand vast te pakken. Ik wilde haar niet aanraken omdat ik iets van haar wilde, maar omdat ik wilde dat ze zich minder eenzaam voelde. Ze straalde een en al bezorgdheid uit en ik wilde haar kalmeren. 'Ik ga nu wat zeggen,' kondigde ik uiteindelijk aan.

Ze zweeg.

'Ik ga je niet vertellen dat je je geen zorgen hoeft te maken om kinderen die je nog niet hebt, want ik weet dat het niet zo eenvoudig is en dat jouw hersenen niet zo werken. Ik ga je wel zeggen dat je moet ophouden jezelf te kwellen over dingen als het niet hebben van vrienden. Voor mensen als jij, die geven en geven, is het soms beter om af en toe alleen door het leven te gaan. Je bent pas twintig. Er is tijd om vrienden te maken en mensen zijn meestal hebzuchtige eikels.'

Ze keek me aan.

'Jij bent zo jong. We zijn allebei zo jong. Ik heb wat van het leven gezien en ik heb veel dood gezien, en wat ik vooral heb geleerd is dat we geen controle hebben over wat er met ons gebeurt. Je kunt de keuzes die je maakt beheersen... niet die van je moeder of die van Austin. Elodie bedoelt het goed, maar zij begrijpt niet echt wat jij meemaakt, dus ik zou niet te veel waarde hechten aan wat zij op het moment zegt. Je geeft te veel om alles, je stopt te veel van jezelf in alle anderen en wat blijft er dan uiteindelijk over?'

Karina rolde zich om en kwam op haar elleboog omhoog.

Ik bleef op mijn rug liggen, maar ik zag haar vanuit mijn ooghoek. De uiteindes van haar haar streken langs mijn gezicht. Ik veegde die opzij en keek haar aan.

'Dat was duidelijk niet genoeg voor jou.'

Die woorden kwamen vanuit het niets. 'Ho even. Gaat dit om ons? Dat hoort niet bij de regels die je hebt opgesteld en dat is een totaal ander gesprek. Of gaat dit om je moeder en broer? Eén ding tegelijk.'

'Jij hebt ook tekortkomingen, hoor. Ik zal ze niet opsommen omdat je enigszins aardig tegen me bent en ik echt probeer niet altijd impulsief te reageren.' Ze staarde naar haar voeten. 'Trouwens...' Ze nam me in zich op.

Ik trok onbewust aan de mouwen van mijn T-shirt.

'Jij bent behoorlijk wijs als je niet...' Ze slikte het laatste deel van die zin in.

Mijn hart bonkte tegen mijn ribben. Ik balde een klamme hand tot een vuist aan mijn zij, terwijl ik op haar antwoord wachtte. Ze zou iets zeggen waardoor de grenzen die ze zo moeizaam had gesteld zouden vervagen of ze zou zich eraan houden. Ik moest haar voorbeeld volgen. En ik? Wat wilde ik?

Fuck, ik wilde het liefst haar haar beetpakken en haar gezicht naar me toe trekken zodat ik haar kon zoenen, maar gelukkig voor haar was ik geen jongen die heel vaak kreeg wat hij wilde. Trouwens, ik wist wel beter dan zo doortastend met haar te zijn. Zij had stabiliteit nodig, iets in haar reageerde daarop als een cobra op een fluit, en als ik nu in actie kwam, zou ik niet kunnen voorspellen wat zij zou doen.

'Wat? Wat wilde je zeggen?'

Ze bleef boven me hangen. 'Ik stond op het punt om iets gemeens te zeggen. Iets waar ik spijt van zou krijgen en wat ik niet echt zou menen, maar ergens toch ook wel. Dit lijkt me geen goed idee.' Ze ging rechtop zitten. Haar fijne gezichtje verdween uit beeld. Ze zag er zo zacht uit, maar dat was allemaal een illusie.

'Wat is geen goed idee? Met mij praten? Of gewoon in het algemeen open zijn tegen iemand?' Ik ging ook recht zitten en keek haar aan.

'Allebei.' Ze hief haar kin.

'Dus wat wil je dan?'

En zo gemakkelijk gingen de muren om Fort Fischer weer omhoog.

'Niets. Kijk niet zo naar me.'

Ik lachte om mezelf omdat ik me weer door haar had laten meeslepen, in de wetenschap dat ze me nooit volledig zou toelaten. Ze had heel duidelijk gemaakt dat ik hier tijdelijk was en elke keer dat ik te dichtbij kwam liet ze me merken dat ik kon oprotten.

Ik knikte en ging staan. 'Cool. Dan ga ik.' Ik stond toch op het punt om deze kloteplek, haar vader en mijn leven als soldaat achter me te laten, dus fuck it. Ik wist beter dan weer verstrikt te raken in haar web. Jezus, ik kreeg er niet genoeg van om mezelf te straffen.

Ze zette zich met haar handen schrap tegen haar knieën om

op te staan. 'Cool,' snauwde ze terug. Ze liet haar schouders hangen, draaide zich abrupt om en pakte de klink van de hordeur. Die kraakte toen ze hem openrukte.

Nu ze me haar rug toe had gekeerd voelde ik een overweldigende behoefte om het laatste woord te krijgen. 'Zeg tegen je broer dat hij morgenochtend zelf maar een lift naar mij toe moet regelen,' zei ik boos.

De deur die in het slot viel zei alles.

Ik zorgde ervoor dat mijn motor luider brulde dan normaal toen ik met piepende banden wegreed.

27

Karina

Die donderdag, de avond voor mijn verjaardag, zat ik op de bank en scrolde ik op mijn telefoon langs foto's van beroemdheden op een rode loper bij een liefdadigheidsgebeuren. Ik hief de telefoon zodat Elodie een foto zag van een aanstormende actrice die de hoofdrol in een van haar favoriete Netflixfilms speelde en ze kneep haar ogen samen tot spleetjes om die vanaf de andere kant van de bank te zien.

'Ze ziet er zo mooi uit,' verzuchtte ik, terwijl ik inzoomde op haar gave huid en gladde haar.

'Haar jurk is meh.' Elodie keek naar haar eigen kleding. Een zwarte Nike-short die van mij was, want die van haar paste niet meer, en een T-shirt met een vlek erop die afkomstig was van yoghurt of braaksel.

Ik keek naar ons allebei en lachte. 'Ja hoor.'

Ik droeg ook mijn pyjama: een oud shirt van mijn broer en een katoenen korte broek. Mijn benen waren stoppelig. Ik veegde het scherm schoon met een punt van mijn shirt. Ik was de afgelopen twee dagen wakker geworden met een knallende koppijn en was alleen voor werk van huis gegaan.

'O, het is toch geweldig dat wij hier zo op de bank zitten terwijl we de mooiste mensen op de wereld bekritiseren.' Ik rolde met mijn ogen en zoomde opnieuw in op de huid van de actrice. Kom op, er was niet een enkele porie te zien op haar perfect gecontourde gezicht.

'Spreek voor jezelf.' Elodie stak haar tong naar me uit en gebaarde met haar hand naar haar warrige blonde haar. 'Als die baby er eenmaal is kunnen al die meiden het vergeten.' Ze lachte.

Door haar voelde ik me soms zo normaal. Ik had niet meer aan Kael gedacht sinds ze thuis was gekomen na het werk, haar pyjama had aangetrokken en zich bij mijn treurpartijtje had aangesloten.

'Wat is er zo grappig? Jullie twee zijn mooi, doe niet zo irritant en denk eens na over hoe belachelijk jullie nu klinken,' merkte Austin op, die de woonkamer in kwam met een kom ontbijtgranen in zijn hand, ook al was het vier uur 's middags. Hij ging op de vloer voor de bank zitten, voor Elodie, en keek mij aan. 'Nou ja, anderhalf van jullie dan.'

'Dank je,' zei Elodie met een glimlach.

Ik lachte sarcastisch.

Ze schopte met haar voet naar me. 'Bedoelde je mij en de baby?'

'Haha. Jullie zijn toch zo fucking grappig.' Ik rolde met mijn ogen.

'Ja toch?' Austin schonk me een gemaakte brede grijns.

'Ik zou mooier zijn als ik geld had.' Ze zuchtte en wees naar mijn telefoon. 'Ze hebben tegenwoordig overal lasers voor.' Ze hief de onderkant van haar shirtje om de smalle paarse lijntjes te laten zien op haar lichte huid.

Ik maakte een schamper geluid. 'Dat heb jij niet nodig. Ik wel. Hier en daar wat vet laten wegzuigen, smallere heupen...' Ik paste mijn stem aan zodat die bij zo'n realityshow met make-overs paste.

'Jij hebt in ieder geval heupen waar je iets af kunt halen. De mijne verdwijnen zodra de baby er is. Geef mij er maar wat van.' Ze tuitte haar lippen en duwde haar borst vooruit. 'En van je tieten.'

Ze liet haar hoofd wat naar achteren zakken en ik betrapte Austin erop dat hij met een tevreden blik veel langer naar haar borst staarde dan hij naar het lijf van een getrouwde vrouw hoorde te kijken.

'Waarom doen meiden dit?' Austin kreunde, keek naar zijn telefoon en tikte op zijn schermpje. 'Jullie klinken nu als echte psychopaten.'

Ik vulde iets in op het zoekbalkje van mijn Instagram. 'Tja, dat komt doordat vrouwen op internet er zo uitzien.' Ik liet hem de recentste bikinifoto zien van een populair Instagrammodel dat ik zomaar volgde, maar met wier luxeleventje en operatief bewerkte lichaam ik me vergeleek. Terwijl zij op Bali op de rand van een berg stond in een piepkleine oranje bikini, zat ik op de rand van mijn bank met aangekoekt chipitoskruim op mijn vingers.

Ik hief mijn linkerhand om de anderen mijn oranje vingertoppen te laten zien. 'De uitdrukking is: "Je bent niet lelijk, je bent gewoon arm."' Ik lachte en likte schaamteloos aan mijn vingers.

Het was niet gezond meer hoe erg ik mijn eigen lichaam bekritiseerde, terwijl ik Elodie meteen verdedigde zodra zij zichzelf neerhaalde. Ik wist dat het slecht was, maar ik kon het niet laten. De media hadden er veel tijd en geld in gestoken om mij vanaf mijn kindertijd te hersenspoelen, dus er was veel meer voor nodig dan logica om mij ermee op te laten houden zo te denken.

'En wie zegt dat dan?' Kaels stem trok ieders aandacht.

Ik hief abrupt mijn hoofd. Wat deed hij hier verdomme?

'Volgens mij was het een Kardashian,' merkte Elodie op.

Ik deed het klemmetje op de zak chipitos, staarde recht naar Kael en stelde doelbewust een vraag met een pijnlijk duidelijk antwoord: 'Ooit van kloppen gehoord?'

'Ik heb aangebeld.' Hij haalde zijn schouders op. 'Die doet het kennelijk niet.'

Ik keek langs hem heen om oogcontact te vermijden en hield mijn gezicht strak. Gadver. Ik wist dat de batterij van de bel bijna leeg was, maar had er nog geen tijd voor gehad om er iets aan te doen. Zijn houding was net zo minachtend als de mijne en zo verrekte irritant.

'Dat betekent nog niet dat het oké is om zomaar mijn huis binnen te komen.' Dat meende ik niet echt, maar ik wilde hem laten weten dat het tussen ons nooit meer goed zou komen, iets wat twee nachten geleden wel duidelijk was geworden op mijn veranda. Hoe goed het ook had gevoeld om met hem te praten en hem alles over Estelle te vertellen, ik vond het verschrikkelijk dat ik zo snel vergat dat hij slecht voor me was en dat ik hem niet kon vertrouwen. Jezus, hij had net ruzie tussen mijn broer en vader veroorzaakt en zij hadden elkaar nog steeds niet gesproken. Ik wist dat het niet eerlijk was om hem de schuld te geven, maar dat hield mijn woede in stand.

'Misschien niet, maar het berichtje dat je broer me nog geen minuut geleden heeft gestuurd dat ik maar binnen moest komen maakt het wel oké.' Hij hield zijn telefoon op om me hun gesprek te laten zien.

Austin, dat eikeltje, lachte. 'Laat hem met rust, Kare. Ik ben het zat dat jullie ruzie hebben,' zeurde hij.

'Met rust laten?' Ik kreunde zacht. 'Jullie kunnen ook bij hem afspreken.'

'Hoe was je afspraak?' vroeg Austin, waarbij hij mij negeerde.

Ik was te nieuwsgierig naar het antwoord om het Kael moeilijk te blijven maken en ik wist dat ik alleen maar zo lullig deed om zijn aandacht te trekken en dat was ergens ook klote. Hij had laatst eigenlijk helemaal niets verkeerd gedaan, tot op dat laatste moment.

Aangezien hij zich nu op Austin concentreerde, kreeg ik de kans om hem te bestuderen. Hij droeg zijn uniform en was gladgeschoren. Zijn donkere ogen waren intens terwijl hij sprak. Ik durfde te zweren dat hij anders was in zijn uniform, veel intimiderender en zelfverzekerder.

'Goed. Er kwam geen eind aan, maar ik heb goed nieuws.' Hij wreef in zijn handen.

'Kom op! Vertel!' smeekte Elodie.

Zo, deze afspraak was dus iets waar zij allebei van hadden geweten en enthousiast over waren? Jaloezie maakte zich van me meester, of ik daar nu recht op had of niet.

Er verscheen een glimlach op Kaels gezicht en hij beet kort op zijn volle onderlip. 'Nou...'

Austin ging rechter zitten en knielde nu. Hij zette grote ogen op.

'Ze laten me gaan.'

Austin juichte.

'Vrijwel alles is geregeld. Ik hoef alleen wat herintredingslessen en fysiotherapie af te ronden, maar ze laten me gaan. Ik kan het niet geloven.' Hij wreef over zijn kin, verborg zijn glimlach half.

Het was aanstekelijk, zelfs ik moest op mijn lippen bijten om niet te grijnzen. Hij zag er zo opgetogen uit, zo jong met de belofte van vrijheid in het vooruitzicht. Heel even wenste ik dat we alleen waren om dit speciale moment voor hem te vieren. Terwijl hij naar me keek, recht naar mij, voelde het alsof Elodie en Austin indringers waren. In werkelijkheid was ik nu de buitenstaander bij dit groepje, maar met zijn blik op mij gericht en die glimlach van hem voelde het zo echt.

'Yes! Gefeliciteerd, man,' zei mijn broer, waardoor ons oogcontact werd verbroken.

Austin stond op om hem te omhelzen. Hij sloeg hard op Kaels rug en ik veegde met mijn hand langs mijn ogen, al wist ik niet waarom ik zo ontroerd was.

‘Zomaar? Geen addertjes onder het gras?’ vroeg hij, toen Kael zich losmaakte.

Ik keek er elke keer van op als ik zag hoezeer Austin Kael als familie behandelde, aangezien ik hem alleen zo had gezien met meisjes, vele meisjes, maar niet een van zijn vriendschappen was ooit zo geweest. Dat gaf me het gevoel alsof hij nog iemand had die op hem lette en dat schonk me wat gemoedsrust.

Aan de andere kant werd ik een beetje droevig als ik bedacht dat ze elkaar waarschijnlijk uit het oog zouden verliezen en het contact verbroken zou worden als Austin eenmaal vertrok voor zijn basistraining, wat nu ieder moment kon gebeuren. Ik wilde er niet eens aan denken dat die datum naderde. Ik kreeg al een knoop in mijn maag bij de gedachte eraan.

‘Ik ben niet zo dom om te denken dat er geen addertjes onder het gras zitten. We hebben het hier over het leger van de Verenigde Staten,’ zei Kael afgemeten. ‘Maar ik neem genoegen met wat ik kan krijgen. Ik ben in ieder geval weer een stapje dichterbij. En het is sneller dan ik had verwacht. Mijn eerste sergeant zei dat iemand wat moet hebben geregeld.’

Austin gaf hem een klap op zijn schouder. Hij was na het vertrek van mam altijd de tweeling geweest die aan mensen gehecht raakte. Daar zou een therapeut ongetwijfeld het nodige over te zeggen hebben.

‘Waar ga je nu naartoe? Je gaat toch niet verhuizen?’ vroeg Elodie. ‘Phillip komt binnenkort terug.’ Haar zachte stem klonk meer als een smeekbede dan als een mededeling.

Austin keek naar haar en toen naar mij.

Ik kon niets uit zijn uitdrukking opmaken.

‘Ik zie hem nog wel voor ik ergens heen ga. En ik ga niet heel ver,’ verzekerde Kael haar.

Hij kwam verder de woonkamer in. Zijn zware lichtbruine legerkisten lieten een haast onzichtbare veeg achter op mijn oude hardhouten vloer die ik er volgens mij nooit meer af zou krijgen. Soms keek ik naar hem en voelde het alsof hij hier thuishoorde, alsof hij onderdeel was van mijn huisje.

'Geen zorgen,' zei hij zacht.

Ze liep naar hem toe om hem te omhelzen.

Ik wendde mijn blik af toen hij met zijn hand over haar rug aaide. Ook al troostte hij haar, toen ik terugkeek, staarde hij een gat in mijn wand.

'Ja, maar hij is hier dan helemaal alleen. Net als ik,' zei ze.

Ik keek naar haar, toen naar hem. Austin stond tussen hen in en ik stond op het punt om mijn woonkamer te verlaten om niet langer de stoorzender te zijn bij deze heuglijke gebeurtenis tussen vrienden/familieleden. Het was een verschrikkelijk gevoel dat er voor mij geen plek was bij wat dit dan ook was.

'Ik ben blij voor je.' Elodie kneep in zijn handen, die veel groter waren dan die van haar.

Ik was jaloers dat Elodie hem zo vrij kon aanraken.

'Ik ga niet ver. Atlanta is maar een kort ritje. Geen zorgen.'

Ik keek abrupt op. 'Atlanta?' Geen idee waarom. Ik wist dat hij gek was op die stad en ik had geen enkel recht om te willen dat hij bij mij of Fort Benning in de buurt bleef – een enorme trigger voor zijn trauma en PTSS – maar doordat hij zei dat hij daadwerkelijk zou gaan raakte ik een beetje in paniek. Zijn vertrek was een gedachte die zich in mijn achterhoofd verschool, die wegdook voor het licht van de realiteit, steeds als dat iets te dichtbij kwam.

Hij keek me aan. 'Ja. Dat is nu al een tijdje mijn plan. Het was allemaal een kwestie van wanneer. Ik had gedacht dat het nog maanden zou duren voor ik daar iets over zou horen. Bij sommige jongens duurt het wel een jaar.'

Ik onderdrukte de irrationele emoties die aan me vraten. 'Ik ben blij voor je.' Als ik mijn arm uitstak, zou ik hem kunnen aanraken.

Hij knikte. Een mondhoek krulde iets op. 'Dank je.'

Het voelde alsof de stilte een eeuwigheid zou kunnen duren en als we alleen waren geweest, was dat waarschijnlijk ook gebeurd. Maar dat waren we niet en mijn broer pikte zijn aandacht in. Ja, ik was wel degelijk een kreng van een zus.

'Dat moeten we vieren. Dit is fucking gigantisch! Zie je wel, ik wist dat we naar Cloudland hadden moeten gaan. Heb je het verder al aan iemand verteld?' vroeg Austin.

Ik dacht aan Mendoza en de andere jongens van zijn eenheid.

'Wat is Cloudland?' vroeg Elodie.

'Nee, ik ben meteen hierheen gekomen,' zei Kael tegen mij, terwijl Austin Elodie over het park vertelde.

Ik wist niet wat het te maken had met waar we het over hadden, maar dat interesseerde me niet, want ik was te druk bezig met het piekeren over het feit dat Kael als eerste naar mijn huis was gekomen om het nieuws over zijn ontslag te vertellen.

Die woorden waren belangrijk.

Hij keek mij opnieuw aan, niet Austin of Elodie.

'Nou, vertel het ze, dan kunnen we het verdomme vieren. We moeten dit weekend allemaal naar Cloudland gaan! Mendoza en de rest gaan. Ik zei toch dat wij ook moesten gaan!' riep Austin, duidelijk enthousiast.

'Maar ik ben zwanger. Kunnen we niet gaan als ik dat niet meer ben?' zeurde Elodie.

'Maar dan ben ik er niet meer,' zei Austin.

Ze keek hem met een aangeslagen blik aan.

Iedereen gedroeg zich als familie – zelfs ik, de nuffige dochter in de hoek, die te zeer opging in haar gedachten om mee te doen. Ik wist dat Elodie Austin ook zou missen; hij was als een broer voor haar sinds hij er weer was. Maar zij zou binnenkort haar baby en haar man hebben. Ik verloor mijn tweelingbroer en, als Phillip terugkwam, mijn beste en vrijwel enige vriendin. Ik was mijn moeder al kwijt, zou het niet zo erg vinden om mijn vader kwijt te raken en nu zou Kael ook vertrekken. Zo veel verandering. Zo veel chaos.

'Kom op, Martin. Laten we dit weekend gaan. Twee nachtjes maar. We zijn bijna jarig.' Austin drukte zijn handen biddend tegen elkaar en toen richtte hij zich tot Elodie. 'En jij kunt gewoon mee. Ik bescherm je tegen beren.' Austin was nooit bijzonder goed geweest in het beschermen van mensen of dingen, maar eens moest de eerste keer zijn.

'Het is een rit van vier uur.' Kael keek mijn broer aan.

'En? We kunnen vanavond de vloer in het halletje en die gipsplaten afmaken en dan morgen vertrekken. En, zoals ik al zei, het is mijn verjaardag.'

Kael rolde met zijn ogen. 'Toe dan maar. Je bent een grote jongen, eenentwintig en zo, doe je ding.'

Austin keerde zich naar mij toe, zijn ogen straalden. Hij was sinds onze jeugd altijd al gek geweest op een reden om iets te vieren of om een groep bij elkaar te brengen. 'Jullie gaan toch ook mee?'

Kael richtte zijn aandacht op mij, fronste geërgerd zijn wenkbrauwen.

'Tja, ik heb een baan, dus ik denk het niet,' meldde ik.

'Kun je niet vrij vragen?' vroeg Austin.

Elodie stak haar hand omhoog alsof we in een klaslokaal zaten en zij de beste leerling was. Zij leek van gedachten te zijn veranderd. 'Nou, we hebben morgenochtend allebei maar twee klanten en ik weet dat ik die van mij kan verzetten.'

Ik wierp haar een boze blik toe. Ik wilde nergens naartoe met hun hele vriendengroep en al helemaal niet op het laatste moment, had geen idee waar mijn badpak was of zelfs maar een koffer...

'Ik weet niet eens wie mijn afspraak van half elf is. Ik heb niet naar de naam gekeken, dus ik kan die niet verschuiven.' Ik probeerde andere redenen te verzinnen om niet te gaan. Ik zou nooit zo spontaan zijn als mijn broer. Dat zat niet in mijn aard.

'We kunnen wachten tot je klaar bent met je werk. De anderen vertrekken pas later op de ochtend, dus dan liggen we maar een paar uur achter. Kare, kom op. El wil gaan. Ik wil gaan. Je bent in geen...' Hij staarde naar het plafond om het te berekenen. '... in geen eeuwen op vakantie geweest. Kom op. We worden eenentwintig.'

Het was net alsof mijn broertje weer twaalf was en ik zijn biologiehuiswerk voor hem moest maken.

'Sst. Ik weet het niet.' Ik kauwde op mijn onderlip. 'Is daar ook water?' De nabijheid van water was het enige wat mij ervan zou kunnen overtuigen om te gaan. Het hele idee kwam me nog steeds onrealistisch voor.

Austin knikte. 'Een waterval.'

'Een waterval!' Elodie klapte in haar handen en sprong op en neer. 'Oké, ik ga mee.'

'Wacht, is dat die plek waar we met mam en pap zijn geweest? Die keer dat we in het busje moesten slapen omdat het zo hard regende?'

Austin knikte met een lach.

Kael schraapte zijn keel.

'Prima, ik ga mee.' Ik haalde mijn schouders op. Ik was er niet van overtuigd dat het een goed idee was, maar ik wilde een reactie bij Kael losmaken en ergens hunkerde ik naar een soort verbinding met mam en hoe het leven ooit was geweest.

'Yes! Fuck, ja!' Austin was blij en glimlachte naar iedereen die hem maar aankeek. Op het moment was dat Elodie.

'Jullie hebben vast geen kampeerspullen,' zei Kael tegen me, waarmee hij door het enthousiasme van Austin en Elodie heen brak.

'Hoe weet jij wat ik wel of niet heb?' Het was irritant dat hij altijd dacht dat hij alles wist. Ook al was ik me er ergens van bewust dat hij inderdaad de meeste dingen wist.

'Ik heb genoeg. Er ligt een tent in mijn schuur.' Terwijl ik dat zei schoot me te binnen dat er een vrij fors gat in het zijpaneel nabij het dak zat, maar dat hoefde Kael niet te weten. Ik zou een manier bedenken om een tent te regelen. Pap had er een paar.

'Ja hoor.'

Zijn ongeloof was zwaar irritant. Zo erg zelfs dat ik pap zou bellen om verdomme fucking alles uit zijn camper te lenen wat er in mijn auto zou passen. Als ik de camper kon besturen zou ik die ook meenemen, alleen maar om mijn punt aan Kael te bewijzen. Ik ving zijn starende blik op. 'Dat is toch niet jouw probleem? Jij gaat niet.'

Hij glimlachte, likte langs zijn lippen en zoog de onderste kort tussen zijn tanden. 'Wie heeft gezegd dat ik niet ging?'

Ik gebaarde tussen ons vieren heen en weer. 'Jij.'

'Nee, hoor. Ik ga. Ik zal het Mendoza meteen vertellen en dan kunnen we allemaal bedenken wie met wie meerijdt. Dat wordt leuk.' Hij keek me nog steeds aan, de uitdaging straalde me tegemoet.

Ik hield mijn hoofd wat schuin en plakte mijn beste gemaakte glimlach op mijn gezicht. 'O, wat leuk,' zei ik zonder het oogcontact te verbreken.

Hij probeerde mijn reactie in te schatten, dat had ik wel door. Ik deed mijn best om niets te laten blijken. Een weekend met hem kon een ware hel worden, maar kon ook hemels aanvoelen.

Austin werd weer helemaal opgetogen en nam met Elodie de belangrijkste benodigdheden voor het weekend en zijn verjaardag door. Terwijl hun stemmen op de achtergrond vervaagden, knipperde Kael met zijn ogen, maar hij verbrak het oogcontact niet en ik weigerde dat als eerste te doen. Ik verdrong al het andere in de kamer terwijl wij in onze privéstrijd om controle verwikkeld waren. Ik leidde mezelf af met de golf van gedachten die op me afstormde.

Hoe zou dit weekend echt zijn?

Zou het regenen? Het regende al dagen.

Zou er overal modder zijn?

Waar zou iedereen slapen?

Hoeveel zou het kosten?

Wie zou die vier uur rijden?

Zouden er meiden zijn die Kael zou willen versieren?

'Weet je zeker dat je wilt gaan?' vroeg Kael alsof hij gedachten kon lezen.

Ik zette de molen even stop. 'Weet jij het zeker?'

Kael deed zijn mond open net toen zijn telefoon begon te trillen. Hij haalde hem uit zijn zak. 'Ben zo terug. Het is mam.' Na een laatste blik op mij liep hij de voordeur uit.

Zou ik ooit te horen krijgen wat hij eigenlijk wilde zeggen? Het had iets eenvoudigs kunnen zijn als dat hij me had willen plagen over mijn aanstaande kampeervoorbereidingen, of hij had me kunnen vertellen over zijn eenzaamheid en wanhopige behoefte om tijdens het kamperen tijd met me door te brengen. Ha. Goed om te weten dat mijn verbeelding nog steeds op hol geslagen was. Ik hield Kael door de openstaande deur in de gaten tot ik hem niet meer zag, maar ging er toen wat dichterbij staan voor het geval ik hem nog wel kon horen.

'Wow. Niet te geloven dat hij vertrekt,' zei Austin over Kaels gemompel op de veranda heen. Hij liet zijn hoofd iets hangen. 'Nu word ik een beetje verdrietig om mijn vertrek.'

Elodie keek naar hem en raakte zijn schouder aan. 'Niet over praten. Zo maak je zowel mij als de baby verdrietig.'

Daar moest hij om glimlachen.

Ik keek langs hen heen in een poging een glimp van Kael op te vangen. Hoe onverwacht zijn komst hier ook was geweest, ik kon niet ontkennen dat zijn aanwezigheid als een onmiddellijke troostrijke, warme deken voelde.

'Shit, het is bijna vijf uur. Ik moet nog naar de PX,' zei Elodie.

Ze had het er vanmorgen over gehad en ik had gezegd dat ik mee zou gaan. Maar nu ik mijn pyjama droeg en Kael hier was, wilde ik niet gaan. Vooral vanwege de pyjama...

'Ik heb een kortingsbon voor een van die deftige monitordingen en die verloopt morgen,' legde ze aan Austin uit. 'Wil je nog steeds meegaan?' Ze keek van mij naar de voordeur waardoor Kael was verdwenen.

Ik wilde liegen, me aankleden en met haar meegaan, maar nog meer dan dat wilde ik hier blijven met Kael. Ik kon de knoop niet doorhakken. Nou ja, dat had ik al gedaan, maar dat was alleen maar omdat ik het iedereen graag naar de zin maakte en Elodie niet teleur wilde stellen, ook al ging het ten koste van mijn eigen gemak. 'Ik ga mee,' was mijn antwoord, omdat ik niet wilde liegen.

'Ik wil graag mee. Is dat goed?' vroeg Austin aan Elodie, om mij te redden of om het huis uit te komen. Wie het wist mocht het zeggen.

'Ja. Jij mag meegaan, want zij heeft er duidelijk geen zin in,' zei ze met een plagende glimlach. 'Dan kun jij me mooi helpen om dingen te dragen. O, ik wil ook aardbeien en zo'n pakje van dat spul... Hoe heet dat ook alweer, Karina?'

'Geslagen room.'

Met een glimlach liep ze naar de kapstok aan de wand bij de deur. Ze trok een hoody aan over haar pyjama en schoof haar voeten in een paar witte plateausneakers. Ze zag er altijd zo moeiteloos schattig en modieus uit.

Kael liep door mijn voortuin, dankzij zijn legeruniform ging hij moeiteloos op tussen mijn dode gras. Hij keerde zich om en glimlachte terwijl hij met zijn moeder sprak, een uitdrukking die ik nooit eerder op zijn gezicht had gezien. Ik kon me er geen voorstelling van maken hoe blij zij moest zijn. Als Elodie niets had gezegd, was ik in tranen uitgebarsten bij het idee eraan.

'Zullen we dan nu gaan? Ben je klaar?' Elodie keek Austin aan. Hij knikte. 'We zijn zo terug. Hebben jullie nog iets nodig? Meer van die kaasdingen?' vroeg ze, terwijl ze haar sleutels en telefoon in de zak van haar trui duwde.

Ik schudde mijn hoofd, sperde mijn ogen wijd open zodat ze haar mond zou houden over mijn verslaving terwijl Kael net de veranda weer op stapte en de hordeur opentrok.

'Waar ga je heen?' vroeg Kael aan Austin.

'Naar de winkel. Zin om mee te gaan?'

Ik zag dat Austin naar mij keek.

'Gaan jullie allebei?' vroeg Kael, toen Elodie Austin zo goed als de deur uit sleepte.

'Ja. Allebei. We moeten gaan! De winkel gaat dicht!' zei ze in het voorbijgaan.

'Ik...'

'Blijf maar hier. We hebben de ruimte op de achterbank nodig. Toe?' Elodie keek hem smekend aan alvorens de deur langzaam te sluiten.

'Het duurt niet lang,' verzekerde Austin hem.

'We gaan. Doei!' En de deur was dicht.

Ik zuchtte, kreunde en keek om me heen in een poging de verwarde, fronsende soldaat te vermijden die midden in mijn woonkamer stond. Hij kwam dichterbij en ik volgde, trok de pijpjes van mijn short recht en mijn T-shirt naar beneden. Ik streek met mijn handen over mijn onwillige haar.

'Hoe laat denk je dat ze terug zijn?' Hij keek op zijn telefoon hoe laat het was. 'Hij zou vanavond bij mij slapen.' Hij keek door de woonkamer, nam elk detail van zijn omgeving in zich op, zoals gebruikelijk.

Dat was een van de dingen die ik het meest fascinerend aan hem vond. In plaats van een enkel boek te zijn, was Kael een hele bibliotheek. De pure hoeveelheid informatie die hij in zijn brein had opgeslagen kon waarschijnlijk de wereld veranderen als hij die meer deelde. Ik had een paar keer het geluk gehad er toegang toe te hebben en ik verlangde ernaar dat nog een keertje mee te maken. Door zijn intelligentie was hij magnetisch, scherp en wijs, maar ook irritant, arrogant en te zeker van zichzelf.

Sinds de laatste keer dat ik hem had gezien had ik besloten dat ik alles wat ik aan hem mocht zou veranderen in iets saais of een tekortkoming, als een manier om met het verlies van hem en wat we zo kort hadden gehad om te gaan. Kort, dat was het woord dat ik me moest herinneren. Ik moest grenzen voor mezelf stellen om hem uit mijn hoofd te weren zoals het hoorde. Behalve dan dat hij nu voor mijn neus stond. Al telde dat niet, want Austin had hem uitgenodigd, niet ik.

'Geen idee,' zei ik, om hem te laten weten dat het me niets deed dat hij hier was. Hij was nu niet de winnaar. Ik staarde hem aan, weigerde de perfecte gastvrouw te spelen. Ik zou nooit zoals Estelle zijn of worden.

Kael en ik waren als de zon en de maan, de een draaide langzaam om de ander heen in het midden van mijn woonkamer.

'En wat nu?' vroeg hij.

Ik haalde mijn schouders op en deed een stapje naar rechts, terwijl hij er een naar links zette. We dansten, met onze geest, met ons lichaam.

'Ik weet het niet. Ik heb vanavond plannen,' loog ik.

'Zo laat nog?' Hij doorzag het meteen en lachte.

Ik zocht naar een smoesje, een klusje dat nog niet af was. 'Nou, ik was van plan om...'

'Ik kan gaan,' bood hij aan. 'Als je plannen hebt?'

Ik schudde mijn hoofd. 'Nee. Het is prima. Ze zijn zo terug.' Ik liep naar het raam en rukte de dikke gordijnen open.

Austin zat achter het stuur van Elodies auto en zij deed haar autogordel om. Wat ze ook tegen elkaar zeiden zorgde ervoor dat Elodie grote ogen opzette alvorens wat boos te kijken, alsof ze een geheim vertelde dat ze bijzonder amusant vond. Austins mondhoeken trokken vervolgens op een manier die me duidelijk maakte dat hij het geheim al kende en dat hij het ook amusant vond. Haar blauwe ogen straalden in het avondlicht. Ze keek me recht aan door de voorruit en ik trok de gordijnen meteen weer dicht.

Waarom? Ik zou het verdomme niet kunnen uitleggen. De rationele kant van mijn hersenen trad in werking en ik rukte ze weer open. Elodie en mijn broer waren hysterisch aan het lachen. Ze gedroegen zich allebei als onuitstaanbare kleuters. Hij zette de auto in zijn achteruit en zij zwaaide naar me, nog altijd lachend.

'Ze heeft maar een paar dingen nodig en Austin heeft nog niet eens een baan,' merkte ik op, terwijl ik naar Kaels weerspiegeling in het raam keek.

'Hij verdient geld bij mij,' zei Kael. 'Hij is er goed in.'

'Leuk voor hem.' Ik probeerde niet verbitterd te klinken, maar knikte en probeerde te bedenken wat ik nu moest zeggen.

We keken allebei naar de weerspiegeling in het raam. Hij was zo opmerkelijk eerlijk. Het was moeilijk om weg te kijken van het beeld van ons samen in de spiegel. Misschien dat onze spiegelbeelden een ander leven konden leiden dan wij? Dat was iets wat zou gebeuren in geweldige literatuur of in een Netflix-serie. Daardoor voelde ik me ook beter over hoe lullig alles was afgelopen.

We stonden allebei stil. Waar dacht hij aan? Gingen zijn gedachten naar dezelfde plek als de mijne of juist de totaal andere kant op? God, zei hij maar iets. Toen de koplampen buiten vervaagden en toen verdwenen keerde ik me eindelijk om naar Kael. Mijn woorden brandden als zuur in mijn keel. Er was zo veel wat ik wilde zeggen, maar ik had niets te vertellen, en ik wilde dat hij oprotte, maar nog meer dat hij zou blijven. Ik had geen idee wat er vanaf dat moment zou gebeuren en dat gebrek aan controle beviel me helemaal niet en ik vond het vreselijk dat hij had gelogen en dat hij, net als iedereen om me heen, mijn broer verkoos boven mij. Ik zou hem aan die lijst toevoegen. Na laatst had ik niet verwacht Kael te zien en ik had geen idee wat er door zijn gedachten ging ook al voelde ik dat hij elke beweging van mij scherp in de gaten hield.

'Ik kan maar beter gaan, hè?' Hij haalde zijn telefoon opnieuw uit zijn zak.

Ik wilde hem zo graag vragen met wie hij in gesprek was.

Wie is er belangrijker dan dit moment waarin we ons bevinden, wilde ik gillen.

'Ik weet het niet. Wil je gaan?' fluisterde ik bijna.

Hij deed zijn ogen langzaam open en haalde zijn schouders op, schommelde van voor naar achteren op zijn voeten. 'Ik weet het niet? Wil jij dat ik blijf?'

Het antwoord op die vraag wist ik niet. We staarden elkaar aan en elk restje zuurstof verdween uit de kamer. Hij liet zijn blik opnieuw naar zijn telefoon zakken.

'Zo te zien moet je ergens zijn. Ik kan Austin naar huis brengen of hij kan een Uber nemen.'

'Konden we gewoon maar...'

'Wat?'

Hij zuchtte luid. 'Konden we gewoon maar... weet ik veel, vrienden zijn? Niet doen alsof en dan ruzie krijgen of weglopen. Niet op een cliché-manier, zoals in een film met Ashton Kutcher. Ik heb het over echt tijd met elkaar doorbrengen en dat het niet ongemakkelijk wordt waardoor een van ons ervandoor gaat. We konden het samen goed vinden, weet je? Ooit.'

'Ja. Ooit. Maar het is duidelijk dat dat nu niet lukt,' zei ik. 'Na wat er de laatste keer is gebeurd. Daar komt nog eens bij dat ik je niet meer vertrouw. Elke dag komt er een nieuwe laag bij die shit met mijn broer en vader en dat terwijl we elkaar niet eens spreken!'

Alles deed zeer. De toegestane hoeveelheid keren dat iemand de woorden 'vertrouwen' en 'leugen' mocht gebruiken zat er voor mij bijna op. Ik kon niet telkens dezelfde smoesjes en zinnen bij hem gebruiken. Dat wist ik, maar er was niets anders om mijn probleem met hem te verklaren. Het was duidelijk dat ik me hier zelfs na een verontschuldiging nog aan vast wilde klampen. Welk ander excuus zou ik anders hebben om mijn hart tegen hem te beschermen?

'Maar heb je me ooit vertrouwd? Niet dat dat trouwens echt noodzakelijk is. Dat is niet de basis van een vriendschap. De enige die ik vertrouw is mijn eigen moeder.'

Dat stak, omdat ik had gedacht dat hij mij vertrouwde, misschien wel als enige. Jezus, ik was soms zo zielig. 'Bedoel je nu dat je me nooit hebt vertrouwd?' Ik keek hem zo strak aan dat ik zijn ziel probeerde te doorgronden.

'Daar geef ik geen antwoord op. Jij meet weer met twee maten,' zei hij met vlakke stem.

Toen een reactie uitbleef ging hij verder. 'Luister, we zullen het nooit eens worden over waarom alles zo is gelopen en of ik gelijk heb of jij, maar we kunnen het er in ieder geval over eens zijn dat we het niet eens zijn en proberen vrienden te zijn zoals jij laatst voorstelde?'

'Twee maten?'

Hij knikte.

'En nu geef je me de we-kunnen-vrienden-zijn-toespraak? O mijn god.' Ik liep in een rondje en raakte met de seconde meer gefrustreerd.

'Jij bent erover begonnen. En welke keus heb ik? Je vertrouwt me niet, maar voor je gevoel is dat wel nodig. Wil je dat ik hier blijf om te luisteren naar hoe verschrikkelijk je mij vindt? Of wil je daadwerkelijk praten en relaxen tot ze terugkomen? Of heb je liever dat ik vertrek en dat we elkaar als de pest blijven vermijden? Het ene moment lucht je je hart over je familie en het volgende moet ik oprotten. Er zijn maar twee mogelijkheden, want de eerste bevalt me niet.'

'Alsof het zo eenvoudig is,' beet ik hem toe. Ik had geen idee op welk argument ik me moest richten, dus ik flapte alles er maar uit. 'Je hebt mijn broer geholpen zich aan te melden bij het leger terwijl je wist dat ik er niet van op de hoogte was, je hebt een of ander gestoord verleden met mijn vader dat ik nog altijd niet helemaal begrijp en je hebt mij gebruikt om hem terug te pakken. Ik dacht dat we...' Ik gaf mijn hersenen even de kans om mijn mond bij te benen. 'Ik dacht dat wij iets echts hadden. Jezus, ik klink als een idioot. Maar dat dacht ik, en ik heb me heel even kwetsbaar opgesteld en toen heb je me genaaid. Dat betekent iets voor me. Ik ben niet gewend dat mensen me zonder enige reden kwetsen en dan geen berouw tonen.'

Kael kwam een stap dichterbij.

Mijn woonkamer had nog nooit zo klein gevoeld.

'Ik heb nooit gezegd dat het me niet speet, Karina. Ik heb het niet gedaan om jou te kwetsen, maar om je broer te redden.'

'Serieus? Je had hem pas net ontmoet! Wie denk je verdomme wel niet wie je bent?' Die vraag hield het midden tussen een fluistering en een schreeuw. 'Hè? We kennen je nauwelijks.' Ik probeerde hem te kwetsen.

'Ik ken jou nauwelijks! Wie ben jij? Weet je dat eigenlijk zelf wel?'

Ik klakte boos met mijn tong. 'Ik? Wie ben jij, verdomme? Jij hebt vijf fucking persoonlijkheden.'

'Ik?' Hij tikte met zijn handen op zijn borst, precies onder het naambalkje van zijn uniformjasje. 'Ik ben de jongen die je er allang uit had moeten knikkeren. Ik ben de jongen die jij de schuld geeft van al je problemen. Dat is wie ik ben. Zo, wie ben jíj?'

De manier waarop hij me aankeek maakte het onmogelijk

om mijn blik af te wenden. 'Iemand die deze shit op het moment niet nodig heeft.' Ik liep door de woonkamer om een beetje afstand tussen ons te creëren terwijl ik mezelf probeerde te verdedigen.

'Oké, dan ga ik. Laat het me maar weten als je er voor de verandering een keer klaar voor bent om écht te praten.'

Ik draaide me met een ruk om. 'Voor de verandering?' Ik maakte een schamper geluid. Wat een lef! Niet te geloven.

'Jij bent op zoek naar ruzie. Zoals gewoonlijk.' Hij probeerde me zo hard mogelijk te raken met zijn woorden.

'Je gaat te ver, Martin.' Ik beet hem dat antwoord tussen op elkaar geklemde kaken toe.

Hij lachte omdat ik hem op de militaire manier aansprak. 'Ik ga te ver omdat ik eerlijk tegen je ben? Of omdat je het niet wilt horen? Je vond het prima toen ik je klankbord was en mijn mond hield en nu ken ik je niet?' Hij grijnsde en leek wel een schurk uit de legendes, een mooie man die zijn slechtheid te goed kon verbergen. Mijn moeder zou een verklaring hebben gehad waarom hij zo was.

Hij kwam een stap dichterbij en ik deed er een naar achteren, waarbij ik bijna over mijn eigen voeten struikelde.

'Goed dan,' zei hij. 'Dan hou ik vanaf nu mijn meningen over jouw leven voor me als jij dat wilt, maar zo werkt communicatie meestal niet. En die eerlijkheid waar jij het steeds over hebt werkt al helemaal niet zo.'

'Ik heb anders heel goed met jou gecommuniceerd. Ik heb gewacht en gewacht tot jij je excuses zou aanbieden of überhaupt zou erkennen dat wat jij hebt gedaan verkeerd was. In plaats daarvan lijkt het je helemaal niets te doen. Nu krijg ik hier in mijn eigen woonkamer op mijn kop na de manier waarop jij laatst bent vertrokken. En jij zegt dat je hebt gelogen om mijn broer te redden? Waarvan dan?'

'Je bent niet klaar voor dat gesprek. En ik ben laatst vertrokken? Jij zei dat ik moest gaan. We hadden weer eens ruzie en toen ben jij het huis in gestormd. Ik had helemaal niets gedaan. We zaten daar gewoon en toen ging je opeens door het lint. We kunnen afspreken dat we het niet eens gaan worden, dat is niet volledig aan mij. Er is een gesprek dat we moeten voeren zodra je daar klaar voor bent, als dat moment ooit komt, maar ik ga niet zitten wachten tot jij beslist of je me toe wilt laten of niet.'

Ik voelde me verslagen, machteloos, boos en verward, en al die emoties waren grotendeels op mezelf gericht.

'Ik weet niet wat ik moet zeggen, oké.' Ik keek hem aan. 'Ik weet dat mijn leven een grote teringzooi is en dat het als jij er bent iets minder klote is. Ik weet dat ik ongelooflijk kwaad op je ben en dat ik alleen maar wil horen dat het je spijt zodat ik het mezelf niet zo kwalijk hoef te nemen dat ik bij je wil zijn.' Ik corrigeerde mezelf terwijl hij dat verwerkte. 'Ik bedoel: bij je in de buurt wil zijn.'

We hijgden allebei, waren buiten adem ook al stonden we nu tegenover elkaar stil.

'Het spijt me. Het spijt me echt heel erg, Karina. Het spijt me dat ik iets voor je heb verzwegen en het spijt me dat ik je daarmee heb gekwetst, waardoor je me niet vertrouwt. Ik zou echt willen dat ik terug in de tijd kon gaan om dat te veranderen, maar dat kan niet. Er is niets wat ik kan doen. Gedane zaken nemen geen keer.'

Zijn woorden sloegen over me heen. Hoe eenvoudig die ook waren en ook al had ik er zelf om gevraagd, dit waren de woorden die ik nodig had. Dit voelde zo goed.

'Ik zou ook wensen dat je terug in de tijd kon gaan om dat te veranderen,' zei ik.

'Maar dat kan niet, dus wat wil je doen? We kunnen elkaar onmogelijk helemaal vermijden, in ieder geval tot mijn vertrek of dat van je broer, wat er ook eerder gebeurt.'

Als ik nog een keer werd herinnerd aan hun naderende vertrek, werd ik gek.

'Laten we proberen vrienden te zijn en niet meer te kibbelen. Voor jouw bestwil, dat van mij, van je broer en alle andere mensen op aarde.'

'En dat is dan dat? We zijn het gewoon eens dat we het niet eens worden?'

Hij knikte. 'Voor nu, ja. Niet te vergeten dat ik vandaag echt fucking goed nieuws heb gekregen en dat ik hier binnenkort kan vertrekken, dus hou eens op met ruzie zoeken en verpest mijn moment niet.' Zijn glimlach werd breder.

'Je klinkt als mijn broer.' Met een kreun gaf ik toe. Ik was te uitgeput om hiermee verder te gaan en ik was zo verrekte blij voor hem.

'Dat doe ik expres zodat je medelijden met me krijgt en alles doet wat ik zeg.'

Ik snoof ongelovig. 'Haha.'

Hij lachte.

Ik sloeg een hand voor mijn mond terwijl ik meedeed. Dat was een lage streek en pure manipulatie, vooral met die grijns, maar dat zou ik voor nu laten gaan. Ik knikte. Ik wilde echt een wapenstilstand, ook al was die zo fragiel als de met de mond geblazen glazen vaas op mijn schoorsteen. Nog een herinnering aan mijn moeder. Ik moest de laatste tijd steeds aan haar denken, kon haar nauwelijks op afstand houden.

'Ik denk dat je me zou mogen als je me leerde kennen.' Kael zakte iets door zijn knieën zodat ik in zijn ogen keek.

'Prima. Vrienden.' Ik stak mijn hand uit om de zijne te schudden.

Het was een suf en impulsief gebaar, maar hij pakte die gretig beet.

'Vrienden.'

We schudden nog een keer extra voor dramatisch effect.

Ik liet als eerste zijn hand los en ging op de bank zitten. Hij volgde me en nam op de andere kant ervan plaats. De zitting zakte een beetje in onder zijn gewicht en dat was net zo troostrijk als een verzwaarde deken.

'Hoe vaak gaan we elkaar de hand schudden? En mag ik ook wat zeggen bij deze nieuwe vriendschap? Ik wil onderhandelen over nieuwe voorwaarden aangezien je je uit onze vorige deal hebt teruggetrokken.' Hij liet zijn hoofd op de rugleuning rusten.

'Misschien.' Ik glimlachte opgelucht.

28

'Je bent morgen jarig,' zei Kael ongeveer twintig minuten na het begin van onze nieuwe 'vriendschap'.

We kletsten over het weer en actuele onderwerpen. Ik deed mijn best om aan het oppervlak te blijven en niet meteen emotioneel de diepte met hem in te duiken zo snel na onze nieuwe afspraak. Emoties maakten dit juist zo rommelig. Dan kreeg ik de neiging om op de vlucht te slaan.

'Ja. Ik doe alsof het niet zo is.' Ik haalde mijn schouders op en ging naar het keuzemenu van Netflix. Er stond een romantische film op het beginscherm waarvan ik wist dat Elodie die geweldig zou vinden.

'Leuk.' Kael knikte. 'Dit is ongemakkelijk. Waarom zeg je niets? Jij praat altijd.'

'Ik probeer iets nieuws. Jij mag praten. Vertel me over hoe blij je moeder was of over hoe het met Mendoza gaat.' Ik keerde me naar hem toe, legde een kussen op mijn schoot en strekte mijn benen voor me uit tot mijn voeten bijna zijn heup raakten.

'Mijn moeder, dat is een te lang verhaal,' zei hij. 'Ze is blij. In de war, maar blij.'

Ik wilde meer weten, maar omdat ik de situatie ontspannen wilde houden liet ik het erbij zitten. 'En Mendoza?'

Kael keek me aan. 'Mendoza heeft een klotedag.'

'Hoezo? Wat is er gebeurd?' Het leek wel alsof het Mendoza maar niet mee wilde zitten.

'Tja, ik heb gehoord dat Gloria net terug is van de dokter en dat ze haar hebben verteld dat ze Julian willen onderzoeken op een ontwikkelingsachterstand. Zoals autisme en zo.' Kael keek op zijn telefoon en ademde diep in.

Zoals gebruikelijk doorliepen mijn woorden geen redactieproces met Kael zoals dat normaal gesproken bij ieder ander mens wel gebeurde.

'Is dat niet juist goed? Om dat te onderzoeken, bedoel ik?'

Kael knikte. 'Ja, zeker. Hij heeft alleen het gevoel dat hij iets verkeerd heeft gedaan of dat hij wordt gestraft... Dat is overduidelijk niet het geval, maar zo voelt hij het, en ik weet niet hoe ik hem aan zijn verstand moet krijgen dat hij het mis heeft.'

Hij ging met zijn handen over zijn kaalgeschoren hoofd. Hij was net langs de kapper geweest, dat zag ik aan hoe zijn haar bij zijn nek en voorhoofd in een perfect rechte lijn was geschoren.

Mijn hart deed zeer voor de Mendoza's. Kael droeg zo veel met zich mee, samen met zijn eigen verleden.

'Ik denk niet dat het aan jou is om hem dat te vertellen. Hij moet kunnen voelen wat hij voelt. Kon hij maar naar een therapeut gaan of met iemand anders erover praten.' Mijn mond voelde zo droog aan dat het lastig was om te slikken.

'Ja, maar dat doet hij niet. Ik heb hem dat al zo vaak gezegd. Hij is er niet te trots voor. Het heeft niets met zijn ego te maken. Het komt door de manier waarop hij is opgevoed om, net als ik, in stilte te lijden. Ik heb twee therapeuten en wekelijkse bezoekjes aan artsen en ík ben ook nog niet beter.' Hij tikte op zijn hoofd.

De zekerheid in zijn stem deed een rilling langs mijn rug lopen.

'Hij verliest de controle over nog een aspect van zijn leven,' ging hij verder. 'Dat is waar het hier vooral om draait. Toen ik hem een paar jaar geleden ontmoette, was hij een totaal ander mens. Al dat geweld zien, je in situaties van leven of dood bevinden, dat kan je echt verkloten en dat is met hem gebeurd.'

Kael klemde zijn kaken op elkaar en zijn adamsappel ging op en neer toen hij slikte. 'Het ergste is dat zelfs als hij geen trotse klootzak was, hij doodsbang is dat als hij iets zegt over hoe hij zich voelt of wat hij meemaakt, ze hem uit het leger zullen zetten en hij niet voor zijn gezin zal kunnen zorgen. Zo lukt het ze veel van de jongens te behouden. Mendoza's kinderen hebben een zorgverzekering nodig, helemaal als uit dat onderzoek blijkt dat Julian meer hulp nodig heeft. Het is eng, om te denken aan het leven na het leger, zelfs voor mij. Ik weet niet wie ik ben zonder dit uniform.' Hij raakte zijn naam op zijn jasje aan. 'En ik hoef met niemand rekening te houden. Ik bedoel, mijn zusje en mam zijn er natuurlijk, maar zij redden zich wel. Als ik sterf, zouden ze zelfs nog beter af zijn vanwege de uitkering van mijn levensverzekering van de overheid, en zij leunen niet zo sterk op mij als zijn gezin op hem.'

'Is dat echt wat je voelt?' Ik moest het vragen. 'Alsof je niet weet wie je bent?'

Hij knikte. 'Dat is fucking eng. Ik was mijn hele leven van plan om in het leger te dienen en nu ik er echt binnenkort weg ben dringt het pas tot me door. Ik ben er zo aan gewend om alleen maar te proberen in leven te blijven. Ik ben goed in mijn werk. Ik ben een goede soldaat. Ik weet niet waar ik verder nog goed in ben.'

Ik schoof iets dichter naar hem toe. 'Wat erg voor je.' Dat meende ik ook echt.

'Dat valt wel mee. Ik bedenk wel iets.'

Ik kon mijn blik niet van hem losmaken.

'Volgens mij heeft je vader me trouwens geholpen om eerder weg te komen.'

Hij merkte het zo achteloos op dat ik me bijna verslikte. 'Wat? Nu verander je van onderwerp.'

'Ja. Ik weet het niet zeker, maar volgens mij is hij het. Ik heb met een aantal mensen gesproken en zo veel generaals die aan touwtjes trekken zijn er niet. Ik zal het je vertellen zodra ik meer weet, maar mijn gevoel zegt dat hij het is.'

Ik was in de war. 'Ik weet niet of dat positief is of...'

Hij haalde zijn schouders op. 'Wie weet, maar er zijn het afgelopen jaar voldoende klotedingen gebeurd, dus voorlopig beschouw ik dit als een overwinning en als het op een dag verkeerd loopt, dan zie ik dat dan wel weer.'

Ik nam me voor later verdere vragen te stellen over mijn vader, maar ik wilde nu niet dat hij nog meer van mijn tijd stal. 'Klinkt als een goed plan.' Ik wilde Kael niet al te veel onder druk zetten. Hij was zo open en ik wilde oprecht dat hij alleen maar deelde wat hij wilde delen. Ik voelde me beschermend ten opzichte van hem, zelfs ten koste van mezelf.

'Ik ben blij dat je bent gebleven. Ik vind het fijn om jouw... vriendin te zijn,' vertelde ik hem.

Hij glimlachte. 'Ja? Nou, ik vind het ook fijn om jouw vriend te zijn.'

De stilte strekte zich tussen ons uit en de haartjes op mijn nek gingen overeind staan.

Ik voelde me zo op mijn gemak in zijn aanwezigheid, zo veilig, dat ik wist dat het een leugen was om te zeggen dat ik hem niet vertrouwde. Ik kon er niets aan doen, wilde dicht bij hem zijn, alles beter maken voor hem. Waarom leek dat altijd zo te werken? Onbeantwoorde liefde? Ik had nooit verwacht dat ik gevangen zou zitten in een gedicht van John Keats. Ik was het zo beu om andermans woorden uit te leven. Ik wilde mijn eigen verhaal schrijven.

'Wat vind je daar fijn aan?' vroeg ik. 'Aan mijn vriend zijn, bedoel ik.' Ik viste nu schaamteloos naar complimentjes.

'Serieus?' plaagde hij, terwijl hij met zijn vingertop tegen zijn kin tikte.

Ik knikte en probeerde niet te glimlachen.

'Jij bent de mooiste vriendin die ik heb.'

'Niet flirten, dat is een regel.' Ik sloeg met mijn hand op de zitting van de bank tussen ons in en schoof opnieuw dichter naar hem toe. Mijn dij streek langs de zijne.

Hij hield zijn handen afwerend voor zijn borst. 'Ik flirt niet. Het is fijn om een vriendin te hebben die ook heel mooi is.'

'Iets anders.'

Hij schudde zijn hoofd en keek me aan. 'Het is jouw beurt.'

'Hetzelfde,' beaamde ik speels. 'Het is fijn om weer een vriend te hebben die mooier is dan ik.' Ik rolde met mijn ogen en gaf hem zacht een zetje tegen zijn schouder.

Hij liet zijn vingers om mijn polsen glijden en bracht mijn hand naar zijn borst, trok me dicht naar zich toe. De energie tussen ons was zo snel omgeslagen dat het me de adem benam.

'En wat is de straf voor het verbreken van je eigen regel?' Hij zat zo dichtbij dat toen hij sprak zijn adem langs mijn lippen streek.

Ik kon aan niets anders denken dan aan de behoefte om hem in me op te nemen en door hem te worden opgenomen tot alleen ik, Kael en die nepvriendschap nog bestonden die we nog geen vijf minuten gaande konden houden.

Hij keek me strak aan, liet mijn pols los en drukte zijn hand bij mijn sleutelbeen tegen mijn huid. 'Wil je dat ik stop? Je hoeft het alleen maar te zeggen.' Hij zocht naar toestemming in mijn blik.

Elke cel in mijn lichaam danste en zong onder de warmte van zijn aanraking.

'Nee.' Ik bewoog me nog dichter naar hem toe, tot ik schrijlings bij hem op schoot kon gaan zitten.

Zijn hand ging naar mijn nek terwijl we spraken zonder woorden. Hij liet zijn hand onder bij mijn keel liggen en kneep daar heel zacht in. Ik bewoog mijn lichaam tegen het zijne, mijn korte broek over het dunne katoen van zijn broek. Terwijl ik hem harder voelde worden liet ik meer van mijn gewicht op hem rusten. De wrijving was ongekend.

Hij liet zijn lippen langs mijn kaaklijn glijden, in de richting van mijn wanhopige mond.

'Karina...' Hij kuste me. De trilling van zijn telefoon in zijn zak zorgde ervoor dat ik me stilhield.

Hij pakte het ding. De naam van Mendoza stond op het scherm en hij negeerde de oproep.

'Wat als hij in de problemen zit?' Ik klom van zijn schoot af. Ik ging niet ver bij hem vandaan zitten, dat stond mijn lichaam niet toe.

Zijn telefoon rinkelde weer. Dit keer nam hij op.

'Hé, alles oké?' vroeg hij onmiddellijk.

Hij keek me aan. Zijn pupillen waren speldenprikjes in een zee van bruin en daardoor kon ik niet wachten om hem weer aan te raken. Ik keek naar zijn handen en hij bracht er een omhoog om mijn gezicht aan te raken, streek zacht met zijn duim langs mijn wang. Het voelde alsof ik droomde.

Mendoza sprak een paar tellen waarna Kael zijn telefoon liet zakken en een paar keer op het scherm tikte. Toen bewoog hij zijn duim en wijsvinger over het glas uit elkaar, keek er nog eens goed naar en trok bleek weg.

'Godsamme. Waar heb je die vandaan?'

Ik staarde naar hem in de verwachting dat hij me weer aan zou kijken. Dat deed hij niet. De stilte werkte op mijn zenuwen terwijl ik op de reactie van Mendoza wachtte en op wat Kael daarna zou zeggen.

'Oké. Stuur die niet door, heb het er met niemand over tot we weten wie hiermee is begonnen en waar dit vandaan komt.'

Wat was er in vredesnaam aan de hand? De woorden brandden in mijn keel, op mijn lippen.

'Oké. Bedankt. Laat het me weten als Lip je belt.'

Dat was de eerste keer dat ik Kael of wie dan ook Elodies man Lip hoorde noemen.

Hij verbrak het gesprek.

'Wat? Wat is er aan de hand?' Ik kreeg een knoop in mijn maag terwijl ik bang was dat het ergste was gebeurd voor Mendoza of voor Elodies soldaat, maar ik was vooral in de war.

Kael liet me het scherm zien.

Ik knipperde met mijn ogen terwijl ik probeerde te begrijpen wat ik daar zag. Het was een foto van twee mensen in een omhelzing op wat zo te zien een parkeerterrein was. Binnen een paar tellen drong het tot me door wat Elodies man met deze foto te maken had. Elodie stond erop. En de jongen in de zwarte spijkerbroek en het T-shirt met het warrige blonde haar was mijn broer. Ik staarde naar een foto van mijn broer en Elodie. Samen.

Hij stond naast haar auto.

Ze hadden de armen om elkaar heen geslagen...

Hun lippen raakten elkaar.

Wordt vervolgd...

Dankwoord

Dit is altijd het lastigste deel van een boek omdat ik iemand vergeet die ontzettend belangrijk is of omdat ik niet de juiste woorden kan vinden om iedereen fatsoenlijk te bedanken. Dus, om te beginnen: BEDANKT!!! Omdat je mijn boek hebt opgepakt en je het einde hebt bereikt. (Tenzij je meteen naar het einde bent gegaan, dat is gewoon raar. :P) Dankzij jou kan ik doen waar ik van houd en deze verhalen blijven vertellen. We zitten in hetzelfde schuitje.

Dit is ons elfde boek en het voelt nog steeds alsof ik droom. Ik kan niet wachten om een boekenwinkel in te lopen en exemplaren ervan vast te houden en al jullie foto's ermee te zien! Vergeet me niet te taggen op Insta!

Dan volgen nu mijn wat ongemakkelijke en veel te korte bedankjes die ik ook persoonlijk aan iedereen zal overbrengen.

Flavia: bedankt voor je geduld en omdat je zo'n positieve en bemoedigende aanwezigheid in mijn leven bent. Je luistert naar elk gestoord idee en elke tirade, naar al mijn gebazel. Je staat altijd voor me klaar als ik een crisis meemaak en herinnert me eraan waarom ik dit gestoorde werk überhaupt doe.

Erin en Douglas: jullie begrijpen me altijd en daarom ben ik gek op jullie. Het zal alleen maar drukker worden en ik ben zo blij dat ik jullie bij me heb.

Jordan: al de helft van mijn leven mijn beste vriend en man. Bedankt voor de talloze uren gevuld met boekbesprekingen, het doornemen van personages en omdat je me ervan overtuigt weer terug te keren naar de realiteit (een keer in de zo veel tijd). Ik zou dit letterlijk niet zonder jou kunnen doen en door het schrijven van deze reeks ben ik nog trotser op wat jij hebt meegemaakt. Ik vertel je de rest persoonlijk aangezien je dit niet zult lezen en je de enige op aarde bent zonder social media. :P

Jo: op het plezier van schrijven.

Mijn internationale uitgevers: dank voor de blijvende steun en omdat jullie geloven in de manier waarop ik verhalen vertel.

Voor al mijn vrienden voor wie ik een verschrikkelijke vriendin ben geweest tijdens het schrijven van dit boek: ik sta op het punt om jullie allemaal te appen en afspraken te maken voor etentjes die ik niet zal verschuiven. Beloofd. Bedankt dat jullie de manier waarop ik functioneer begrijpen. Ik houd van jullie.

Nogmaals: bedankt uit de grond van mijn hart, en maak je borst maar nat voor het volgende en laatste hoofdstuk in het verhaal van Karina en Kael. Iek.

De schrijfster

Anna Todd is de bestsellerauteur van onder andere de *After*-reeks en *Tussen de sterren – Verliefd.*

Als boekenwurm begon Todd verhalen op haar telefoon te schrijven op het onlineplatform Wattpad. *After* werd het meest gelezen verhaal, is ondertussen in meer dan dertig talen uitgegeven en is verfilmd. Ze heeft sindsdien nog acht titels geschreven en heeft als producer en scenarist aan de filmbewerking gewerkt van *After We Collided*, het vervolg op *After*.

Anna is door *Cosmopolitan* geprezen als 'het grootste literaire fenomeen van haar generatie'. Ze is geboren in Ohio, maar woont nu met haar man en zoon in Los Angeles.

Ga voor meer informatie naar AnnaTodd.com, op Twitter naar @AnnaTodd, op Instagram naar @AnnaTodd en op Wattpad naar Imaginator1D.